KB194614

센트럴파크

센트럴파크

초판 1쇄 발행일 2014년 12월 11일 | **2판 1쇄 발행일** 2025년 5월 29일
지은이 기욤 뮈소 | **옮긴이** 양영란 | **펴낸이** 김석원 | **펴낸곳** 도서출판 밝은세상
출판등록 1990. 10. 5 (제 10 – 427호) | **주 소** (10881) 경기도 파주시 문발로 119, 202호
전 화 031-955-8101 | **팩 스** 031-955-8110 | **메일** wsesang@hanmail.net
블로그 blog.naver.com/balgunsesang8101 | **인스타그램** www.instagram.com/wsesang

ISBN 978-89-8437-503-1 (03860) | **값** 18,500원
잘못된 책은 구입한 곳에서 교환해 드립니다. | **일러두기** 각주는 모두 옮긴이 주입니다.

센트럴파크

Central Park

ℓ

ℓ

기욤 뮈소 장편소설
Guillaume Musso

ℓ

양영란 옮김

밝은세상

당신의 손아귀에서 늘 빠져나가는 것들이
당신이 소유하고 있는 것들보다 더 중요하다.

_서머싯 몸

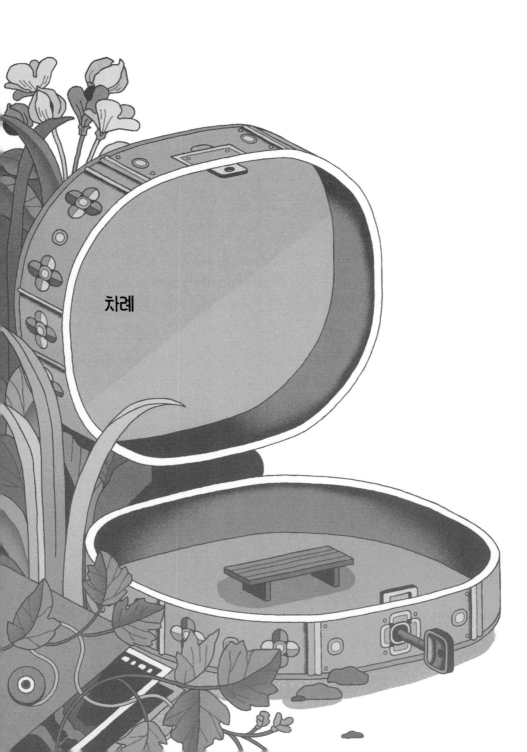

차례

1부

묶인 사람들

1. 알리스

사람들은 누구나 자기 안에 또 다른 자기가 있다고 믿는다.
그는 당신이 전혀 모르는 사람일 수도, 음모가일 수도, 교활한 사람일 수도 있다.
_스티븐 킹

얼굴을 훑고 지나는 세찬 바람, 나뭇잎들이 바람에 떨리며 서걱거리는 소리, 조금 떨어진 곳에서 흐르는 시냇물 소리, 재잘거리는 새들의 지저귐 소리, 감긴 눈꺼풀 위에 와닿는 새벽 첫 햇살이 볼을 터치하는 소리, 나뭇가지가 부러지는 소리와 물기 머금은 흙냄새, 썩어가는 낙엽 냄새, 바위에 붙은 이끼들이 발산하는 숲 냄새가 아련하고 몽환적인 불협화음을 만들어내고 있었다.

알리스 쉐페르는 가까스로 눈을 떴다. 막 떠오른 새벽 햇살에 눈이 부셨고, 아침 이슬을 맞은 옷은 축축했다. 오소소한 소름이 돋을 만큼 추운 날이었고, 이마에는 축축한 식은땀이 흐르고 있었다. 목구멍이 바짝 타들어갈 만큼 갈증이 났고, 입 안에서는 타다 남은 재 맛이 느껴졌다. 관절 마디가 안 아픈 곳 없이 쑤셔댔고, 사지는 **뻣뻣하게** 마비되었고, 머릿속은 몽롱했다.

몸을 반쯤 일으킨 알리스는 그제야 자신이 숲속의 통나무 벤치에 누워 있다는 걸 깨달았다. 건장하고 다부진 남자의 몸이 옆구리 쪽에 찰싹 달라붙어 있었다. 알리스는 심장이 빠르게 뛰며 자기도 모르게 터져 나오려는 비명을 가까스로 억눌러 참았다. 남자의 몸을 떼어내려고 몸을 뒤치다가 중심을 잃는 바람에 바다으로 떨어지기 직전 그녀는 겨우 자세를 바로잡았다. 그 순간 알리스는 자신의 오른손과 남자의 왼손에 수갑이 채워져 있다는 사실을 발견하고 소스라치게 놀랐다. 남자의 몸은 여전히 꼼짝도 하지 않았다.

알리스는 쿵쾅거리며 뛰는 심장박동을 느끼며 손목시계를 보았다. 10월 8일, 화요일, 오전 8시였다.

도대체 여긴 어디일까? 내가 왜 여기에 있지?

알리스는 옷소매로 얼굴의 식은땀을 닦으며 혼잣말로 중얼거렸다. 다양한 종류의 키 작은 관목들과 참나무들이 빼곡하게 들어찬 숲이었다. 사람의 발자취가 전혀 느껴지지 않는다는 게 현재 상황을 고려해볼 때 차라리 다행이었다. 느릅나무 잎 틈새로 스며든 아침 햇살이 눈꽃송이처럼 반짝거리며 두툼하게 쌓인 낙엽들 위로 흩어지고 있었다.

랑부이예 숲? 퐁텐블로 숲? 뱅센 숲?

알리스는 머릿속으로 이름이 생각나는 숲들을 떠올려보았다. 마치 인상주의 화가들의 그림으로 만든 엽서 같은 느낌을 주는 숲에서 완전히 낯선 남자와 함께 수갑을 차고 아침을 맞이하고 있는 지금 상황이 너무나 당혹스러워 어안이 벙벙할 따름이었다.

알리스는 앞쪽으로 몸을 숙여 남자의 얼굴을 조심스럽게 들여다보았다. 서른다섯에서 마흔 살가량 되어 보이는 얼굴이었고, 이틀쯤 면도를 하지 않은 듯 턱수염이 비죽비죽 자라 있었고, 갈색 머리카락이 잔뜩 헝클어져 있었다.

설마 시체는 아니겠지?

알리스는 무릎을 꿇고 손가락 세 개를 남자의 목울대 오른쪽 경동맥 근처에 가져다 댔다. 다행히 아직 맥박은 뛰고 있었다.

나와 안면이 있는 사람인가? 언젠가 내가 감방에 집어넣은 건달?

아무리 봐도 처음 보는 얼굴이었다. 알리스는 눈앞으로 흘러내린 몇 가닥의 금발을 손가락으로 쓸어 넘긴 다음 낯선 남자와 자신을 연결해 놓은 수갑을 살펴보았다. 이중 잠금장치가 되어 있는 표준형 수갑으로 경찰과 사설 경비업체에서 흔히 사용하는 일반적인 모델이었다.

혹시 내가 몸에 지니고 다녔던 수갑인가? 그럼 어딘가 열쇠가 있을 거야.

알리스는 수갑 열쇠를 찾아보기 위해 바지 주머니를 뒤져봤지만 없었다. 수갑 열쇠는 어디론가 사라지고 없었지만 그나마 가죽점퍼 안주머니에 넣어둔 총은 그대로 들어 있어 다행이었다. 안도의 한숨을 내쉬며 총신을 잡았던 그녀는 깜짝 놀랐다. 강력계 형사들이 사용하는 시그 사우어가 아니라 글록22 자동권총이었다. 그 총이 어떤 경위로 주머니에 들어오게 되었는지 도무지 알 수 없었다.

총을 꺼내 탄창을 확인해보고 싶었지만 한 손에 수갑이 채워져 있어 쉽지 않았다. 몸을 이리저리 움직인 끝에 어렵사리 총을 주머니에서 꺼낸 알리스는 이내 탄창 안에 든 총알 한 발을 사용했다는 사실을 알 수 있었다. 총신에 희미하게 핏자국이 말라붙어 있었고, 가죽점퍼 자락을 젖혀보니 셔츠에도 혈흔이 묻어 있었다.

내가 도대체 무슨 짓을 저지른 거야?

마치 바이스로 머리를 조이는 것 같은 느낌이 들며 바늘로 콕콕 쑤셔 대는 듯 극심한 두통이 느껴졌다. 숨을 들이쉰 알리스는 정신을 집중해 기억을 더듬어나가기 시작했다.

간밤에 친구 세 명과 모처럼 기분을 내려고 샹젤리제 거리의 칵테일 바를 돌아다니며 술을 마신 기억이 났다. 〈문라이트〉, 〈트레지엠 에타 쥐〉, 〈런던데리〉를 들른 끝에 만취한 알리스는 자정 무렵 친구들과 헤 어져 차를 세워둔 프랭클린 루즈벨트 대로변 지하 주차장까지 갔다. 그 다음부터는 아무것도 기억나지 않았다. 마치 기억을 다루는 뇌 기관을 두터운 장막으로 뒤집어씌워버린 것 같은 느낌이었다. 아무리 기억을 더듬어보려고 했지만 지하 주차장에서 멈춰버린 기억은 좀처럼 이어지 지 않았다.

일 층 자동정산기에서 주차비를 정산하고 지하 주차장 3층까지 계단 을 걸어 내려간 것까지는 분명하게 기억났다. 비틀거리는 걸음걸이로 차를 세워둔 곳까지 걸어가 문을 열고 운전석에 앉은 것까지 기억나는 데 그다음부터는 더 이상 아무것도 떠오르지 않았다. 정신을 집중해 기 억을 떠올려보려고 안간힘을 썼지만 소용없었다. 새하얀 장벽이 다음 기억으로 넘어가는 문을 견고하게 막아서고 있었다. 하드리아누스의 방벽*이 기억을 가로막았고, 만리장성이 기억을 떠올리려는 모든 시도 를 완벽하게 차단하고 있었다.

알리스는 공포의 수위가 한 단계 상승하며 마른침을 꼴깍 삼켰다. 술

*로마제국 영토에 속하는 브리튼을 수호하기 위해 세운 방어용 요새

을 많이 마신 다음 날 필름이 끊기는 현상과는 분명 달랐다. 어쩌다 이 숲까지 오게 되었는지 아무것도 기억할 수 없는 걸 보면 누군가가 술에 약물을 타 넣은 것인지도 모른다.

누군가 내 술잔에 GHB*를 타 넣은 거야.

알리스는 이미 여자의 술잔에 마약을 섞고 강간을 저지른 사건을 여러 차례 보았다. 가죽점퍼 주머니를 더듬어 안에 들어 있는 내용물들을 전부 확인해보았다. 수갑은 물론이려니와 당연히 들어 있어야 할 지갑과 경찰 신분증이 보이지 않았다.

나뭇가지가 부러지는 소리와 함께 가까운 곳에서 휘파람새 여러 마리가 후드득 소리를 내며 날아올랐다. 그 바람에 붉게 물든 단풍잎들이 우수수 떨어지며 얼굴 위에서 흩날렸다.

알리스는 가죽점퍼의 지퍼를 올리다가 문득 손바닥에 적혀 있는 희미한 볼펜 자국을 발견했다.

2/25558900

도대체 무얼 뜻하는 숫자일까?

간밤에 뭔가 심상치 않은 일이 벌어진 게 분명했다.

이 남자가 간밤의 기억을 되찾아줄 수 있지 않을까?

알리스는 수갑을 함께 차고 있는 남자가 아군인지 적군인지 모르는 가운데 글록 권총에 탄창을 밀어 넣었다. 그녀는 남자를 흔들어 깨우기

*Gamma Hydroxybutyric acid 감마 하이드록시 부티르산. 마약류의 일종으로 일명 '물뽕'이라고도 한다.

에 앞서 일단 총구를 상대 쪽으로 향하게 조준했다.

"이봐요, 일어나요!"

거칠게 몸을 흔들어보았지만 남자는 도무지 잠에서 깨어나지 않았다.

"어서 일어나라니까요!"

알리스가 남자의 어깨를 거칠게 흔들며 소리를 버럭 질렀다.

마침내 남자가 두 눈을 껌벅이더니 늘어지게 하품을 하며 힘겹게 몸을 일으켰다. 겨우 정신을 차린 남자는 불과 몇 센티미터밖에 떨어지지 않은 거리에서 자신을 향하고 있는 총구를 보더니 흠칫 놀라는 시늉을 했다. 눈을 왕방울만 하게 뜬 남자가 알리스를 노려보더니 눈알을 휘휘 굴려 전후좌우를 살폈다. 알리스 말고는 주변에 아무도 없다는 걸 확인한 남자는 침을 꿀꺽 삼키고 나서 영어로 물었다.

"당신은 누구죠?"

2. 가브리엘

우리들 각자는 우리 안에 불길한 이방인을 한 명씩 키우고 있다.
_그림 형제

남자는 'r' 자는 거의 발음하지 않고 얼버무리는 미국식 억양으로 다시 물었다.

"도대체 여긴 어딥니까? 우리가 지금 왜 여기에 있죠?"

알리스는 권총을 쥔 손에 힘을 주었다.

"그 질문은 내가 먼저 해야 할 것 같은데요?"

알리스가 그 말을 하면서 총구를 남자의 관자놀이에 바짝 갖다 댔다.

"이봐요, 일단 총이나 치우고 이야기합시다."

아직도 잠이 덜 깬 듯 남자는 턱짓으로 수갑을 가리키며 물었다.

"왜 나한테 수갑을 채웠죠? 혹시 내가 만취해 추태를 부리기라도 했습니까?"

"수갑을 채운 사람은 내가 아니거든요."

알리스는 남자를 꼼꼼히 살펴보았다. 검은색 청바지에 캔버스 운동화, 엉망으로 구겨진 파란색 셔츠와 몸에 딱 맞게 재단한 재킷 차림의 남자는 선량해 보이는 눈매 아래로 다크서클이 짙게 드리워져 있었다.

"빌어먹을! 여긴 너무 추워요."

남자가 목을 잔뜩 웅크리며 투덜거리고 나서 물었다.

"지금 몇 시나 되었습니까?"

"아침 8시."

주머니를 뒤지던 남자가 갑자기 화를 벌컥 냈다.

"당신이 내 주머니를 뒤졌어요? 지갑과 휴대폰이 없어요."

"당신 물건에는 손댄 적 없으니 함부로 말하지 말아요. 나 역시 빈털터리 신세가 되었으니까."

"그럼 내 뒤통수에 생긴 엄청나게 큰 혹도 당신이 한 짓이 아니라고 하겠군요?"

남자가 뒤통수를 만지작거리며 툴툴거렸다. 딱히 대답을 듣자고 한 소리는 아닌 듯했다.

남자가 호기심 어린 눈으로 알리스를 쳐다보았다. 날씬한 몸매에 뒤로 틀어 올린 금발, 대체로 굳은 표정이지만 오목조목하게 예쁜 얼굴, 알맞게 솟은 광대뼈, 오똑한 콧날, 속이 들여다보일 듯 투명한 피부, 단풍 든 나뭇잎들이 반사하는 빛을 받아 강렬하게 빛나는 눈, 찰싹 달라붙는 청바지 위에 걸쳐 입은 가죽점퍼, 그 안에 받쳐 입은 셔츠에 묻은 혈흔 따위를 차례로 쳐다보던 남자의 눈에 의혹이 깃들었다.

문득 극심한 통증을 느낀 남자가 알리스에게서 시선을 거두었다.

"왜 갑자기 벌레를 씹은 것 같은 표정을 짓고 그래요?"

"팔이 생살을 찢는 것처럼 아파요."

가브리엘이 인상을 찌푸리며 우물거렸다. 그는 수갑이 채워져 있어 재킷을 벗을 수도, 셔츠 소매를 걷어 올릴 수도 없었다. 몇 번이나 몸을 이리저리 뒤치고 나서야 겨우 팔뚝에 붕대가 감겨 있다는 걸 발견했다. 붕대 아래에서 새어 나온 피가 손목까지 흘러내리고 있었다.

"이제 장난은 그만 칩시다! 도대체 여긴 어딥니까? 위클로우 맞죠?"

"위클로우라니요?"

"남쪽에 있는 숲 말입니다."

남자가 한심하다는 듯 한숨을 내쉬며 대답했다.

"느닷없이 남쪽이라니요? 어디 남쪽을 말하는 거죠?"

"당연히 더블린 남쪽이죠!"

알리스는 두 눈을 동그랗게 뜨고 남자를 쳐다보았다.

"당신은 지금 우리가 아일랜드에 있다고 생각해요?"

남자가 또다시 한숨을 푹 쉬었다.

"아일랜드가 아니면 당신은 우리가 지금 어디에 있다고 생각하죠?"

"난 당연히 프랑스에 있다고 생각했어요. 이를테면 파리 근처의 랑부이예 숲인 줄 알았는데요."

"제발 정신 나간 소리 좀 집어치워요."

"당신은 도대체 누구죠?"

"그 질문은 내가 먼저 해야 할 것 같은데요?"

남자가 눈동자를 부지런히 옮기며 알리스를 요모조모 뜯어보았다.

"난 알리스 쉐페르라고 해요. 파리경찰청 소속 강력계 팀장이죠. 지난 밤 친구들을 만나 샹젤리제에서 함께 술을 마셨는데 어떻게 여기까지 오게 된 건지 모르겠어요. 지금 우리가 왜 수갑으로 묶여 있는지도 모르겠고, 당신이 누구인지도 전혀 모르겠어요. 이제 당신이 말할 차례입니다."

잠시 머뭇거리던 남자가 마침내 자신의 신분을 밝혔다.

"난 미국 사람이고, 이름은 가브리엘 케인입니다. 재즈 피아니스트이고, 주로 로스앤젤레스에서 거주하지만 연주 때문에 자주 여행지에서 보내고 있어요."

"당신의 머릿속에 남아 있는 마지막 기억이 뭔지 말해봐요."

가브리엘은 미간을 잔뜩 찌푸리고 나서 정신을 집중하려는 듯 두 눈을 감았다.

"어젯밤 〈브라운 슈가〉에서 연주했어요. 더블린의 템플 바 지역에 있는 재즈클럽이죠."

계속 더블린이라고 주워섬기는 걸 보면 정말 수상한 인간이야!

"연주가 끝나고 나서 바에 앉아 쿠바 리브레 칵테일을 마셨어요."

"그다음에는 뭘 했죠?"

가브리엘의 인상이 구겨지는가 싶더니 이내 입을 실룩거렸다. 척 보기에도 지난밤 일을 떠올리느라 안간힘을 쓰는 것 같았다.

"어떤 놈이 내 재즈 연주가 형편없었다며 시비를 걸기에 한바탕 주먹질을 하고 나서 아가씨들에게 집적거렸던 게 기억나네요. 낚시질을 하기에는 너무 많이 얻어터진 상태였죠."

"그러니까 아주 고전적인 방식의 추태를 부렸군요."

가브리엘이 화가 잔뜩 난 표정으로 벤치에서 벌떡 일어서는 바람에 알리스도 덩달아 몸을 일으키지 않을 수 없었다.

알리스는 순간적으로 팔뚝에 힘을 가해 남자를 다시 주저앉혔다.

"내 말을 끝까지 듣고 싶으면 자꾸 빈정대지 말아요."

"알았으니까 그다음은 어떻게 됐는지 계속 이야기해봐요."

"자정쯤 〈브라운 슈가〉 클럽에서 나왔어요. 몸을 가누기 힘들 만큼 취한 상태라 택시를 불렀죠. 몇 분 후, 차 한 대가 내 앞에서 멈춰 섰어요."

"그리고요?"

"내가 묵고 있던 호텔 주소를 운전자에게 건네주고 뒷자리에 누웠어요. 그 이후는 전혀 기억이 안 나요."

"그러지 말고 생각을 집중해 기억을 떠올려봐요."

"기억이 안 난다고 방금 말했잖아요!"

알리스는 권총을 내려놓고, 그 상태로 잠시 가만히 있었다. 방금 남자에게서 들은 이야기를 토대로 어떤 일이 있었는지 재구성해볼 시간이 필요했다. 남자의 말을 곧이곧대로 믿기에는 미심쩍은 부분이 너무 많았다.

"당신이 방금 전에 한 말이 얼마나 황당한지 알고 있죠?"

"황당하다니요? 난 그저 기억나는 대로 다 이야기했을 뿐입니다."

"당신이 한 말은 모두 새빨간 거짓말입니다. 우린 지금 프랑스에 있으니까!"

가브리엘은 그 말이 진실인지 확인하려는 듯 숲으로 시선을 옮겼다. 사람의 손길이 닿지 않은 온갖 야생식물, 다양한 관목들, 갖가지 모양의 암석, 단풍 든 나뭇잎들이 만들어내는 황금빛 아치가 눈앞에 펼쳐져 있었다. 느릅나무 위쪽을 향하던 눈에 다람쥐 두 마리가 들어왔다. 녀석들은 재빠른 동작으로 이 가지, 저 가지로 옮겨 다니며 파란 티티새를 따라다니기에 여념이 없었다.

"당신이야말로 제정신이 아니군요. 여긴 절대로 프랑스가 아닙니다."

가브리엘이 머리를 긁적거리며 말했다.

"누가 거짓말을 했는지 확인할 수 있는 방법은 딱 한 가지밖에 없을 것 같군요."

권총을 가죽점퍼 안주머니에 집어넣은 알리스가 가브리엘에게 어서 일어나라고 재촉하며 말했다.

두 사람은 잎사귀 많은 관목들이 빼곡하게 들어찬 숲길을 걸었다. 울창한 숲을 가로질러 한참 동안 오르막길을 오르자 능선이 나왔다. 능선을 타고 내리막길을 10분쯤 따라 내려오자 냇물이 나왔고, 또다시 꼬불꼬불한 오솔길이 이어졌다. 오솔길이 끝나는 지점에 이르러서야 비로소 아스팔트 길이 나왔다.

아스팔트 길을 따라 걷다보니 비로소 귀에 익은 도시의 소음이 들려오기 시작했다.

문득 이상한 예감에 사로잡힌 알리스는 나뭇잎 사이를 뚫고 떨어지는 햇살 아래 언덕으로 가브리엘을 끌고 갔다. 그제야 두 사람은 눈으로 모든 사실을 확인할 수 있었다. 잔잔한 호수 위에 우아한 모습으로 휘어진 철제다리가 보였다. 아라베스크 문양으로 섬세하게 조각된 다리 난간에 꽃으로 장식한 화분을 군데군데 매달아놓은 크림색 다리, 수많은 영화에서 아름다운 자태를 드러내며 많은 사람들에게 낯이 익은 바로 그 다리, 보우 브리지였다. 지금 두 사람이 있는 곳은 파리도 더블린도 아니었다.

두 사람은 지금 뉴욕에 있었다. 뉴욕의 센트럴파크에.

3. 센트럴파크웨스트

우리는 진실을 원하지만, 우리 안에서 찾아내는 거라곤 불확실성뿐이다.
_블레즈 파스칼

"맙소사!"

알리스가 경악한 표정을 지으며 보우 브리지를 바라보는 동안 가브리엘이 탄식을 내뱉었다.

믿기 힘든 현실이었지만 눈으로 직접 확인한 이상 의심의 여지가 없었다. 두 사람은 센트럴파크에서 가장 야생적인 면모를 간직하고 있는 '램블'의 한가운데에 깨어난 것이었다. 호수 북쪽 15헥타르 정도의 면적을 차지하는 거대한 숲이었다.

두 사람은 호수 옆길을 얼마간 걸었다. 이른 아침은 공원이 가장 활기를 띠는 시간이었다. 조깅을 하는 사람들, 자전거를 타는 사람들, 태극권 수련자, 개를 산책시키러 나온 사람들이 각기 자신이 하고 싶은 행위에 몰두하면서도 조화롭게 어우러지는 모습이 인상적이었다. 그리 멀지 않은 곳에서 자동차가 브레이크를 밟는 소리, 신경질적으로 클랙슨을 눌러대는 소리, 소방차와 경찰차에서 울려 퍼지는 사이렌 소리가 뒤섞여 들려왔다.

"무슨 일이 있었던 걸까?"

알리스가 혼잣말처럼 중얼거렸다.

알리스는 생각을 가다듬기 위해 정신을 집중했다. 어젯밤에는 모처럼 술을 너무 많이 마셨기 때문에 무슨 일이 있었는지 아무것도 기억하지 못할 수도 있었다. 아무리 그렇더라도 누군가가 만취한 두 사람을 비행기에 태워 뉴욕으로 보냈다는 사실은 도저히 상상할 수 없었다.

알리스는 휴가 때 동료 형사이자 가장 친한 친구인 세이무르와 함께 몇 번인가 뉴욕을 방문한 적이 있었다. 파리에서 뉴욕까지는 여덟 시간 넘게 비행기를 타야 하지만 시차를 고려할 때 비행시간을 두 시간으로 환산할 수도 있다는 걸 잘 알고 있었다. 그들은 뉴욕에 올 때마다 아침 8시 30분에 샤를 드골 공항을 출발해 뉴욕 JFK공항에 오전 10시 30분*에 도착하는 항공편을 주로 이용했다. 파리에서 뉴욕으로 가는 마지막 항공편이 저녁 8시가 되기 전에 이륙한다는 사실도 잘 알고 있었다.

지난 저녁 8시 무렵까지 분명 파리에 있었다. 그렇다면 개인 소유의 항공편으로 뉴욕까지 날아왔다는 의미였다. 만일 누군가가 새벽 2시쯤 파리에서 출발하는 비행기에 강제로 태웠다면 뉴욕에는 새벽 4시쯤 도착했을 것이다. 그 정도 시간이면 센트럴파크에서 아침 8시에 눈을 뜬 것에 대해 산술적인 계산이 불가능하지는 않았다. 다만 현실은 산술적 계산과 다르다는 게 문제였다. 설사 누군가의 전용기에 몸을 실었다고 해도 미국 땅에 발을 들여놓으려면 매우 까다로운 입국 절차를 통과해야만 한다. 아무리 생각해봐도 도저히 불가능한 시나리오가 눈앞의 현

*뉴욕시간 기준

실이 되어 있었다.

"어어, 죄송해요!"

롤러스케이트를 타는 젊은 청년이 두 사람을 툭 치고 지나갔다. 청년은 미안하다고 말하면서도 두 사람의 손목에 채워진 수갑에서 눈을 떼지 못했다.

그때 알리스의 머릿속에서 경고음이 울렸다.

"언제까지고 사람들에게 좋은 구경거리를 제공할 수는 없잖아요. 아마도 몇 분 지나지 않아 신고를 받은 경찰이 득달같이 달려올 거예요."

"좋은 방법이 있으면 이야기해봐요."

"자, 얼른 내 손을 잡아요. 연인을 가장해 서로의 손을 잡고 다리를 건너는 거예요."

가브리엘은 시키는 대로 알리스의 손을 잡고 보우 브리지를 건너기 시작했다. 하늘은 구름 한 점 없이 맑았고, 공기는 쌀쌀하고 건조했다. 저 멀리 산레모 쌍둥이 빌딩과 다코타 빌딩, 아르데코 양식의 마제스틱 아파트 등 센트럴파크웨스트를 장식하는 화려한 건물들이 보였다.

"이렇게 수갑을 차고 계속 숨어 다닐 생각입니까? 대사관이든 경찰서든 찾아가 속사정을 솔직하게 털어놓고 협조를 구하는 편이 낫지 않을까요?"

"이 모양 이 꼴을 하고 자진해서 호랑이굴로 들어가자는 거예요?"

"이봐요, 아가씨, 우린 이성의 소리에 귀를 기울여야 합니다. 여긴 미국 땅이고, 우린 지금 수갑으로 묶여 있어요. 이보다 더 나쁜 상황은 없습니다."

"한 번만 더 아가씨라고 불렀다가는 목을 졸라버릴 테니까 각오해요.

적어도 죽으면 바보 같은 소리는 더 이상 지껄이지 못할 테니까."

"그럼 차라리 프랑스 대사관을 찾아가 도움을 요청하는 게 낫지 않을까요?"

"난 간밤에 무슨 일이 있었는지 알아내기 전까지 그렇게는 못 해요."

"난 도망자 노릇은 못 합니다. 센트럴파크를 벗어나면 가장 먼저 나오는 경찰서로 들어가 이 해괴한 일들에 대해 다 털어놓을 테니까 지지든 볶든 알아서 하세요."

"함께 수갑을 차고 있는 이상 우리는 좋든 싫든 같은 배를 탄 거예요. 수갑을 풀기 전까지 당신은 무조건 내가 시키는 대로 해야 할 걸요."

보우 브리지는 야생식물들이 자라는 램블 지역과 호수 남쪽 정원지대를 이어주는 역할을 하고 있었다. 다리 끝에 다다른 두 사람은 호숫가를 따라 체리 힐 분수대까지 내처 걸었다.

"당신은 형사라면서 왜 경찰서에 가는 걸 회피하죠?"

"경찰에 대해서라면 내가 당신보다 훨씬 잘 알기 때문이죠."

재즈 피아니스트가 버럭 소리를 질렀다.

"당신은 무슨 권리로 물귀신처럼 나를 물고 늘어지죠?"

"물귀신이라니요? 당신이나 나나 똑같이 진흙탕에 빠져 있다는 걸 모르겠어요?"

"난 나쁜 짓을 저지른 적이 없기 때문에 두려울 게 없어요."

"무슨 근거로 그리 자신만만하죠? 난 당신이 간밤에 어떤 짓을 저질렀는지 전혀 몰라요."

"내 말을 믿지 못하겠다는 거예요?"

"아무리 생각해도 더블린의 재즈클럽 이야기는 앞뒤가 맞지 않아요."

"그럼 샹젤리제에서 친구들과 술 마시고 놀다가 뉴욕까지 왔다는 말은 앞뒤가 맞는다고 생각해요? 게다가 주머니에 총을 휴대하고 다니는 사람을 내가 무슨 수로 믿죠?"

"당신 말대로 난 총을 가진 사람이니까 입 닥치고 내가 시키는 대로 해요, 알았어요?"

가브리엘이 속에서 불이 난다는 듯 땅이 꺼져라 한숨을 푹 내쉬었다.

알리스는 침을 삼켰다가 마치 염산을 식도에 들어부은 것처럼 흉골 뒤쪽이 타는 느낌을 받았다.

스트레스 때문인가?

어떻게 해야 무사히 이 수렁을 빠져나갈 수 있을까?

뉴욕이 아침이면 프랑스는 이른 오후인 만큼 동료 형사들이 아직 출근하지 않은 그녀에 대해 걱정을 크게 하고 있을 시간이었다.

세이무르가 휴대폰으로 연신 통화를 시도했겠지?

우선 세이무르에게 연락해 지난밤에 도대체 무슨 일이 있었는지 알아보게 하는 게 순서일 듯했다. 알리스는 머릿속으로 세이무르에게 지시할 체크리스트를 작성했다.

1) 프랭클린 루즈벨트 대로변의 지하 주차장 CCTV 녹화 영상을 확보할 것.

2) 지난밤 자정이 넘은 시각에 파리에서 뉴욕을 향해 출발한 항공편을 확인할 것.

3) 내가 타고 다니는 아우디가 어디에 세워져 있는지 찾아낼 것.

4) 더블린 경찰서에 연락해 가브리엘의 신원을 확인하고, 그가 한 말의 진위 여부를 확인할 것.

알리스는 면밀히 계획을 세우면서 차츰 심리적인 안정을 되찾았다. 일에 착수할 때마다 생성되는 아드레날린이 오래전부터 그녀의 삶을 지탱해주는 에너지원이었다. 한때는 일에 대한 지나친 집착이 삶을 엉망으로 만들어놓기도 했지만 요즘은 아침마다 눈을 떠야 하는 유일한 이유가 되어주고 있었다.

알리스는 가슴을 활짝 펴고 센트럴파크의 신선한 공기를 듬뿍 들이마셨다. 세이무르에게 조사할 내용을 전달하는 한편 그녀는 뉴욕에서 나름대로 조사에 착수할 방침이었다.

알리스와 가브리엘은 지체하지 않고 스트로베리 필즈의 삼각형 형태 정원까지 걸어갔다. 정원의 서쪽 입구를 통해 공원을 빠져나갈 생각이었다.

알리스는 가브리엘에게 잠시 눈길을 주었다.

혹시 이 작자에게 수갑을 채운 사람이 나였을까? 만일 그렇다면 무슨 이유로 그랬을까?

가브리엘 역시 알리스를 못마땅한 눈빛으로 쳐다보았다.

"우리가 앞으로 어떻게 해야 할지 계획을 말해봐요."

알리스는 대답 대신 질문을 던졌다.

"혹시 뉴욕에 아는 사람 없어요?"

"케니 포레스트가 뉴욕에 사는 내 유일한 친구죠. 나와 절친한 색소폰 연주자인데 운이 없게도 지금은 공연차 도쿄에 가 있습니다."

"당신은 미국인이라면서요? 혹시 우리가 이 수갑을 풀고, 잠시 쉴 만한 곳이 없을까요?"

"난 미국인이지만 뉴욕에는 아는 사람이 없어요. 그러니까 내 말대로 하는 게 좋겠어요. 아무리 생각해도 경찰서를 찾아가 도움을 요청하지 않고는 이 수렁에서 벗어날 수 있는 방법이 없어요. 수중에 돈 한 푼 없고, 갈아입을 옷도 없고, 신분을 증명해줄 서류도 없잖아요."

"이제 그만 징징대고 일단 휴대폰이나 하나 마련합시다."

"수중에 돈이 한 푼 없는데 어떻게 휴대폰을 마련한다는 겁니까?"

"그건 내게 맡겨둬요."

4. 묶인 사람들

제아무리 어려운 일일지라도 어디엔가 반드시 한 가지 가능성쯤은 숨어 있기 마련이다.
_알베르트 아인슈타인

삼각형 형태 정원을 벗어난 알리스와 가브리엘은 이내 공원을 따라 쭉 뻗어 있는 센트럴파크웨스트 대로에 다다랐다. 미드타운을 향해 전속력으로 질주하는 옐로우 캡들의 경적 소리, 핫도그 판매상들의 호객 소리, 도로에서 배관 수리 작업을 하는 인부들의 망치 소리가 뒤섞여 한꺼번에 귓속으로 밀려들었다.

알리스는 가느다랗게 실눈을 뜨고 주변을 차분하게 살폈다. 대로 반대쪽에 다코타 빌딩이 육중한 자태를 뽐내며 서 있었다. 33년 전, 존 레논이 암살당한 곳으로 천창을 낸 박공지붕 아래로 크고 작은 망루가 설치된 고딕식 건물이었다.

인도에서는 노점상이 비틀스 멤버들의 사진이 들어간 티셔츠와 포스터를 팔기 위해 관광객들을 불러 모으고 있었다. 알리스는 십여 미터 떨어진 곳에서 스페인어로 왁자지껄 떠들어대는 청소년들을 발견했다. 아이들은 그 유서 깊은 건물 앞에서 사진을 찍느라 여념이 없었다.

잠시 아이들을 눈여겨보던 알리스가 턱짓을 하며 말했다.

"저기 지금 휴대폰을 들고 통화하는 아이가 보이죠?"

"아이들 대부분이 휴대폰을 들고 있잖아요."

"바가지 머리에 바르셀로나 유니폼을 입고 있는 녀석 말이에요."

"아무리 상황이 다급해도 어린아이 휴대폰을 빼앗을 수는 없어요."

"나 역시 그러긴 싫지만 달리 방법이 없잖아요."

"그래서 어떻게 하려고요?"

"내 옆에 바짝 붙어 걷다가 나를 아이 쪽으로 살짝 밀어요. 내가 아이의 휴대폰을 낚아채는 순간 함께 전속력으로 달리는 거예요, 알았어요?"

가브리엘이 마지못해 고개를 끄덕였다.

아이를 향해 다가가다가 휴대폰을 낚아챈 알리스가 소리쳤다.

"자, 이제 뛰어요!"

때마침 보행자 신호등이 깜박였고, 재빨리 길을 건넌 두 사람은 대로와 면해 있는 첫 번째 골목으로 뛰어들었다. 서로의 손목에 수갑을 채우고 뛰기란 생각보다 쉽지 않았다. 마치 이인삼각 경기를 하듯 다리를 떼어놓을 때마다 리듬과 보조를 맞춰야만 했다. 팔목을 조금만 움직여도 수갑이 살을 파고들며 어마어마한 통증을 불러일으켰다.

"녀석들이 우리를 뒤따라오고 있어요!"

가브리엘이 뒤쪽을 돌아보며 소리쳤다.

한 무리의 스페인 아이들이 휴대폰을 빼앗아 달아난 좀도둑을 절대로 놓치지 않겠다는 듯 맹렬하게 뒤따라오고 있었다.

눈짓으로 신호를 교환한 두 사람은 달리는 속도를 높였다. 두 사람이 엉겁결에 뛰어든 71번가는 붉은 사암으로 지은 건물들이 늘어선 곳으로 전형적인 오프웨스트사이드의 길답게 조용하고 평화로웠다. 관광객들의 발길이 미치지 않는 곳이어서 널찍한 인도를 재빨리 주파할 수 있었다. 스페인 아이들은 여전히 고함을 지르며 빠른 속도로 뒤따라오고 있었다.

두 사람은 다시 번잡하기 짝이 없는 콜럼버스 애비뉴로 나왔다. 거리의 카페들엔 벌써 손님이 들기 시작했고, 지하철역에서 학생들이 한 무더기 쏟아져 나왔다.

"왼쪽으로 뛰어요!"

가브리엘이 갑자기 비스듬하게 방향을 틀며 소리쳤다. 알리스는 얼떨결에 방향을 돌리다가 몸의 균형을 잃고 비틀거렸다. 다시 수갑의 압력이 살갗을 파고들었다. 대로를 따라 남쪽으로 달리던 두 사람은 이미 몇 번이나 사람들과 충돌했고, 가판대를 뒤집어엎고, 실수로 요크셔테리어 한 마리를 밟을 뻔했다.

여긴 사람들이 너무 많아.

갑자기 현기증이 일며 머리가 띵했다. 그나마 옆구리를 쑤셔대던 통증은 사라져 있었다. 행인들을 피하기 위해 두 사람은 차도로 내려섰다. 지나가던 택시가 하마터면 두 사람을 칠 뻔했다. 급브레이크를 밟아 차를 멈춰 세운 택시 기사가 클랙슨을 울리며 욕설을 퍼부었다.

다시 인도로 올라서려던 알리스는 발이 보도블록 가장자리에 걸려 넘어지면서 휴대폰을 놓쳐버렸다. 다행스럽게도 가브리엘이 함께 넘어지며 재빨리 휴대폰을 집어 들었다. 두 사람은 허둥지둥 몸을 일으키며 아이들이 여전히 따라오고 있는지 뒤돌아보았다. 대부분 아이들이 추격을 포기하고 흩어졌지만 아직 두 명이 끈질기게 따라오고 있었다. 기필코 휴대폰을 되찾아 친구들을 깜짝 놀라게 해주겠다는 결연한 의지가 엿보였다.

"정말 끈질긴 놈들이네요. 난 도망자 노릇을 하기에는 너무 늙었다니까!"

"어서 달리기나 해요!"

두 사람은 다시 전속력을 다해 달리기 시작했다. 눈앞에서 다양한 이미지들이 불규칙하게 이어졌다. 하늘로 하얀 수증기를 피워 올리는 하수도 구멍, 벽돌 건물들을 이어주는 철제 사다리, 통학버스를 탄 아이들의 찡그린 표정, 건물들에 붙어 있는 간판들과 광고판들이 스치듯 지나갔다.

66번가에 다다라 살펴보니 손목이 온통 피투성이가 되어 있었지만 두 사람은 멈추지 않고 계속 달렸다. 두 사람은 마침내 숨을 헐떡이며 브로드웨이와 콜럼버스 애비뉴가 교차하는 지점에 도착했다. 4차선 대로 세 개가 만나는 교차로였다.

"대각선 방향으로 뛰어요!"

알리스가 소리치자 가브리엘이 인상을 찌푸리면서도 알았다는 뜻으로 고개를 끄덕였다. 두 사람이 신호를 무시하고 교차로를 가로질러 달리기 시작하자 곳곳에서 타이어와 지면이 마찰하는 소리, 요란한 클랙슨 소리, 화가 난 운전자들이 욕설을 퍼붓는 소리가 빗발쳤다.

65번가에서 62번가로 이어지는 브로드웨이 서쪽은 메트로폴리탄 오페라하우스를 중심으로 지은 링컨센터가 들어서 있는 곳이었다. 알리스는 어느 쪽으로 도주로를 잡을지 가늠해보기 위해 고개를 들었다. 유리와 철골로 지은 거대한 선박형 건물이 대로 중앙까지 뾰족한 뱃머리를 들이대고 있는 형상이었다.

알리스는 줄리아드 음악학교의 강당을 주시했다. 세이무르와 맨해튼에 왔을 때 그 앞을 지나친 적이 있었다. 안이 들여다보이는 투명한 건물이어서 발레리나의 연습 장면이나 음악가들의 연습실 내부가 훤히 들여다보이는 곳이었다.

"오페라하우스의 지하 주차장으로 가요!"

알리스가 바다으로 향하는 콘크리트 경사면을 가리키며 소리쳤다.

두 사람은 주차장 밖으로 나오는 차들을 피해 가며 지하로 내려갔다. 지하 주차장에 도착한 알리스는 여러 개의 보행자 출구 중에서 한 곳을 택해 계단을 올라갔다. 오페라하우스 왼편에 있는 담로슈 공원으로 나가는 출구였다. 담로슈 공원으로 나온 두 사람은 마침내 두 명의 추격자들을 따돌렸다는 걸 확인했다.

$\oint$

공원 담벼락에 기대선 알리스와 가브리엘은 연신 가쁜 숨을 몰아쉬었다. 손목에 전해지는 극심한 통증 때문에 온몸이 거의 마비되기 직전이었다. 알리스는 갑자기 입에서 쇠를 씹는 것 같은 맛을 느끼는 동시에 현기증이 나며 속이 메슥거렸다. 가브리엘이 바로 옆에서 보고 있었지만 알리스는 더 이상 참지 못하고 몸을 숙여 구토를 했다.

"저기 급수대에 가서 물을 좀 마십시다."

두 사람은 주변을 두루 살피며 공원 급수대로 가 목을 축였다. 뉴욕시티발레와 메트로폴리탄 오페라하우스의 거대한 유리 아치와 면해 있는 담로슈 공원은 언제나 사람들로 붐비는 곳이었다. 특별히 그들을 눈여겨보는 사람이 없어 그나마 다행이었다.

연거푸 물을 들이켠 알리스는 가브리엘이 들고 있던 휴대폰을 건네받아 세이무르의 휴대폰 번호를 눌렀다.

세이무르는 알리스가 이끄는 강력계의 부팀장이었다. 다섯 명의 형사로 구성된 알리스 팀은 오르페브르 36번지에 위치한 경찰청 건물 4층에서 작은 사무실 네 개를 차지하고 일했다.

알리스는 시차를 계산하기 위해 손목시계로 눈길을 돌렸다. 파리 시간으로는 오후 2시 20분이었다. 세이무르 형사는 신호음이 세 번 울린 다음에 전화를 받았지만 주변에서 웅성거리는 소리가 심해 대화를 나누기가 어려운 지경이었다. 점심 식사를 하는 식당인 듯했다.

"세이무르, 내 말이 들려?"

"팀장님, 도대체 지금 어디에 계시는 겁니까? 아마도 전화를 수십 통은 했을 겁니다. 메시지도 그쯤 남겼을 테고요."

"난 지금 맨해튼에 있어."

"맨해튼이라니요? 지금 장난치시는 거죠?"

"장난 아니니까 내 말 똑바로 들어."

"팀장님, 무슨 소린지 잘 안 들립니다."

알리스 역시 수신음이 영 시원치 않았다. 상대의 목소리가 뚝뚝 끊어지기 일쑤였고, 윙윙거리는 잡소리가 섞여 있어 무슨 말인지 도무지 알아들을 수가 없었다.

"세이무르, 지금 어디에 있는 거야?"

"도핀 광장에 있는 〈카보 드 팔레〉 식당에 있습니다. 사무실까지 5분 거리니까 곧장 들어가 전화할게요."

"좋아, 내 전화번호는 떴지?"

"네."

"난 지금 상황이 몹시 안 좋으니까 서둘러야 해. 당신이 처리해줘야 할 일들이 많아."

전화를 끊은 알리스는 가브리엘에게 휴대폰을 내밀었다.

"당신도 시급히 통화할 사람이 있으면 해요. 주어진 시간이 5분밖에 없으니까 어서 서둘러요."

가브리엘이 어이없다는 듯 피식 웃었다.

"당신은 사람들한테 늘 그렇게 권위적으로 말하니까?"

"지금 당신과 시시콜콜한 이야기나 나누고 있을 시간이 없어요. 통화 하고 싶으면 당장 해요."

알리스가 퉁명스럽게 쏘아붙였다.

휴대폰을 넘겨받은 가브리엘은 잠시 생각에 잠겼다.

"아까 말했던 케니 포레스트에게 전화해야겠어요."

"그 친구는 도쿄에 갔다면서요?"

"이웃 사람이나 경비원에게 집 열쇠를 맡겼을 수도 있잖아요. 일본은 지금 몇 시쯤일까요?"

가브리엘이 전화번호를 누르며 알리스에게 물었다.

알리스는 손가락을 꼽아가며 대충 계산을 했다.

"밤 10시쯤 되었겠네요."

"빌어먹을! 밤 10시면 연주회장에서 색소폰을 불고 있을 시간이에요."

가브리엘의 말대로 케니 포레스트는 전화를 받지 않았고, 음성메시지를 남겼다.

"케니, 나 가브리엘이야. 나 지금 뉴욕에 와 있는데 메시지를 들으면 이 번호로 전화해줘."

가브리엘이 다시 휴대폰을 내밀자 알리스는 손목시계를 들여다보며 한숨을 푹 쉬었다.

이렇게 기다리느니 다시 세이무르에게 전화를 해야겠다고 마음먹었다. 마음이 초조한 탓인지 손바닥에서 땀이 났다. 어느새 손바닥에 적힌 의문의 숫자들이 지워져가고 있었다.

"혹시 이 숫자를 보면서 떠오르는 게 있어요?"

알리스가 손바닥을 펴 가브리엘의 눈앞으로 들이밀며 물었다.

2125558900

"오늘 아침 눈을 떠보니 이 숫자가 손바닥에 적혀 있더군요. 난 이 숫자를 손바닥에 적어놓은 기억이 없어요."

"뭔지는 모르지만 틀림없이 전화번호 같아요. 그럼 그렇지, 바로 그거야."

가브리엘이 환성을 질렀다.

"212는 맨해튼의 지역번호잖아요. 그것도 모르다니, 당신 형사 맞아요?"

알리스는 빈정대는 가브리엘을 무시하고, 휴대폰 자판을 쳐다보며 손바닥에 적힌 번호를 꾹꾹 눌렀다. 벨이 울리자마자 누군가 전화를 받았다.

"안녕하세요, 그리니치 호텔의 캔디스입니다. 무엇을 도와드릴까요?"

호텔이라고?

"죄송하지만 알리스 쉐페르가 묵고 있는 방을 연결해주시겠습니까?"

교환원이 잠시 시차를 두었다가 대답했다.

"저희 호텔에 투숙하고 있는 손님들의 명단을 모두 확인해봤지만 알리스 쉐페르라는 이름은 없습니다."

"아, 알겠습니다. 실례했습니다."

알리스가 미처 전화를 끊기도 전에 세이무르의 번호가 화면에 떴다.

"팀장님, 현재 맨해튼에 계신다고 한 말은 농담이었죠?"

"농담 아니야, 시간이 없으니까 내 말 잘 들어. 지금 나를 도와줄 수 있는 사람은 당신밖에 없어."

알리스는 지난밤부터 현재까지 벌어진 일에 대해 속사포처럼 털어놓았다. 친구들과 샹젤리제의 술집들을 돌아다닌 것부터 시작해 지하 주차장에 도착한 후부터 아무것도 기억나지 않으며, 아침에 눈을 떠보니 생판 처음 보는 남자와 통나무 벤치에 누운 채 수갑을 차고 있었고, 그 장소가 센트럴파크였고, 부득이 어린아이의 휴대폰을 빼앗아 전화를 하게 되었다는 이야기까지 빠짐없이 들려주었다.

"저에게 그 말을 믿으라는 겁니까? 그렇잖아도 할 일이 태산같이 쌓여 있습니다. 팀장님은 당장 판사를 만나봐야 합니다. 시카르 사건과 관련해 도청을 요청했는데 판사가 거부했거든요."

"빌어먹을! 난 지금 농담이나 하고 있을 시간이 없어. 내가 지금 얼마나 심각한 위험에 처해 있는지 알기나 해! 나를 도와줄 사람은 당신밖에 없으니까 자꾸 엉뚱한 소리만 하지 말고 내 말을 똑바로 들으란 말이야."

알리스가 역정이 나 소리쳤다.

"알았으니 진정하세요. 그처럼 위험한 상황이라면 경찰을 불러 해결하는 게 낫지 않을까요?"

"지금 내 가죽점퍼 주머니에 내 총이 아닌 다른 사람 총이 들어 있어. 내 셔츠에는 온통 혈흔이 묻어 있고, 내 신분을 증명해줄 서류라고는 아무것도 없어. 이 정도면 뉴욕 경찰은 자초지종을 알아보지도 않고 나를 감옥에 가둬버릴 거야. 우선 지난밤에 무슨 일이 일어났는지 알아내야 해. 그리고 무엇보다 시급히 해결해야 할 과제는 수갑을 푸는 거야."

"제가 무엇부터 도와드려야 하죠?"

"당신은 미국 사람이고, 현재도 미국에 어머니와 친척들이 살고 있잖아."

"엄마가 시애틀에 산다는 건 팀장님도 잘 아시잖아요. 뉴욕에 사는 친척이라면 대고모님밖에 없어요. 오프이스트사이드에 사시는데 한마디로 앞뒤가 꽉 막힌 노인네죠. 지난번 저와 뉴욕에 갔을 때 대고모님 댁에 갔었잖아요. 아흔다섯 살이나 되신 대고모님이 수갑을 자를 톱을 구해줄 리 없잖아요."

"혹시 다른 사람은 없을까?"

"한 가지 괜찮은 아이디어가 있긴 한데 일단 전화를 한 통 해봐야겠어요."

"좋아, 그럼 다시 전화해줘."

알리스는 전화를 끊고 두 주먹을 불끈 쥐었다. 알리스의 얼굴에 분노와 투지의 감정이 고스란히 드러나 있었다.

"세이무르라는 사람과는 어떤 사이죠?"

"내 직속 부하이자 가장 친한 친구이기도 하죠."

"믿을 만한 사람입니까?"

"당연하죠."

"내가 프랑스어에 능통하지는 않아 정확하게 알아들은 건지 모르겠지만 세이무르라는 사람이 왠지 서둘러 당신을 도우려는 것 같지는 않던데요."

알리스는 그 말에 대해 일고의 가치도 없다는 듯 대꾸하지 않았다.

가브리엘이 말을 이었다.

"그리니치 호텔에서는 뭐라고 하던가요?"

"남의 말을 엿듣는 게 취미인 것 같던데, 새삼스럽게 그건 왜 묻죠?"

"당신들이 주고받은 말이 저절로 내 귀에 들려왔을 뿐이니까 오해하지 말아요. 당신 혼자만 고약한 상황에 처한 것도 아닌데 너무 퉁명스럽게 구는군요."

알리스는 단단히 화가 났다는 듯 고개를 휙 돌려버렸다.

"빌어먹을! 당신은 어디 전화해볼 만한 곳도 없어요? 적어도 와이프나 여자 친구는 있을 거 아닙니까?"

"새로운 항구에 발을 들여놓을 때마다 새 여자를 만난다는 게 내 좌우명이죠. 난 자유롭게 살아가길 원해요. 내 피아노 연주의 음표들처럼 어디로든 훨훨 날아가고 싶어요."

"자유로운 독신이란 말이죠? 난 당신 같은 남자들의 심리를 누구보다 잘 알죠."

"그러는 당신은 남편이나 남자 친구가 없습니까?"

알리스는 고개를 살짝 가로젓는 것으로 대답을 회피했다.

"혹시 결혼은 했습니까?"

"시시껄렁한 소리나 지껄이려면 당장 꺼져버려!"

"그럼 기혼이겠군요."

가브리엘이 혼자 마음대로 결론지었다.

알리스가 부인하지 않자 가브리엘이 다시 집요하게 물고 늘어졌다.

"왜 남편에게 전화하지 않죠?"

알리스가 대답 대신 주먹을 불끈 쥐었다.

"혹시 위기의 부부인가요? 하긴 그 고약한 성질머리를 참아내며 살아줄 남자가 있을 리 없지."

알리스는 마치 칼에 찔린 사람처럼 가브리엘을 죽일 듯이 노려보았다.

"내 남편은 죽었어. 이제 알았으면 조용히 입 닥치시지."

가브리엘이 사과할 겨를도 없이 살사 음악과 전자음이 기묘하게 결합된 벨 소리가 울려 퍼졌다.

"세이무르, 문제를 해결할 방법을 찾았어?"

"팀장님, 니키 니코브스키를 기억하시죠?"

"누군지 자세히 말해봐."

"우리가 지난 크리스마스 무렵 뉴욕에 갔을 때 현대미술을 한다는 예술가 그룹을 만났잖아요."

"부둣가의 큰 건물에서 만났던 사람들 말이야?"

"네, 레드 후크 지역에서 그들을 만났었죠. 그때 제가 강철과 알루미늄 합성판에 실크스크린을 하는 여자와 한참 동안 이야기를 나눈 적이 있는데 기억나세요?"

"당신이 그 여자의 작품을 소장하고 싶다며 두 점이나 구입했었잖아."

"그 여자가 바로 니키 니코브스키죠. 저는 그 후로도 줄곧 니키와 연락을 주고받으며 지냈어요. 방금 니키와 통화했는데 요즘은 오래된 공장을 개조해 작업실로 쓰고 있대요. 수갑 정도는 가볍게 해체해버릴 수 있는 연장도 있대요. 니키가 팀장님을 도와주기로 했어요."

알리스는 비로소 안도의 한숨을 내쉬었다.

"그래, 내가 니키를 찾아가볼 테니까 당신도 내가 말하는 것에 대해 시급히 조사해줘. 우선 프랭클린 루즈벨트 대로변 지하 주차장의 CCTV 영상을 입수해서 내 차가 아직 거기에 세워져 있는지 알아봐."

세이무르는 알리스가 미처 다른 부탁을 하기도 전에 말을 이어받았다.

"소지품을 몽땅 분실하셨다니까, 팀장님 휴대폰이랑 계좌도 추적해볼게요."

"지난밤 파리에서 뉴욕으로 출발한 개인 소유 항공기의 명단도 만들어줘. 파리 인근에 있는 모든 공항들로 조사 범위를 확대해야 할 거야. 더블린 경찰서에 의뢰해 가브리엘 케인이란 사람에 대한 신상 정보도 알아봐. 자칭 미국 출신 재즈 피아니스트라고 주장하는 사람이야. 그가 정말 어제저녁에 〈브라운 슈가〉라고 하는 더블린의 클럽에서 연주했었는지 확인해줘."

가브리엘이 두 사람의 통화를 가로막으며 끼어들었다.

"보자 보자 하니까 너무 하는 것 아닙니까?"

알리스는 그에게 조용히 하라는 신호를 보내고 나서 계속 사전에 준비한 체크리스트를 읽어 내려갔다.

"상젤리제에 같이 있었던 내 친구들과도 연락을 취해봐. 카린, 말리카 그리고 사미아와 함께 있었어. 다들 법대 동창들이지. 내 사무실 컴퓨터에 그 아이들의 연락처가 입력되어 있을 거야."

"알았어요."

그때 또 한 가지 생각이 떠올랐다.

"가능하면 지금 내 주머니에 들어 있는 총의 내력도 알아봐줘. 글록 22 자동권총이야. 시리얼 넘버를 알려줄게."

알리스는 총에 새겨진 일련번호를 휴대폰에 대고 말했다.

"잘 적었습니다. 제가 최선을 다해보겠습니다. 마틸드에게도 팀장님이 뉴욕에 있다는 사실을 알려야 하지 않을까요?"

알리스는 두 눈을 질끈 감았다. 마틸드는 강력계를 지휘하는 최고 책임자였다. 알리스와 마틸드는 피차 서로를 좋아하지 않는 사이였다.

에릭 보간 사건 이후 마틸드는 벌써 몇 번이나 알리스를 내쫓으려고 시도했다. 경찰서 상사들의 반대에 막혀 번번이 실패했지만 마틸드는 여전히 알리스를 쫓아낼 기회를 엿보고 있었다.

"마틸드에게는 비밀로 해야 돼. 다른 팀원들도 절대로 알아서는 안 돼. 당신 혼자서 은밀히 움직일 수밖에 없는 일이야."

"팀장님 말씀대로 할 테니까 너무 걱정하지 마세요. 제가 새로운 사실을 알아내면 다시 전화하겠습니다."

"지금 이 휴대폰을 계속 가지고 다닐 수 없을지도 모르니까 전화는 내가 할게. 이 통화가 끝나면 니키 니코브스키의 전화번호나 문자로 찍어줘."

알리스는 전화를 끊었다. 잠시 후 니키의 작업실 전화번호가 휴대폰 화면에 떴다. 하이퍼텍스트 연결 단추를 누르자 화면은 곧 위치 추적 애플리케이션으로 넘어갔다.

"레드 후크는 여기서 그다지 가까운 곳이 아닙니다."

가브리엘이 휴대폰 화면 쪽으로 몸을 굽히며 한마디 거들었다.

니키의 작업실이 위치한 곳은 브루클린 남서쪽이었다. 도보로 가기에는 너무 먼 거리였다.

"당신 말대로 걸어가기에는 너무 먼 거리인데 혹시 좋은 생각이 있어요?"

알리스가 반신반의하는 표정으로 물었다.

"차를 잠깐 빌려 탈 수밖에 없겠죠. 이번에는 내 방식대로 차를 구해 볼 테니까 당신은 옆에서 망이나봐요."

$

암스테르담 애비뉴와 61번가가 교차하는 지점의 모퉁이에 두 개의 주거용 건물이 있었고, 사이에 막다른 골목이 하나 있었다.

가브리엘이 골목에 세워놓은 미니 쿠페의 창을 벽돌로 가격하자 창문이 와장창 깨져버렸다. 알리스와 가브리엘이 15분가량 뒤진 끝에 찾아낸 차였다. 사람들의 눈에 쉽게 띄지 않는 자리에 세워놓은 데다 오래된 모델이라 차 키 없이도 시동을 쉽게 걸 수 있으리라 판단하고 선택한 차량이었다.

마롱글라세*와 흡사한 엷은 초콜릿색 바탕에 흰색을 가미해 도색한 오스틴 쿠페S 모델이었다. 아마도 자동차 수집가가 1960년대 말에 선풍적인 인기를 끌었던 이 차를 구입해 예전 모습대로 복원해놓은 듯했다.

"당신, 지금 무슨 짓을 하고 있는지 알고 있어요?"

가브리엘은 마치 터치라인에 선 선수 같았다.

"인생에서 확신을 갖고 할 수 있는 일이 과연 얼마나 될까요?"

가브리엘은 깨진 차창 안으로 손을 집어넣어 차 문을 열었다. 가브리엘이 운전석에 앉아 핸들 아래로 몸을 숙이고 시동을 거는 작업을 하는 동안 알리스는 차창에 팔꿈치를 기대고 그와 이야기를 나누는 시늉을 했다.

가브리엘이 플라스틱으로 된 낡은 실린더에서 서로 다른 색상의 전선 세 쌍을 찾아냈다.

"당신은 어디에서 그런 걸 배웠죠?"

"시카고에 있을 때 배웠죠."

가브리엘이 마침내 배터리를 작동시키는 한 쌍의 전선을 찾아냈다.

"이 전선이 바로 차의 시동을 걸게 하죠."

*삶은 밤에 설탕을 두텁게 입힌 프랑스 과자, 주로 크리스마스 무렵에 많이 먹는다.

가브리엘이 갈색의 두 전선을 가리키며 말했다.

"이제 자동차 구조 강의는 적당히 하고 어서 서둘러 시동을 걸어봐요."

가브리엘이 전선을 풀어 끝을 벗겨낸 다음 두 개를 꼬아 점화장치 스위치를 건드리자 비로소 계기판에 불이 들어왔다.

"건물 발코니에서 웬 여자가 우리를 지켜보고 있어요. 서두르지 않으면 낭패를 볼 수도 있어요."

"잔소리 좀 그만 해요. 한쪽 손만 사용해 일을 한다는 게 그리 쉬운 게 아니잖아요."

"알았으니까 어서 차를 움직이게 해봐요."

서두르라는 말에 자극받은 가브리엘이 이빨로 시동장치의 전선을 벗겨냈다.

"자, 이 전선을 내가 쥐고 있는 전선에 살살 대봐요."

전선이 맞닿으며 불꽃이 만들어지는 순간 차의 시동이 걸렸다. 두 사람은 비로소 공모자다운 시선을 교환했다.

"자, 이제 출발해요. 운전은 내가 할게요."

"수동기어인데 자신 있어요?"

"우리에겐 선택의 여지가 없어요. 내가 핸들을 잡을 테니까 당신은 기어 변속을 책임져요."

5. 레드 후크

몇몇 일들은 평온할 때 더 잘 배우지만 간혹 폭풍이 몰아칠 때 더 잘 배우는 일들도 있다.

_윌라 카서

NYPD(뉴욕 경찰) 색깔을 입힌 포드 토러스 자동차 한 대가 브로드웨이와 66번가가 만나는 모퉁이에 세워져 있었다.

제발 좀 서둘러요!

차 안에서는 스물네 살 먹은 조디 코스텔로가 손가락으로 연신 핸들을 두드리며 조바심을 치는 중이었다. 조디는 이달 초 뉴욕 경찰국에 채용된 신입 형사였다. 조디에게 할당된 센트럴파크웨스트 구역은 부자 동네로 사건 사고가 그리 많지 않았다. 경찰에 입문하고 나서 보름 동안 한 일이라고는 고작 관광객들 길 안내와 과속운전자 딱지 떼기, 음주운전자 단속이 전부였다. 게다가 파트너인 마이크 헤르난데스는 퇴직을 불과 여섯 달 남겨놓은 말년 형사로 일보다는 적당히 시간이나 때우자는 식이었다.

마이크는 '도넛 타임', '햄버거 휴식', '코카콜라 브레이크' 등의 간식 시간을 스스로 만들어내 하루 온종일 빈둥거리거나 기회만 있으면 지역 상인들과 관광객들을 잡고 수다를 떠느라 여념이 없었다. 마이크 나름

47

으로는 주민 친화적인 경찰 임무를 다하고 있다고 자평할 수도 있겠지만 의욕적으로 경찰에 입문한 조디의 입장에서 보자면 한심하기 짝이 없었다.

조디는 차 문을 열고 밖으로 나왔다. 도넛을 사러 간다며 차에서 내려 벌써 20분이나 무소식인 마이크를 찾아가 한바탕 불만을 퍼부어야겠다고 작심하고 상점 안으로 들어서려던 순간 여섯 명의 청소년들이 헐레벌떡 뛰어오는 모습이 눈에 들어왔다.

"라드론, 라드론(도둑이야, 도둑이야)!"

조디는 손을 들어 아이들을 진정시킨 다음 무슨 일인지 자초지종을 물었다. 스페인 아이들이 각자 제멋대로인 영어로 휴대폰을 날치기당한 이야기를 두서없이 떠들어댔다. 조디는 아이들에게 20번 구역에 가서 민원서류를 제출하라고 일러주고 보내려다가 한 가지 미심쩍은 부분에 주목했다.

"분명 그 날치기 도둑들이 수갑을 차고 있었단 말이지?"

조디가 바가지 머리에 안경을 쓴 아이에게 물었다. 녀석은 바르셀로나 축구팀 유니폼을 입고 있었다.

"네, 분명 수갑을 차고 있었어요."

옆에 있던 아이들도 이구동성으로 휴대폰 도둑들이 분명 수갑을 차고 있었다는 사실을 확인해주었다.

조디는 아랫입술을 질끈 깨물었다.

탈옥수들인가?

매일 아침 조디는 범죄자 수배 명단과 인상착의를 숙지했다. 아이들이 이야기하는 범인들의 인상을 자세히 경청해본 결과 현재 수배자 명단에는 없는 자들이 분명했다.

조디는 차에서 태블릿PC를 꺼냈다.

"휴대폰의 상표가 뭔지 말해봐."

스페인 아이의 대답을 들은 조디는 휴대폰 제조사의 클라우드 컴퓨팅에 접속했다. 그런 다음 아이의 이메일 주소와 비밀번호를 알려달라고 말했다.

조디는 사용자 메일과 접촉 상대, 휴대폰의 현재 위치를 알려주는 애플리케이션을 작동시켰다. 6개월 전 연애할 때 자주 사용해본 적이 있어 능숙하게 다룰 수 있는 애플리케이션이었다. 그 당시 간단한 조작만으로 남자 친구가 다른 여자 집에 드나든 사실을 고스란히 알아낼 수 있었다.

조디는 터치스크린을 눌러 휴대폰의 위치 탐색을 시도했다. 지도 위에서 깜박거리는 파란 점이 화면에 떴다. 아이의 휴대폰은 현재 브루클린 브리지 한가운데에 있었다. 범인들이 휴대폰을 날치기하고 나서 차까지 훔쳐 맨해튼을 벗어나고 있는 게 분명했다.

조디의 눈이 반짝 빛났다. 이제야 비로소 제법 비중 있는 사건을 다루게 되었다. 원칙대로 하자면 피해자로부터 입수한 정보를 NYPD 본부에 알려주고 브루클린 지역 정찰대가 용의자를 체포하도록 조처하는게 마땅했다. 그렇지만 조디는 모처럼 찾아온 호재를 놓치고 싶지 않았다.

조디는 황급히 〈던킨도너츠〉 쪽으로 눈길을 옮겼다. 마이크는 어디에 갔는지 보이지 않았다.

순찰차에 올라탄 조디는 회전 경보등과 사이렌을 켠 다음 브루클린을 향해 출발했다.

§

사방이 바닷물로 둘러싸인 지난날의 항만 노역자 구역이 브루클린 서쪽 끝에서 모습을 드러냈다.

알리스와 가브리엘을 태운 미니 쿠페는 반 브런트 스트리트 끝에 다다랐다. 레드 후크를 북쪽에서 남쪽으로 가로지르는 간선도로가 끝나는 지점에 부두로 직접 이어지는 산업지대가 철책으로 둘러싸인 채 방치되어 있었다.

그들은 바닥 면이 울퉁불퉁한 인도 변에 차를 세웠다. 수갑을 차고 있어 움직임이 자유롭지 못한 두 사람은 같은 문을 통해 차에서 내렸다. 환한 햇볕이 내리쬐고 있었지만 공기가 차갑고 주변 풍경이 적막해 을씨년스러운 느낌을 자아내는 곳이었다.

"빌어먹을! 여긴 바닷바람 때문에 얼어 죽을 것 같아요."

가브리엘이 재킷 깃을 올리며 투덜댔다.

산업지대 특유의 무미건조한 풍경이 눈앞에 펼쳐져 있었다. 버려진 창고들, 높이 솟아 있는 기중기, 화물선과 여객선이 뒤섞여있는 항만이 시야에 들어왔다. 페리호에서 하얀 수증기들이 뿜어져 나와 원뿔 모양의 기둥을 만들어내고 있었다.

세이무르와 함께 이곳에 왔을 때는 태풍 샌디가 휩쓸고 지나간 직후였다. 바다와 인접한 곳에 위치한 건물의 지하층과 노면 층은 그때까지도 바닷물에 잠긴 상태였다. 그나마 다행스럽게도 그 당시의 피해는 완전히 복구된 것 같았다.

"니키의 작업실이 이 건물 안에 있어요."

알리스가 육중하게 생긴 벽돌 건물을 가리키며 말했다. 그 건물은 원래 브루클린이 산업기지로 한창 주가를 올리던 시절에 대규모 제조공장으로 쓰였다.

두 사람은 바다를 마주 보고 있는 건물을 향해 걸어갔다. 부둣가에는 사람의 자취라고는 보이지 않았다. 카페 몇 군데와 재활용 상점 몇몇이 반 브런트 스트리트에 늘어서 있었지만 그나마 아직 커튼을 걷어 올리기 전이었다.

"니키라는 여자의 원래 직업은 뭐였죠?"

가브리엘이 하수도관을 훌쩍 뛰어넘으며 물었다.

"1990년대에 한창 이름을 날렸던 톱 모델이었죠."

"모델?"

"모델이라는 말만 들어도 흥분되나봐요?"

알리스가 빈정거리는 투로 말했다.

"모델에서 미술가로 변신한 것에 놀랐을 뿐입니다."

기분이 상한 가브리엘이 퉁명스럽게 대꾸했다.

"니키의 그림과 조각들은 최근 뉴욕의 갤러리에서 대단한 상종가를 치고 있다더군요."

"세이무르 형사는 현대미술 애호가입니까?"

"세이무르는 예술품 수집가이기도 하죠. 아버지로부터 미술에 대한 열정과 다수의 소장품을 유산으로 물려받았죠."

"그런 친구를 두었으니 당신도 예술에 대한 조예가 깊겠군요?"

알리스는 어깨를 으쓱했다.

"난 예술에 대해 전혀 모르지만 좋아하는 그림이 있긴 하죠."

"어떤 그림을 좋아하는데요?"

"살인자, 방화범, 테러범 따위를 그린 몽타주가 내가 즐겨보는 그림이죠."

건물에 도착한 그들은 짐을 올리고 내리는 엘리베이터에 올라 가장 꼭대기 층 단추를 눌렀다. 엘리베이터 문이 열리자 철제문으로 이어지는 콘크리트 계단이 보였다. 여러 번 초인종을 누르고 나서야 니키가 문을 열어주었다.

$§$

가죽 앞치마에 두꺼운 장갑, 소음 방지용 이어폰, 마스크와 검은 안경을 착용한 니키는 톱 모델이 아니라 용접공과 다름없는 차림새로 그들을 맞았다.

"안녕하세요, 니키."

"알리스, 어서 들어와요."

니키가 마스크와 검은 안경을 벗으며 알리스와 가브리엘을 맞았다.

"알리스, 미리 말해두지만 난 당신들이 겪고 있는 사연에는 관심 없어요. 괜히 복잡한 일에 말려들고 싶지도 않아요. 약속대로 수갑을 해체해줄 테니까 일이 끝나는 즉시 떠나주세요."

두 사람은 알았다고 고개를 끄덕이고는 문을 닫았다.

작업실은 그림을 그리거나 조각하는 장소가 아니라 마치 철물 공장 분위기에 더 가까웠다. 넓은 벽면은 온통 다양한 공구들로 도배되어 있다시피 했다. 각기 크기가 다른 망치들과 용접해야 할 쇠붙이들이 산소통과 함께 놓여 있었고, 화덕 안에서 불꽃이 이글이글 타오르면서 모루와 부지깽이 주변에 오렌지빛 후광이 어른거렸다.

두 사람은 니키를 따라 가공하지 않은 목재로 짠 마루 위를 걸어갔다. 작업실 안에 도색을 끝내고 마감 작업을 앞둔 금속공예품들이 도처에 널려 있었다.

"알리스, 이리 와 앉아요."

니키가 찌그러진 의자 두 개를 가리키며 말했다. 두 사람이 도착하기 전에 미리 가져다둔 의자인 듯했다.

알리스와 가브리엘은 군소리 없이 작업대 양쪽에 앉았다. 니키가 모서리 연마기에 절단용 디스크 나사를 조이며 수갑의 사슬을 바이스의 톱날 사이에 대라고 지시했다. 그런 다음 요란한 소리를 내며 돌아가는 금속 절단용 톱을 작동시켰다. 3초도 안 될 만큼 눈 깜짝할 사이에 수갑이 두 조각 나버렸다. 곧이어 뾰족한 끌로 몇 번 쓱쓱 문지르자 금속 팔찌의 걸쇠가 툭 떨어졌다.

알리스와 가브리엘은 피투성이가 된 손목을 어루만지며 안도의 숨을 내쉬었다.

"고마워요, 니키."

"천만에요. 자, 이제 돌아가요! 작업이 많이 밀려 있어 더 이상 당신들을 상대할 시간이 없어요."

니키가 문을 가리키며 말했다.

수갑을 푼 것만으로 너무나 기쁜 나머지 알리스와 가브리엘은 즉시 그 말에 따랐다.

§

알리스와 가브리엘은 부둣가로 나와 얼굴 가득 미소를 머금었다. 수갑을 풀었다고 해서 모든 문제가 풀린 건 아니었지만 가장 심각한 당면 과제를 해결한 건 분명했다. 두 사람은 가벼운 걸음으로 항만 근처를 어슬렁거렸다. 어느새 바람은 한결 따스해져 있었다. 코발트빛 하늘이 산업지대 특유의 황량한 느낌과 뚜렷한 대조를 이루었다. 날씨가 맑은 탓에 멀리 자유의 여신상과 뉴저지에 이르는 뉴욕만 전체가 한눈에 들어왔다.

"내가 살 테니까 저 카페에 가서 카푸치노나 한잔 마십시다."

가브리엘이 오래된 전차를 개조해 만든 카페를 가리키며 한껏 들뜬 목소리로 말했다. 전차의 표면은 스프레이를 찍찍 뿌려 그린 낙서들로 뒤덮여 있었다.

알리스가 그의 말에 찬물을 끼얹었다.

"카푸치노를 살 돈도 훔치려고요?"

잠깐 동안 현실을 망각했던 가브리엘이 인상을 잔뜩 찌푸리며 재킷을 벗었다. 셔츠 소매에 피가 흥건했다. 셔츠를 걷어 올리고 보니 팔뚝 앞쪽을 동여맨 넓적한 붕대에 피가 잔뜩 엉겨 붙어 있었다. 붕대를 떼어내자 흉한 상처가 모습을 드러냈다. 팔꿈치 아래쪽 전체에 여러 개의 커터 자국이 눈에 띄었고, 상처에서는 계속해서 피가 흘러내리고 있었다. 다행히 상처는 그리 깊지 않아 보였다. 칼자국을 가만히 살펴보니 뭔가를 그려놓은 듯한 모습이었다.

"숫자들이에요!"

가브리엘이 붕대로 흐르는 피를 닦아내는 것을 지켜보던 알리스가 소리쳤다. 피를 닦아내고 보니 살갗에 새겨진 141197이라는 숫자가 명징하게 드러났다.

"이 숫자들에는 어떤 의미가 담겨 있을까요? 어떤 놈들이 이따위 정신병자 같은 짓을 저질렀을까요?"

"이 숫자들은 전화번호는 아닌 것 같아요."

"혹시 날짜 아닐까요?"

"날짜라면 1997년 11월 14일이라는 뜻이겠네요."

가브리엘은 일리 있는 말이라는 뜻으로 고개를 끄덕였다.

"우선 얼마간의 돈과 신분증을 마련하는 게 우리의 당면 과제 같은데 당신은 어떻게 생각해요?"

"좋은 방법이 있으면 말해봐요."

"차이나타운에 전당포가 하나 있어요. 가끔 내가 아는 뮤지션들이 악기를 맡기고 돈을 빌렸던 곳이죠."

"안타깝게도 우리에게는 맡길 만한 물건이 없잖아요."

가브리엘이 알리스의 손목시계를 은근히 쳐다보았다.

"당신이 차고 있는 손목시계 정도면 제법 많은 돈을 빌릴 수 있지 않을까요?"

알리스가 깜짝 놀라는 표정을 지으며 순간적으로 몇 발짝 뒤로 물러섰다.

"꿈에서라도 그런 생각은 하지 말아요."

"파텍필립 제품 같은데 그 정도면 최소한······."

"이 시계는 절대로 안 되니까 꿈 깨요. 죽은 남편 시계란 말이에요!"

"그럼 시계를 맡기는 것 말고 돈을 구할 수 있는 방법을 말해봐요. 우린 지금 이 휴대폰 말고는 가진 게 없어요."

가브리엘이 휴대폰을 살랑살랑 흔들어대는 모습을 보며 알리스는 당장 그의 목이라도 조르고 싶은 충동을 간신히 억눌러 참았다.

"그 휴대폰은 이제 버려야 해요. 휴대폰에 위치추적장치가 내장돼 있어 우리의 위치가 경찰에 노출될 수도 있어요."

"이 휴대폰을 손에 넣느라 얼마나 고생을 했는데 버리라는 겁니까? 당장 휴대폰도 없이 어쩌려고요? 아무리 위험해도 휴대폰이 없으면 우린 아무것도 할 수 없는 신세가 되고 말아요."

"그 휴대폰을 들고 다닐 경우 경찰이 3분 만에 우리를 찾아낼 수 있어요!"

"알았으니까 그만 진정해요. 적당한 때에 버릴 테니까."

한바탕 욕설을 퍼붓기 위해 막 입을 떼려던 알리스는 갑자기 들려온 소리 때문에 머리가 핑 돌았다. 알리스는 도로를 막아선 경찰차 앞에서 잠시 꼼짝도 하지 못하고 서 있었다. 저 멀리서 요란한 사이렌 소리와 함께 경광등을 켠 경찰차가 두 사람을 향해 전속력으로 달려오고 있었다.

"서둘러요!"

알리스가 가브리엘의 팔을 잡으며 소리쳤다.

두 사람은 미니 쿠페를 세워둔 곳을 향해 뛰어갔다.

알리스는 미니 쿠페의 운전석에 오르자마자 급히 시동을 걸었다. 반 브런트 스트리트의 한쪽 끝은 막다른 골목이었고, 다른 쪽에서는 경찰 차가 추격해오고 있었다.

무슨 수를 써서라도 일단 도망치고 봐야 해.

유일한 탈출구는 부둣가로 나가게 해주는 철책이었다. 안타깝게도 철책에는 쇠사슬이 처져 있었다.

"안전띠를 단단히 매요."

알리스가 타이어에서 끼익 소리가 나도록 급제동을 걸며 말했다.

두 손으로 핸들을 꽉 움켜쥔 알리스는 철책에서 30미터쯤 떨어진 곳에서 최대한 속력을 높여 앞으로 돌진했다. 길을 차단해놓은 쇠사슬이 요란한 금속성 소리와 함께 툭 끊어졌고 차는 앞으로 계속 달려나갔다. 어느새 버려진 공장지대를 빙 둘러 뻗어 있는 예전의 전찻길로 접어들었다.

당황한 가브리엘은 차창을 열고 휴대폰을 던져버렸다.

"진작 버리라고 할 때 버렸어야죠."

알리스가 무서운 눈으로 가브리엘을 쳐다보며 쏘아붙였다.

축간거리가 좁고 바퀴도 자그마한 미니 쿠페가 울퉁불퉁한 길에서 심하게 요동쳤다.

알리스는 룸미러를 통해 뒤쪽을 살폈다. 경찰차가 바닷가를 따라 질주하는 미니 쿠페를 계속 추격해오고 있었다. 부둣가를 백여 미터 질주한 알리스는 오른쪽으로 접어드는 작은 길을 발견하고 핸들을 꺾었다. 아스팔트가 깔린 직선도로로 들어서자 알리스는 가속페달을 최대한 밟으며 북쪽 방향을 향해 내달렸다. 브루클린의 교통량이 많아지기 시작하는 시간이었다. 연속으로 신호등 두 개를 무시하고 달리다가 하마터면 대형 충돌사고를 빚을 뻔했다. 뒤에는 한껏 속력을 높인 경찰차가 바짝 따라붙었다.

미니 쿠페는 요란하게 타이어 마찰 소리를 내며 커브 길을 돌아 간선도로로 진입했다. 알리스는 다시 룸미러를 통해 점점 거리를 좁혀오는 경찰차의 위협적인 기세를 확인했다.

"바로 뒤까지 쫓아왔어요!"

가브리엘이 고개를 뒤로 돌리며 다급하게 외쳤다.

알리스는 고속도로와 합류하는 터널 입구까지 내처 달렸다. 눈에 띄게 많아진 차량들의 물결 속으로 숨어들고 싶었지만 일단 고속도로에 들어서게 될 경우 미니 쿠페는 경찰이 모는 8기통 인터셉터의 상대가 될 수 없었다.

알리스는 급제동을 걸며 핸들을 꺾었다. 이제 미니 쿠페는 도로관리 근로자들이 지하차도의 지붕으로 올라가기 위해 사용하는 보행자 전용 도로로 들어섰다.

"당신, 죽고 싶어 환장했어요?"

가브리엘이 안전띠에 매달리며 소리쳤다.

한 손으로는 핸들을, 나머지 한 손으로는 변속기어를 움켜쥔 알리스는 자갈길을 20미터쯤 더 달렸다. 자동차 바퀴가 돌멩이 사이로 빠져들어가려는 순간 알리스는 콥 힐 방향으로 가는 콘크리트 연결 도로로 접어들었다. 단 일 분만 늦었어도 미니 쿠페는 자갈에 걸려 빠져나올 수 없었으리라.

이제 미니 쿠페는 다채로운 색상을 한 상점들이 즐비하게 늘어선 길로 접어들었다. 정육점, 이탈리아 식료품점, 제과점, 심지어 이발소가 있었고, 사람들이 분주하게 얽혀 영업 중이었다.

여긴 지나다니는 행인들이 너무 많아.

경찰차도 포기하지 않고 여전히 맹추격 중이었다. 알리스는 미니 쿠페의 작은 차체를 맘껏 이용해 행인들 사이를 요리조리 빠져나온 끝에 복잡한 상점가를 지나 주거지역으로 들어섰다.

이제 주변 풍경은 확연히 달라져 있었다. 레드 후크의 산업지대 분위기는 어느새 사라져버리고 대도시의 교외 풍경이 눈앞에 펼쳐졌다. 작은 교회와 학교, 줄지어 늘어선 붉은 벽돌 주택들, 그 앞의 자그마한 정원들이 스쳐 지나갔다.

알리스는 좁은 길이었지만 가속페달을 최대한 밟으며 그대로 속력을 유지했다. 얼굴을 앞 유리창에 닿을 정도로 바짝 붙이고 조바심을 치며 머리를 굴려봤지만 안타깝게도 좋은 생각이 떠오르지 않았다.

미니 쿠페의 변속기어는 상당히 원시적이어서 기어를 바꿀 때마다 변속기가 부서지기라도 할 듯 요란한 소리를 냈다. 좁은 길을 막 지났을 때 알리스는 갑자기 차를 세웠다가 몇 미터쯤 후진한 다음 방금 전에 지나쳤던 길로 접어들었다. 그 길은 일방통행로였고, 얼마 지나지 않아 길 한가운데에 정차해 있는 트럭 때문에 오도 가도 못할 형편이었지만 알리스는 가속페달에서 발을 떼지 않았다.

"속도를 줄여요. 까딱 잘못하다간 트럭과 부딪치겠어요!"

알리스는 가브리엘의 말을 무시하고 한층 더 속력을 높여 차를 인도 위로 끌어올렸다. 알리스는 연신 사이드미러를 보면서 앞으로 전진을 거듭했다. 끈질기게 따라붙던 경찰차가 트럭에 가로막혀 꼼짝 못 하고 서 있었다.

적어도 몇 초는 숨 돌릴 틈이 생겼어!

계속 인도를 타고 달리다가 일방통행 길을 거슬러 올라가 오른쪽으로 방향을 틀자 다시 아스팔트 도로가 나왔다.

알리스는 철제 울타리가 쳐진 영국식 정원 코블 힐 파크 쪽으로 차를 몰았다.

"당신은 여기가 어딘지 알아요?"

알리스가 속도를 줄여 철책을 따라가며 물었다.

가브리엘이 교통 표지판을 쳐다보았다.

"오른쪽으로 가면 애틀랜틱 애비뉴가 나온답니다."

가브리엘의 말대로 오른쪽 방향으로 핸들을 틀자 곧 4차선 도로가 나왔다. JFK공항에서 시작해 이스트 강안까지, 뉴욕을 동서로 가로지르는 간선도로였다. 알리스도 공항에 갈 때 택시를 타고 가끔 지나친 적이 있는 길이었다.

"맨해튼 브리지가 여기서 멀지 않죠?"

"그 다리는 우리 뒤쪽에 있어요."

알리스는 곧장 유턴해 고속도로를 탔다. 얼마 지나지 않아 맨해튼으로 이어지는 인터체인지가 나왔다. 저만큼 멀리 떨어진 곳에 현수교의 우중충한 잿빛 기둥들이 보였다.

"경찰차가 벌써 뒤쫓아 왔어요!"

방향을 바꾸기에는 너무 늦은 듯했다. 이제 롱아일랜드로 갈지, 맨해튼으로 돌아갈지 선택의 기로에 놓여 있었다.

알리스는 29A 출구로 빠져나와 다리로 향했다. 맨해튼 브리지는 일곱 개의 차선, 네 개의 지하철 노선, 한 개의 자전거 도로가 있는 다리였다. 다리 입구로 들어서려면 길게 돌아가는 콘크리트 가교를 타야 했다. 길이 좁아진 탓에 가교 부근은 밀려드는 차량들로 북새통을 이루고 있었다. 차가 거의 앞차 뒤꽁무니에 달라붙어 기어가는 형국이었다.

알리스는 다른 차들과 마찬가지로 비상등을 켰다. 후방 백 미터 지점에서 뒤따라오는 경찰차가 보였다. 경찰이 제아무리 사이렌을 울려도 소용없었다. 길이 너무 좁아 경찰차가 지나가도록 길을 터줄 방법이 없는 곳이었다. 알리스 역시 더 이상 속도를 높여 달아날 방법이 없긴 마찬가지였다.

"다 틀렸어요."

가브리엘이 힘없이 말했다.

"경찰보다 우리가 먼저 다리를 건널 수 있어요."

"요행히 다리를 건넌다고 해도 맞은편에서 다른 순찰차가 우리를 기다리고 있을 텐데요."

알리스는 눈을 감고 몇 초 동안 생각에 잠겼다.

"당신 말이 맞아요."

앞쪽 교통 흐름이 조금 나아져가고 있을 때 알리스는 안전띠를 풀고 차 문을 열고 밖으로 나갔다.

"당신이 핸들을 잡아요."

"지금 무슨 짓을 하려고요?"

"나한테 좋은 생각이 있어요."

가브리엘이 힘겹게 운전석으로 옮겨 앉았다. 다리로 진입하는 원형 교차로 부근에서도 차들은 거북이걸음을 하고 있었다.

가브리엘은 알리스를 시야에서 놓치지 않기 위해 눈을 부릅뜨고 그녀의 일거수일투족을 주시했다. 알리스는 미꾸라지처럼 빠르게 자동차들 사이를 누비며 계속 앞으로 달려갔다. 그러다가 갑자기 베이지색 혼다 어코드 앞에 멈춰 서더니 권총을 빼들었다.

가브리엘은 그제야 알리스의 의도를 알아차렸다.

알리스가 차창을 향해 권총을 들이댔다. 핸들을 잡고 있던 여자는 두말하지 않고 차에서 내렸다. 잔뜩 겁에 질린 여자는 울타리를 뛰어넘더니 20미터가량 이어진 잔디 경사면을 빠르게 달려 도망쳤다.

가브리엘은 고개를 뒤로 돌려 원형 교차로 반대편에 서 있는 경찰차를 쳐다보았다. 경찰이 앞쪽에서 벌어진 상황을 알아채기에는 불가능한 거리였다.

가브리엘은 미니 쿠페에서 나와 힘껏 뛰기 시작했다. 차들이 조금씩 움직이기 시작하는 순간 가브리엘은 가까스로 혼다에 올라탔다.

알리스의 얼굴은 여전히 초조하게 굳어 있었다.

"사물함에 뭐가 들어 있는지 열어봐요."

사물함을 연 가브리엘은 오늘 아침 눈을 뜬 순간부터 가장 먼저 떠올랐던 담배와 라이터를 발견했다.

가브리엘이 담배에 불을 붙여 알리스에게 내밀었다. 알리스는 핸들에서 손을 떼지 않고 담배를 한 모금 깊이 빨고 나서 차창을 열고 신선한 바깥 공기를 들이마셨다. 오른쪽으로는 미드타운의 마천루들이 햇빛을 받아 찬란하게 번쩍거렸고, 왼쪽으로는 로어이스트사이드의 천편일률적인 건물들이 보였다. 남편 폴이 탐독했던 추리소설들의 배경으로 자주 등장했던 곳이었다.

폴!

알리스는 고개를 흔들어 폴에 대한 기억을 떨쳐버리고, 손목에 찬 시계를 바라보았다. 새벽에 공원에서 눈을 뜬 후 벌써 두 시간이 넘게 지나 있었지만 아직 아무것도 알아낸 게 없었다. 그저 황당한 미스터리가 그대로 남아 있을 뿐만 아니라 새로운 문제들까지 더해져 오히려 상황은 한층 복잡하게 꼬여가고 있었다. 경찰의 추격을 받고 있는 형편이라 위험 요소도 커졌다.

이제 돈 없이는 옴짝달싹할 수도 없는 처지였다.

"아까 말한 전당포 주소를 불러봐요."

차가 맨해튼에 도착했을 때 알리스가 퉁명스럽게 말했다.

6. 차이나타운

늙는다는 건 따지고 보면 자신의 과거에 대해 더 이상 두려워하지 않는다는 것과 같은 말이다.

_스테판 츠바이크

차는 보우어리를 지나 모트 스트리트로 접어들었다. 알리스는 중국 약재 상점 앞에서 차를 세울 만한 빈자리를 발견했다. 소형 배달 트럭과 딤섬을 파는 이동식당 트럭 사이에 겨우 차가 들어갈 만한 빈 공간이 있었다.

"내 기억이 틀리지 않다면 이 근처에 전당포가 있을 거예요."

가브리엘이 혼다의 문을 닫으며 말했다.

그들은 차이나타운의 모트 스트리트를 거슬러 올라갔다. 모트 스트리트는 오가는 사람들이 많아 매우 번잡한 길이었다. 짙은 빛깔의 벽돌 건물들이 차이나타운을 남북으로 가로지르고 있었고, 차도 주변에는 다양한 상점들이 늘어서 있었다. 상점들의 간판은 예외 없이 한자로 적혀 있었다. 침술원, 문신 가게, 보석 가게, 짝퉁 명품점, 식료품점 따위가 문을 활짝 열어놓고 손님들을 맞이하는 중이었다. 식료품점 판매대에는 거북이 등껍질이 진열되어 있었고, 그 위로 갈고리에 꿴 훈제 오리가 매달려 있었다.

두 사람은 곧 정면을 회색으로 칠한 건물 앞에 도착했다. 건물 위에는 용 모양의 네온사인 간판이 걸려 있었다.

'Pawn Shop-Buy-Sell-Loan(전당포-삽니다-팝니다-돈을 빌려드립니다)'이라고 적힌 간판이 새벽 여명 속에서 깜박거렸다.

가브리엘이 앞장서 전당포 문을 밀었고, 알리스도 곧 뒤따라 들어갔다. 길고 어두컴컴한 복도가 끝나는 곳에 창문이라고는 없고, 전등불만 희미하게 밝혀놓은 커다란 방이 나왔다. 방에서는 시큼털털한 냄새가 났다. 그 방의 철제 선반 위에 TV, 명품 핸드백, 악기, 박제동물, 추상화 같은 온갖 잡동사니들이 잔뜩 쌓여 있었다.

"시계를 풀어서 줘봐요."

가브리엘이 손을 내밀며 말했다.

알리스는 폴과의 추억이 깃든 물건들을 모두 처분했다. 이제 폴을 떠올리게 만드는 마지막 정표가 바로 그 손목시계였다. 로즈골드로 제작된 파텍필립 시계로 폴이 할아버지로부터 물려받은 유산이었다. 그 손목시계는 폴과 함께했던 시간을 떠올려주는 유일한 연결고리였다. 알리스는 아침마다 폴이 하던 대로 태엽을 감고 숫자판을 닦아주었고, 항상 손목에 차고 다녔다. 시계를 차고 있으면 언제나 폴이 함께 하고 있다는 느낌을 받았다.

두 사람은 전당포의 창구로 걸어갔다. 방탄유리로 된 칸막이 뒤에는 기하학적으로 자른 머리, 몸에 찰싹 달라붙는 스키니 진 바지, 컴퓨터 천재들이 주로 쓸 법한 안경, 키스 해링의 그림이 새겨진 형광색 티셔츠, 그 위에 걸쳐 입은 허리가 들어간 재킷 등 외모에 몹시 신경을 쓴 젊은 아시아계 청년이 앉아 있었다.

"무얼 도와드릴까요?"

중국인 청년이 머리카락을 귀 뒤로 쓸어 넘기며 물었다.

알리스는 여전히 미련을 떨쳐버리지 못하고 망설이다가 마침내 결단한 듯 손목시계를 풀어 창구 위에 내려놓았다.

"이 시계를 맡기면 얼마를 빌릴 수 있죠?"

전당포 청년은 시계를 집어 들고 요모조모 꼼꼼하게 살폈다.

"혹시 제품보증서를 가지고 계십니까? 이 시계가 진품이라는 걸 증명할 수 있는 서류가 있다면 훨씬 비싼 값을 쳐드릴 수 있을 텐데요."

"그 시계는 누가 보더라도 진품이라는 사실을 알 수 있지 않나요? 진품이 아니라고 의심되면 이리 주세요."

알리스가 청년을 쏘아보며 내뱉었다.

전당포 청년은 여전히 태엽을 감아보고, 누름단추를 눌러보는 등 시계의 기능이 제대로 작동하는지 점검하느라 여념이 없었다.

"시계를 함부로 만지다가 망가지기라도 하면 책임질 거예요?"

"날짜와 시간이 틀려 맞춰놓은 건데 지나치게 예민하게 반응하시는군요."

청년이 고개도 들지 않고 시큰둥하게 말했다.

"자, 이제 얼마를 줄 수 있는지 빨리 결정해요."

"5백 달러를 드리죠."

청년이 말했다.

"골동품 수집가들이 눈에 불을 켜고 찾는 시계인데 겨우 5백 달러를 주겠다고요? 적어도 그보다 백배 정도는 더 가치가 있을 텐데요."

알리스는 말이 끝나기 무섭게 청년의 손에서 시계를 낚아챘다. 가브리엘이 시계를 빼앗아들고 밖으로 나가려는 알리스의 팔목을 잡았다.

"시계를 파는 게 아니라 잠시 맡겨두는 것뿐이잖아요. 문제가 해결되는 즉시 다시 와서 찾아가면 돼요."

알리스가 세차게 고개를 저었다.

"시계를 맡기기로 한 건 없던 일로 하고, 다른 방법을 찾아봐야겠어요."

"다른 방법이 있을 턱이 없잖아요. 우린 지금 돈이 없으면 옴짝달싹할 수 없는 입장이라고요. 그러지 말고 당신은 밖에 나가서 잠시 기다려요. 내가 다시 한번 흥정해볼 테니까."

알리스는 마지못해 시계를 건네주고 전당포 밖으로 나갔다.

거리로 나오자마자 어디선가 날아오는 훈제 생선 냄새와 발효 버섯 냄새가 후각을 자극했다. 빈속에 갑자기 생경한 음식 냄새를 맡자 역한 반응이 일었다. 알리스는 구토와 현기증이 일어 바닥에 쭈그리고 앉아 구역질했다. 먹은 음식이 없어서인지 입에서 노랗고 시큼한 액체만이 흘러나올 뿐이었다. 그녀는 여전히 현기증이 가시지 않아 손으로 벽을 짚어가며 겨우 몸을 일으켰다.

손목시계 때문에 지난날의 기억이 다시금 수면 위로 떠올랐다. 폴과 함께했던 날들은 하루하루가 눈부셨다. 폴과 함께하는 동안에는 세상의 모든 두려움을 잊을 수 있었다. 이제 그날은 다시는 되풀이되지 않을 추억 속의 이야기가 되었다. 폴에 대한 기억들이 뇌리를 스쳐 지나가는 동안 어느새 알리스의 눈에 눈물이 고였다.

나는 기억한다……

3년 전
파리
2010년 11월

장대비가 억수처럼 쏟아진다.

"세이무르, 생토마다캥 가는 오른쪽 길이야."

와이퍼가 쉴 새 없이 좌우 왕복을 하고 있지만 차의 앞 유리는 그 즉시 빗물 장막이 형성된다.

세이무르가 운전하는 차는 생제르맹 대로를 지나 좁은 길로 접어든다. 생제르맹 성당 앞 광장으로 이어지는 길이다. 지난밤부터 쏟아지기 시작한 비로 세상이 온통 흠뻑 젖어 있다. 파리의 모든 건물과 행인들이 온통 액체가 되어 흘러내리는 것 같은 풍경이 계속해서 펼쳐진다. 생제르맹 성당 정면의 박공 부분이 먹구름과 빗물에 가려 보이지 않는다. 반부조도 겨우 알아볼 수 있을 만큼 흐릿하게 보일 뿐이지만 돌 속에 피신한 석조 천사들만큼은 억수처럼 쏟아지는 빗물 속에서 여전히 또렷하게 드러나 있다.

생제르맹 성당 앞 광장을 한 바퀴 돌고 난 세이무르는 산부인과 병원이 있는 도로변에 차를 세운다.

"시간이 얼마나 걸릴 것 같아요?"

"길어봐야 20분을 넘기지 않을 거야."

"여기서 조금 더 올라가면 괜찮은 식당이 하나 있어요. 팀장님이 나오실 때까지 거기서 샌드위치나 먹으면서 기다릴게요. 사비뇽에게 크뤼쉬에 대한 조사는 어떻게 되어가고 있는지 전화도 해볼게요."

"급한 소식이 있으면 나한테 즉시 문자를 넣어줘. 그럼 잠시 후에 봐."

차에서 내린 나는 비를 조금이라도 피하기 위해 점퍼를 끌어올려 머리를 덮고 10미터쯤 되는 거리를 힘껏 뛰어간다. 병원으로 들어가보니 담당 의사의 비서는 통화 중이다. 여자는 미안한 표정이 담긴 눈짓을 보내며 손을 들어 대기실 쪽을 가리킨다. 나는 대기실 문을 열고 들어가 가죽 의자에 털썩 주저앉는다.

아침부터 방광 부근에서 극심한 통증이 느껴지는 바람에 악몽 같은 시간을 보냈다. 아랫배 부근을 짓누르는 통증과 함께 5분마다 요의를 느낀다. 소변을 볼 때마다 요도가 지독하게 따끔거리며 피가 섞여 나와 불안감을 증폭시킨다.

설상가상으로 우리 팀은 눈코 뜰 새 없이 바쁘고, 하루 온종일 이리저리 뛰어다니느라 정신이 없을 지경이다. 살해 용의자를 체포했고 명백한 증거가 없어 자백을 받아내기 위해 취조를 진행하는데 또 다른 살인사건이 터진다. 파리 16구 프장드리 가에 사는 젊은 여교사가 스타킹에 목이 졸린 시체로 발견된다.

나는 세이무르와 함께 아침 7시부터 살인사건이 발생한 장소로 출동해 현장을 둘러보고 나서 여교사의 이웃 사람들을 만나 수상한 사람을 보지 못했는지 탐문수사를 펼친다. 그런 와중에도 연신 구토에 시달리고, 소변을 볼 때마다 바늘로 요도를 콕콕 찔러대는 것 같은 통증에 시달린다.

나는 산부인과 대기실에 앉아 콤팩트를 꺼내 얼굴을 비춰본다. 비에 흠뻑 젖은 옷, 마구 헝클어진 머리카락, 잔뜩 찌푸려져 있는 얼굴을 보자니 영락없는 좀비 꼴이다. 요도의 통증 때문에 고통을 겪는 게 처음은 아니다. 항생제 처방을 받으면 금세 통증이 완화되는 증세라는 것도 알고 있다. 병원에 갈 시간이 없어 사건 현장 부근의 약국을 찾아가 항생제를 지어달라고 말한다. 항생제를 처방하면 요도의 통증이 거짓말처럼 사라질 텐데 약사는 의사 처방 없이는 약을 내줄 수 없다며 고집을 부린다.

"알리스 형사님이시죠?"

느닷없이 들려온 목소리에 나는 콤팩트에서 눈을 떼고 살며시 고개를 든다. 눈앞에 담당 의사 대신 피부가 거무스레하고 눈에 뿔테안경을 낀 금발의 곱슬머리 의사가 웃음을 가득 머금은 눈으로 나를 쳐다보고 있다. 언뜻 보기에도 꽤나 잘생긴 남자다.

"저는 폴 말로리라고 합니다."

의사가 뿔테안경을 만지작거리며 나에게 인사를 건넨다.

"저는 퐁슬레 박사님과 만나기로 약속했는데요."

"퐁슬레 박사님은 지금 휴가 중이라 제가 대신 진료한다고 미리 알려드렸을 텐데요?"

나는 슬그머니 짜증이 치민다.

"퐁슬레 박사님에게 메일을 받았지만 그런 말씀은 전혀 없었는데요."

나는 확실한 증거를 보여주기 위해 휴대폰을 꺼내 메일을 찾아본다. 메일을 다시 읽어보니 금방 의사의 말이 틀리지 않다는 걸 알 수 있다. 바쁜 와중에 메일을 대충 훑어본 탓에 진료 시간만 확인했을 뿐 퐁슬레 박사가 휴가를 떠나있는 동안 폴 말로리 박사가 대신 진료를 맡게 될 거라고 언급해놓은 부분은 건너뛰고 읽지 않은 것이다.

"자, 진료실 안으로 들어오시죠."

폴 말로리 박사가 눈가에 생글거리는 미소를 지으며 부드러운 목소리로 말한다.

사실 난 그때까지 남자 산부인과 의사에 대해 거부감을 갖고 있었다. 심리적인 면, 감성적인 면, 친밀감 면에서 성별이 같은 여의사가 좀 더 섬세하게 내 입장을 이해해줄 수 있으리라 믿었기 때문이다. 나는 경계심을 늦추지 않고 주춤주춤 진료실 안으로 걸어 들어간다.

"제가 사실 무척 바쁜 몸이라 단도직입적으로 말씀드리죠. 저는 지금 방광염의 통증을 완화시켜줄 항생제가 필요합니다. 퐁슬레 박사님께서 처방해주셨던 약이면 됩니다. 항생제의 상표는……."

폴 말로리 박사가 미간을 살짝 찌푸리며 바라보다가 다짜고짜 내 말을 끊는다.

"죄송합니다만 환자분이 직접 처방전을 쓰면 안 됩니다. 경찰이시니까 의사가 환자를 진찰해보지도 않고 항생제 처방전을 써주는 게 위법이라는 사실을 잘 알고 계시겠군요?"

나는 짜증이 치밀어 오르는 걸 가까스로 억눌러 참았지만 이대로 후퇴했다가는 일이 엉뚱한 방향으로 꼬일 수도 있겠다는 생각을 하며 계속 고집스럽게 밀어붙인다.

"저는 만성 방광염을 앓고 있고, 추가 진찰은 필요 없습니다."

"여전히 의사처럼 말씀하시네요."

"물론 제가 월권행위를 하면 안 된다는 걸 잘 알고 있지만 지금 여기서 한가하게 진찰이나 받고 있을 시간이 없어서 그럽니다. 제발 검사를 받느라 아까운 시간을 허비하지 않게 해주세요."

"아무리 시간이 촉박해도 진료도 하지 않고 약을 처방해드릴 수는 없습니다. 자, 검사실에 가서 소변의 세포세균학적 검사를 받아오세요."

폴 말로리 박사가 소변 검사용 종이를 내밀며 아무렇지도 않게 말한다.

"정말 고집불통이시군요. 그러지 말고 얼른 항생제나 처방해주고 끝내시죠."

"알리스 형사님, 당신 인생에 항생제만 필요한 건 아닙니다. 병의 증상이 어떤지 확실하게 알아내기 전에는 절대로 그냥 보내드리지 않을 테니까 얼른 제 말대로 하세요."

폴 말로리 박사의 말을 듣는 순간 갑자기 맥이 탁 풀리며 내 자신이 한없이 처량하게 느껴진다. 아랫배가 다시 쥐어짜는 것처럼 아프다. 경찰에 투신하면서 누적된 피로감이 몸 안에서 폭발 직전의 화산처럼 끓어오르고 있다. 잠복근무를 서느라 뜬눈으로 밤을 지새우기 일쑤고, 걸핏하면 범인들과 육탄전이나 총격전을 벌여야 하고, 현장에서 본 끔찍한 시신들이 뇌리를 떠나지 않고 꿈에 나타나기도 한다. 그야말로 요즘은 내 몸에서 진이 다 빠져버린 느낌이다.

나도 다른 사람들처럼 파란 하늘과 밝은 태양 아래에서 여유 있게 커피를 마시며 공원 길도 산책하고 싶고, 뜨거운 물에 몸을 푹 담그며 목욕도 하고 싶고, 헤어스타일도 세련되게 바꾸고 싶다. 잠시 업무를 내려놓고 백화점에 가 신상 옷도 사 입고, 2주 정도 파리에서 멀리 떨어진 바닷가로 휴가를 떠나 아무런 생각 없이 휴식을 취하고도 싶다.

폴 말로리 박사의 핸섬한 얼굴에는 평화롭고 온화한 미소가 흐르고 있고, 살짝 화를 내는 모습도 제법 귀엽다. 믿기 힘들 만큼 진한 금발의 곱슬머리도 내 마음을 설레게 하기에 충분하다. 모처럼 매력적인 남자 옆에 있자니 내 모습이 더욱 초라하게 느껴진다.

미쳤어! 잘생긴 남자 앞에서 일이 바쁘다는 푸념을 늘어놓으며 억지 주장을 펼치다니!

"알리스 형사님은 평소 수분을 충분히 섭취하십니까? 방광염 환자 중 절반이 하루에 물을 2리터씩 마시면 병이 저절로 낫는다는 사실을 알고 계십니까?"

나는 더 이상 의사와 대화를 나누고 있을 시간이 없다. 카메라의 플래시가 터지듯 머릿속에서 수많은 이미지들이 연속적으로 명멸한다. 아침에 범죄 현장에서 본 여교사의 사체가 떠오른다. 나일론 스타킹으로 목이 졸려 죽은 클라라 마튀랭은 두 눈이 뒤집어져 흰자위가 허옇게 드러나 있고, 얼굴에는 극심한 공포의 그림자가 어려 있다. 나에게는 더 이상 시간을 허비할 권리가 없다. 흉악범이 다른 피해자를 또다시 양산해내기 전에 반드시 잡아야 하는 게 나에게 주어진 일이니까.

"약용식물요법은 어떠세요? 약용식물을 잘 섭취하면 우리 몸에 아주 유용합니다. 혹시 방광염에 덩굴월귤이 좋다는 걸 알고 계십니까?"

나는 갑자기 의사의 책상 뒤로 돌아가 아직 작성하지 않은 처방전 용지 한 장을 묶음에서 떼어낸다.

"박사님께서 아직 제가 얼마나 시급한 상황에 처해 있는지 전혀 파악이 안 되는 것 같군요. 계속 제 요청을 들어주지 않으면 제가 직접 처방전을 쓸 수밖에 없습니다!"

폴 말로리 박사는 나의 갑작스런 도발에 깜짝 놀라며 미처 나를 제지시킬 엄두를 내지 못한다. 나는 처방전을 들고 몸을 돌려 진료실을 빠져나오며 쾅 소리가 나게 문을 닫는다.

§

파리, 10구
한 달 뒤

2010년 12월 아침 7시, 나는 아우디를 끌고 밤새 달린 끝에 콜로넬

파비앵 광장에 다다른다. 도시의 새벽빛이 콘크리트와 유리로 지은 거대한 공산당사 건물에 은은하게 반사되고 있다. 날씨가 마치 북극처럼 추워 히터의 온도를 최대한도로 높이고 로터리를 돌아 루이 블랑 가로 진입한 다음 생마르탱 운하를 건너며 라디오를 켠다.

프랑스앵포 방송입니다. 지금 시각은 아침 7시입니다. 베르나르 토마송이 뉴스를 전해드립니다.

안녕하세요? 크리스마스이브인 오늘도 변덕스러운 날씨 소식이 뉴스를 온통 독점할 것 같습니다. 프랑스 기상청은 오늘 오전 파리에 폭설이 내릴 거라는 예보와 함께 오렌지색 경보를 발동했습니다. 오늘 내릴 폭설 때문에 파리와 수도권 일대에 심각한 교통대란이 예상되고 있습니다.

크리스마스가 일 년에 한 번밖에 없어 그나마 다행이다. 크리스마스이브의 설레는 분위기나 단란한 가족 모임은 나와는 거리가 먼 이야기다. 아직 기상청에서 예고한 폭설의 영향권에서 벗어나 있지만 유예 시간이 그리 길지는 않을 듯하다.

나는 원활한 교통 흐름 덕분에 순식간에 파리 10구를 북쪽에서 남쪽으로 가로질러 동역까지 간 다음 거기서부터 마장타 대로로 접어든다.

나는 엄마도 여동생도 오빠도 싫고, 매년 악몽으로 변하기 일쑤인 연례 가족 모임도 증오한다. 런던에 살고 있는 내 여동생 베레니스는 뉴

본드 스트리트에서 화랑을 운영하고 있고, 내 오빠인 파브리스는 싱가포르의 금융기관에서 일하고 있다. 매년 크리스마스 때마다 오빠와 동생은 배우자와 아이들을 데리고 보르도 근처에 사는 엄마 집에서 이틀 동안 함께 지낸다. 크리스마스이브에 온 가족이 함께 모여 저녁 식사를 하고, 몰디브나 모리셔스 섬 또는 카리브 해안으로 휴가를 떠나는 게 연례행사처럼 되어 있다.

기상청에서는 파리와 인접 지역에서는 가급적 자가운전을 피하고 지하철 같은 대중교통을 이용할 것을 강력하게 권고하고 있습니다. 아무리 폭설이 내린다고 해도 크리스마스이브에 기상청의 조언을 수용하기란 그리 쉽지 않을 것으로 보입니다. 경찰청에서도 늦은 오후부터 기온이 급강하하면서 눈이 얼어 빙판길로 변할 경우 심각한 사고 위험이 따른다며 가급적 외출을 자제해달라고 경고했습니다.

레오뮈르 가, 보부르 가, 마레 지역을 서쪽에서부터 관통해 달린 나는 비로소 시청 광장 앞에 도착한다. 아직 이른 새벽이지만 시청 광장에는 휘황찬란하게 치장해놓은 대형 크리스마스트리가 크리스마스 분위기를 한층 돋우고 있다. 저 멀리 보이는 노트르담 대성당의 육중한 두 탑과 뾰족한 첨탑이 밤하늘을 가르며 당당한 자태를 뽐내고 있다.
해마다 약간씩 변화가 있긴 해도 엄마는 이틀 동안 매번 똑같은 레퍼토리를 반복한다. 매년 엄마는 베레니스와 파브리스가 사회적으로 성공해 화려한 커리어를 쌓아가고 있는 것에 대해 한바탕 찬사를 늘어놓는다. 그다음은 그들의 자식인 내 조카들 이야기로 넘어가 가정교육을 잘 받았다느니, 학교에서 공부를 잘한다느니 칭찬을 끝도 없이 늘어놓는다.

언제나 우리 가족들이 식탁에 모여 앉아 주고받는 대화의 주제는 이민 문제, 세금 폭탄, 주식가격, 프렌치 바싱(French bashing)*에 국한된다.

우리 가족들에게 나는 이 세상에 존재하지도 않는 투명 인간이나 다름없다. 나는 성공한 그들과 같은 부류가 아니다. 그들의 표현대로 말하자면 나는 실패한 공무원이자 보잘것없는 경찰 나부랭이일 뿐이다. 한마디로 나는 내 아버지의 딸이다.

폭설로 인한 교통대란은 일부 지하철 노선에까지 영향을 미칠 것으로 보입니다. 항공편 사정도 그리 좋지 않기는 마찬가지입니다. 파리 공항은 비행 취소로 발이 묶이게 될 수천 명의 항공편 이용객들과 더불어 블루 크리스마스를 맞게 될 조짐을 보이고 있습니다.

이번 폭설은 론 강과 지중해 연안 지역은 비켜갈 것으로 예상되고 있습니다. 보르도와 툴루즈, 마르세유 지역은 기온이 섭씨 15도에서 18도 정도로 유지될 것으로 보이며, 니스와 앙티브는 수은주가 섭씨 20도 이상으로 올라 테라스에서 식사를 즐길 수도 있을 것으로 전망됩니다.

이제 머저리 같은 오빠와 여동생에게 끊임없이 비판을 받는 것도 지겹다. 그들이 늘 입에 달고 사는 상투적이고 예상 가능한 질문들도 끔

*미국 내에서 프랑스의 모든 것, 곧 프랑스 정부며 문화, 프랑스 사람들을 싫어하는 움직임

찍하다.

'넌 사귀는 남자도 없니?', '아이를 낳고 싶다는 생각도 안 해봤어?', '넌 나이를 먹을 만큼 먹은 처녀가 왜 그리 후줄근하게 차려입고 다니니?', '넌 왜 아직 방황하는 사춘기처럼 살고 있니?'

우리 가족들이 몸매 유지와 무병장수를 위해 꼼꼼하게 음식을 따져가며 먹는 것도 마음에 들지 않는다. 새들이 즐겨 먹는 콩이나 맛이라고는 없는 퀴노아, 밍밍한 두부, 콜리플라워 수프라니?

쿠텔르리 가로 접어든 나는 노트르담 브리지를 이용해 센 강을 가로지른다. 왼쪽으로 유서 깊은 오텔디외 건물이 보이고, 오른쪽으로는 콩시에르주리 감옥의 시계탑이 한눈에 들어온다.

크리스마스이브를 맞이해 엄마 집으로 향하는 내 여정은 언제나 30년 전 과거로 돌아가는 것 같은 느낌을 안겨준다. 가족들을 만나면 어린 시절에 받은 상처, 청소년 시절의 좌절과 방황에 대한 기억이 줄줄이 되살아나고, 형제간 갈등을 불러일으키는 요소가 된다. 해마다 마음속으로 다시는 엄마 집에 가지 않겠다고 다짐하지만 늘 똑같은 과정이 되풀이되고 있다. 나의 내면에서 들려오는 소리는 언제나 두 갈래로 나눠진다. 단호하게 절연하라는 목소리가 들려오는 한편 화려한 옷차림을 하고 사귀게 된 남자와 당당하게 팔짱을 끼고 들어가 머저리 같은 내 형제들을 깜짝 놀라게 해주어야 한다는 목소리가 들려오기도 한다.

나는 센 강 좌안을 달리다가 왼쪽으로 돌아 생페르 가로 진입해 속도를 늦추고 비상등을 켠 다음 릴 가 모퉁이에 차를 세운다. 자동차 문을 쾅 소리가 나게 닫은 나는 근무 중이라는 사실을 표시하는 오렌지색 완장을 차고 벽면을 깨끗하게 페인트칠한 건물의 인터폰을 누른다.

나는 엄지손가락으로 30초가량 인터폰을 누르며 서 있는다. 내가 지금 얼마나 미친 짓을 하고 있는지 잘 알고 있지만 결코 멈추지 않을 결심이다.

"무슨 일이죠?"

인터폰을 통해 방금 잠에서 깬 듯한 목소리가 흘러나온다.

"폴 말로리 박사님이죠? 경찰인데 문 좀 열어주십시오."

"먼저 무슨 목적으로 찾아왔는지 밝히는 게 순서 아닌가요?"

"경찰의 공무집행을 방해할 의사가 없다면 당장 문부터 여세요!"

톡 소리가 나며 출입문이 열린다. 나는 엘리베이터를 이용하는 대신 성큼성큼 4층까지 계단으로 걸어 올라가 신경질적으로 문을 두드린다.

"알았으니까 잠시 기다려요."

폴 말로리는 어제 본 산부인과 의사가 틀림없었지만 이른 아침이라 그런지 행색이 말이 아니다. 트레이닝복 바지에 헐렁한 셔츠를 걸친 폴 말로리 박사는 제멋대로 헝클어진 금발의 곱슬머리를 손으로 쓸어 올리며 놀란 표정으로 나를 쳐다본다. 얼굴에 피곤한 기색과 함께 놀라움이 역력하게 묻어나 있다.

"알리스 형사님, 이렇게 일찍 무슨 일이죠?"

"당신은 12월 24일 아침 7시 16분, 그러니까 지금 이 순간부터 감치 상태에 들어갑니다. 당신에게는 다음과 같은 권리가……."

"죄송합니다만 뭔가 착오가 있는 것 같군요. 도대체 제가 유치장에 들어가야 하는 이유가 뭔지 말씀해 주시겠습니까?"

"당신을 공문서 위조로 체포하겠습니다. 순순히 따라오시죠."

"공문서 위조라니요?"

"밑에서 기다리고 있는 제 동료를 불러 강제로 연행할까요?"

"아무리 급해도 옷을 갈아입을 시간은 주어야죠."

"옷을 갈아입을 때 반드시 두터운 재킷을 챙기세요. 경찰서 사무실은 난방이 시원치 않으니까요."

폴 말로리 박사가 옷을 갈아입는 동안 나는 슬쩍 집 안을 둘러본다. 오스만 남작 양식의 아파트로 실내장식을 최대한 단순화시켜 일종의 작업실처럼 꾸며져 있다. 벽을 허물어 공간을 트고 샌더기를 이용해 마룻바닥을 벗겨내 밝은 톤으로 바꾸었지만 오래된 두 개의 벽난로를 그대로 살려둔 게 특이하다.

시트로 몸을 감싼 이십 대의 빨강 머리 여자가 문 뒤쪽에서 놀란 눈으로 나를 바라보고 있고, 10분 이상 기다렸지만 폴 말로리 박사는 밖으로 나오지 않는다.

"폴 말로리 박사님, 옷을 갈아입는 데 왜 이리 시간이 오래 걸리죠?"

나는 욕실 문을 쾅쾅 소리 나게 두들기며 재촉한다.

마침내 폴 말로리 박사가 말끔한 차림으로 욕실에서 나온다. 의심할 여지없이 근사한 모습이다. 트위드 재킷에 줄무늬 바지, 개버딘 트렌치코트와 광이 나게 닦은 앵클부츠까지 한마디로 당장 파티에 가도 손색없는 차림이다.

폴 말로리 박사가 빨강 머리 여자를 안심시키려는 듯 몇 마디 말을 건네고 나서 나를 따라 계단을 내려온다.

"동료 형사가 밖에서 기다리고 있다고 하지 않았나요?"

밖으로 나온 폴 말로리 박사가 의아한 표정을 지으며 묻는다.

"사실은 저 혼자 왔습니다. 당신을 침대에서 끌어내기 위해 제 동료 형사까지 대동할 필요는 없잖아요."

"게다가 타고 온 차량도 경찰차가 아니군요, 그렇죠?"

"형사도 일반 차량을 이용하는 경우가 많이 있어요. 괜한 소리 하지 말고 어서 차에 타시죠."

폴 말로리 박사는 잠시 머뭇거리다가 체념한 듯 내 옆자리에 오른다.

내가 시동을 걸고 말없이 달리는 동안 어느새 동쪽 하늘이 훤하게 밝아온다. 파리 6구와 몽파르나스 구역을 지나갈 때 폴 말로리 박사가 작심한 듯 묻는다.

"알리스 형사님, 이제 좀 진지하게 말씀해주세요. 지난번 당신이 내 진료실에서 처방전을 반강제로 갈취해갔을 때 고발할 수도 있었습니다. 퐁슬레 박사가 제발 고발하지 말아 달라고 신신당부하는 바람에 그냥 넘어갔죠. 그때 퐁슬레 박사가 당신에 대해 말하길 '알리스는 머리가 살짝 돌아 간간이 미친 짓을 하니까 사사건건 문제 삼기보다는 부드럽게 다독거리는 게 좋아요'라고 했었죠. 이제 보니 그 말이 일리가 있군요."

"저 또한 폴 말로리 박사님에 대해 자세히 알아보았습니다."

나는 주머니에 넣어온 서류들을 꺼내 그에게 내민다.

폴 말로리 박사는 눈살을 찌푸리며 서류들을 읽어 내려간다.

"이 서류들은 다 뭐죠?"

"폴 말로리 박사님이 말리 출신 불법체류자 여자들에게 거주 증명서를 위조로 발급해준 사실이 그 서류에 다 들어 있죠. 다시 말해 당신이 공문서를 위조해 말리 출신 여자 두 사람이 프랑스 정부에 체류 허가를 신청할 수 있게 된 겁니다."

폴 말로리 박사는 내가 한 말에 대해 부인하려 들지 않는다.

"인도주의적인 차원에서 좋은 일을 하려다가 그렇게 되었는데 굳이 문제를 삼는다면 정말이지 유감이군요. 저는 사실 그런 일들이 위법인지 몰랐습니다."

"법률용어로는 '공문서 위조죄'라고 하죠. 최대 징역 3년에 4만 5천 유로의 벌금형을 선고할 수 있는 명백한 범죄행위입니다."

"이 나라 감옥에 빈자리가 부족하다고 들었는데 그렇지도 않나 봅니다. 언제부터 강력계 형사들이 불법체류 문제까지 취급하기 시작했죠?"

우리가 팽팽하게 신경전을 벌이는 동안 몽루주에 다 와 가고 있다. 나는 내부순환도로를 빠져나와 외곽순환도로를 잠깐 달리다가 아키텐 지방으로 가기 위해 파리와 보르도를 잇는 A6 고속도로로 들어선다.

비수 인터체인지를 본 폴 말로리 박사가 불안한 기색을 보이기 시작한다.

"지금 어디로 가고 있죠?"

"보르도에 가고 있어요. 난 당신이 포도주를 무척이나 좋아할 거라 생각하는데요."

"지금은 한가하게 농담을 주고받을 기분이 아니니까 나를 어디로 데려가는지 말씀하세요."

"당신은 우리 엄마 집에서 크리스마스이브 만찬을 함께하게 될 거예요. 우리 엄마가 크게 환대해줄 테니 너무 걱정하지 말아요."

"설마 차 안에 몰래카메라를 설치해두고 장난을 치고 있는 건 아니죠?"

나는 몇 분 동안에 걸쳐 내 계획을 털어놓는다. 내가 공문서 위조에 대해 입을 다물어주는 대신 우리 엄마 집에서 열리는 크리스마스이브 만찬에 참석해 내 약혼자 행세를 해달라고 제안한다.

폴 말로리 박사는 얼마나 어이가 없는지 한참 동안 입이 떡 벌어져 할 말을 잃는다. 침묵을 지키는 동안 그의 예리한 눈이 나를 뚫어져라 응시한다. 처음에는 도저히 믿을 수 없다는 표정을 짓던 그가 차츰 어떤 상황인지 제대로 이해된다는 듯 말한다.

"당신의 말을 처음 들었을 때만 해도 그저 농담인 줄 알았는데 이제 보니 그런 것 같지는 않군요. 그러니까 당신은 가족들 입에서 터져 나올 잔소리를 막을 방패막이로 나를 데려갈 생각이죠? 당신이 선택한 삶에 그토록 자신감이 없어 이런 시시한 코미디를 꾸미기로 생각해냈다면 정말이지 안타까운 일이죠. 정작 당신에게 필요한 사람은 산부인과 의사가 아니라 정신과 의사 같군요."

폴 말로리 박사의 비판이 나를 부끄럽게 한다. 나는 돌연 계획을 철회하기로 결정한다. 그가 지적한 대로 내가 계획한 일은 삼류 코미디에 지나지 않는다.

나는 갑자기 천하의 멍청이가 된 것처럼 울적한 기분에 사로잡힌다.

나는 차분하고 이성적이기보다는 본능과 직감을 믿고 행동에 나서는 편이다. 강력계 형사인 나에게는 강점인 동시에 약점이다. 본능과 직감에 충실해 사건의 냄새를 맡는데 탁월하다. 서른네 살이라는 비교적 어린 나이에 강력계에 배치되다보니 이따금 내 본능적인 촉수가 내린 판단이 잘못돼 엉뚱한 실수를 저지르는 경우가 종종 있다. 그렇지만 내 판단이 수사를 풀어가는 활력소가 되는 경우가 더 많다.

나는 폴 말로리 박사를 엄마 집으로 데려가 가족들을 놀라게 해주겠다는 생각이 얼마나 무모하고 치기 어린 짓이었는지 뒤늦게 깨닫는다.

나는 수치심에 얼굴이 벌겋게 달아오른다.

"당신 말이 옳아요. 당장 차를 돌려 댁까지 모셔다드리죠."

"연료통이 거의 바닥나 보여서 우선 주유소부터 들러야 할 것 같은데요."

$\oint$

나는 주유기를 연료통 입구에 대고 휘발유를 가득 채운다. 차로 돌아오자 조수석이 비어 있다. 고개를 들어 주위를 살펴보니 폴 말로리가 주유소에 딸린 식당에서 안으로 들어오라는 손짓을 보내고 있다.

"차나 한잔 마시고 가요."

폴 말로리가 나에게 앉으라고 자리를 권하며 말한다.

"저는 커피만 마시는데요."

"제가 커피를 빼다 드리죠."

폴 말로리가 커피를 빼러 자동판매기 쪽으로 가며 활짝 웃어 보인다. 그는 어떤 상황에서든 대단히 침착하다. 그의 표정이나 몸짓에서는 아무리 곤혹스런 일이 벌어져도 절대로 허둥대지 않고 침착하게 대처할 수 있을 것 같은 여유가 묻어난다.

폴 말로리는 잠시 후 종이컵에 담긴 커피와 크루아상 한 개를 내 앞에 내려놓는다.

"피에르 에르메의 크루아상은 아니지만 출출할 텐데 어서 드세요."

크루아상을 한 입 크게 베어 문 그가 보일 듯 말 듯 하품한다.

"모처럼 늦잠을 푹 자려고 했는데 아침 7시에 나를 침대에서 끌어낸 건 좀 심했어요."

"사과의 의미로 댁까지 편안하게 모셔다드릴 테니까 다시 약혼녀와 침대 속으로 들어가 맘껏 늦잠을 즐기시면 되겠네요."

폴 말로리가 차를 한 모금 마시더니 말한다.

"아까 당신이 했던 말 중에서 저로서는 도무지 납득할 수 없는 부분이 있어요. 당신은 매년 크리스마스 때 가족들의 잔소리를 듣느라 기분을 망친다고 했죠? 그러면서도 왜 항상 당신의 기분을 상하게 만드는 사람들과 크리스마스이브를 보내려고 하죠?"

"가족이니까요."

"가족이 당신의 삶을 대신해주지는 않아요."

"이제 그 이야긴 그만하죠. 당신은 산부인과 의사이지 심리 상담을 해주는 정신과 의사는 아니잖아요."

"당신의 아버지와는 그런 문제에 대해 함께 이야기를 나누어 봤습니까?"

"아버지는 돌아가셨어요."

"금방 들통날 거짓말을 하시는군요."

폴 말로리가 내 눈앞에 스마트폰을 내밀며 큰 소리로 말한다.

나는 그가 내민 스마트폰 화면을 쳐다본다. 내가 휘발유를 넣고 있는 사이 그는 인터넷에 접속해 나와 관련된 자료를 검색해보다가 아버지의 실패담을 다룬 몇 달 전 기사를 발견한 게 분명하다.

법원은 과거에 릴 경찰청장을 지낸 알랭 쉐페르에 대해 징역 2년의 실형을 선고했다. 3년 전, 알랭 쉐페르의 체포 소식은 릴 지역 경찰들을 경악하게 만들기에 충분했다. 2007년 9월 2일 새벽, 알랭은 마약계의 거물들과 친분 관계를 유지하며 공금을 횡령했을 뿐만 아니라 코카인과 대마초에 대한 압류 조치를 눈감아준 혐의로 감찰반의 조사를 받던 중 일부 혐의가 사실로 드러나 전격 체포되었다.

릴 경찰서 감찰반은 몇 달 동안 장기 조사 끝에 광범위하게 확산되어 있는 경찰의 부패 비리 구조와 알랭의 가담 사실을 밝혀냈다. 한때 동료 경찰들에게 존경과 찬사의 대상이었던 알랭은 암흑가의 몇몇 거물들과 친분 관계를 유지하며 수사 정보를 제공받아온 사실을 인정했다. 마약 조직의 거물들과 부적절한 관계를 유지하며 정보를 제공받는 방식은 과거의 경찰들이 관행적으로 사용해온 수사 방식으로 알려져 있다. 릴 경찰서 감찰반은 알랭이 암흑가의 정보제공자들에 대한 보상 차원에서 코카인과 대마초 거래를 일부 방기했다는 정보를 입수하고 비밀리에 수사에 착수한 바 있다.

　어제, 릴 지방법원은 알랭에게 '범죄단체와의 결탁', '향정신성 약물 거래 방조', '직업상의 비밀누설' 등의 죄를 적용해 징역 2년의 실형을 선고했다.

　나는 금세 뿌옇게 흐려지는 눈을 휴대폰 화면에서 돌려버린다. 나는 사실 아버지가 저지른 죄목을 눈을 감고도 줄줄 외우고 있다.

　"이제 보니 다른 사람 신상 털기나 즐기는 사람이었군요."

　"불과 한 시간 전, 불법체류자를 도와준 일을 문제 삼아 나를 협박한 분이 누구였더라?"

　"내 아버지는 죄를 짓고 감옥에 들어가 있어요. 그게 어쨌다는 거죠?"

　"크리스마스이브에 괜한 잔소리를 듣고 우울해하지 말고 차라리 아버지 면회를 다녀오는 게 어때요? 내 생각에는 그러는 편이 훨씬 더 보람 있을 것 같은데요."

　"당신이 나설 일이 아니니까 신경 끄시죠."

　"혹시 어디에 수감되어 계신지 물어봐도 될까요?"

　"내 아버지가 어디에 수감되어있든 당신과 무슨 상관이죠?"

　"릴 형무소입니까?"

　"엑상프로방스 근처 루인 형무소에 있어요."

　"당신은 왜 아버지를 면회하러 가지 않죠?"

　나는 한숨을 길게 내쉬고는 언성을 높인다.

　"아버지와 더 이상 말을 섞고 싶지 않아요. 내가 형사가 된 건 전적으로 아버지 때문이었죠. 어린 시절, 나에게 아버지는 언제나 영웅이었어요. 내가 세상에서 유일하게 믿을 수 있는 분이기도 했고요. 아버지는 나를 포함해 동료 경찰들을 속였고, 나 또한 도저히 받아들일 수 없는 행위였어요."

"당신 아버지가 누군가를 죽인 살인자라도 됩니까?"

"당신은 내가 아버지에 대해 무슨 말을 하든지 아무것도 이해할 수 없을 테니까 잠자코 있어요."

나는 그 말을 끝으로 자리에서 벌떡 일어난다. 얼른 그 자리를 벗어나고 싶을 뿐이다.

폴 말로리가 내 팔을 잡는다.

"혼자 가는 게 힘들면 내가 함께 가줄 수도 있어요."

"당신이 친절하고, 예의 바른 신사라는 건 알아요. 하지만 잘 알지도 못하면서 내 가족 일에 끼어들지 말아요. 아버지가 보고 싶어지면 나 혼자서라도 얼마든지 갈 수 있으니까 더는 상관하지 말아요."

"물론 당신이 알아서 할 일이지만 크리스마스가 시기적으로 아주 좋은 기회라는 말을 꼭 전하고 싶네요. 크리스마스 때 면회 오는 사람 없이 홀로 지낸다면 얼마나 우울하겠어요."

"내가 디즈니랜드에 열광하는 어린애도 아닌데 일일이 가르치려 들지 말아요."

폴 말로리가 보일 듯 말 듯 희미하게 미소를 짓는다. 그 순간 나는 내 의지와는 반대로 중얼거린다.

"설령 내가 가고 싶다고 해도 갈 수가 없어요. 교도소는 즉흥적으로 갈 수 있는 곳이 아니거든요. 면회 신청을 하고 허가가 나기를 기다려야 한다고요."

폴 말로리가 내가 내보인 틈을 예리하게 파고든다.

"정말이지 답답한 말만 골라서 하시네. 적어도 형사라면 그런 문제쯤은 전화 한 통으로 간단히 해결할 수 있지 않나요?"

결국 나는 폴 말로리를 시험해보기로 마음먹는다.

"여기서 엑상프로방스까지는 자동차로 일곱 시간이나 걸리죠. 폭설이 내린다는 기상청 예보도 있었으니까 까딱 잘못하면 오늘 밤까지 파리로 돌아올 수 없을지도 몰라요."

"내가 운전할 테니까 돌아올 수 없는지 한번 해봅시다."

폴 말로리가 주저하지도 않고 내가 던진 미끼를 물었다.

그 순간 내 가슴속에서 한 줄기 불꽃이 점화된다. 이 정신 나간 계획을 받아들이고 싶지만 아버지를 면회하러 가려는 동기에 대해 확신이 서지 않는다.

내가 진정으로 아버지를 보고 싶은 걸까? 아니면 옆자리에 앉아있는 산부인과 의사와 함께 시간을 보내고 싶은 걸까?

나의 눈은 부지런히 폴 말로리의 눈을 살핀다. 나는 그의 눈에 드러나 있는 선량한 호기심이 마음에 든다.

내가 자동차 키를 내밀자 그가 덥석 받아든다.

§

우리는 고속도로를 타고 에브리, 오세르, 본, 리옹, 아비뇽을 차례로 거치며 뜻하지 않은 여행을 계속한다. 나는 모처럼 남자에 대한 경계심을 풀고 마음이 이끄는 대로 나 자신을 내버려둔다. 우리는 고속도로 휴게소에서 산 버터 쿠키와 페페토를 먹으며 라디오에서 흘러나오는 음악에 귀를 기울인다. 우리가 앉은 자리 주변에 온통 과자 부스러기와 햇살이 가득 내려앉는다.

우리가 루인 교도소 입구에 도착한 시간은 정확하게 오후 1시 30분이다. CCTV가 줄줄이 달린 근엄한 건물의 정면을 마주한 나는 한참 동안 꼼짝할 수 없다.

"자, 이제 아버지를 만나러 가야죠."

폴 말로리가 특유의 선한 웃음을 지으며 내 손을 건물 안으로 잡아끈다.

30분 후, 나는 눈물로 범벅이 된 얼굴로 아버지를 만나 이야기를 나눈다. 나는 올 때와 달리 한결 홀가분한 마음으로 교도소를 나선다. 아버지를 만나 이야기를 나누는 동안 얼마간 오해를 풀고, 화해의 씨앗을 심은 게 기쁠 따름이다. 이제 아버지와의 화해가 더는 불가능해 보이지 않는다. 아버지를 면회한 건 지난 몇 년 동안 내가 한 일 가운데 가장 잘한 일이 분명하다.

내가 마음 뿌듯한 결정을 내릴 수 있게 해준 사람이 교도소 입구에서 나를 기다리고 있다. 그는 나에게 남들에게 보여주고 싶은 내 모습이 아니라 내가 원하는 진심을 들여다볼 수 있게 해준다.

나는 아직 당신이 어떤 생각을 가진 사람인지 잘 몰라요. 당신이 혹시 나만큼 심사가 꼬인 사람인지, 혹은 내가 이전에 만나본 다른 남자들과는 달리 배려심이 정말 많은 사람인지 아직은 몰라요. 하지만 오늘 일에 대해서는 정말이지 감사해요.

무거운 중압감을 벗어던진 나는 차에 오르자마자 깊이 잠이 든다.

$\oint$

폴이 나를 바라보며 웃고 있다.

"우리 할머니가 아말피 해안에 집을 한 채 가지고 있다는 말을 했던 가요?"

내가 깊은 잠에서 깨어났을 때 우리는 이탈리아 국경을 넘어 산레모로 진입하고 있다. 태양은 마지막 남은 열기를 거의 다 소진해가는 중이다.

폴의 눈길이 나에게 머물러 있다는 걸 느낀다. 나는 그를 아주 오래 전부터 알고 있었다는 기분이 든다. 나는 어떻게 해서 우리가 짧은 시간에 이토록 친밀한 관계가 될 수 있었는지 이해할 수 없지만 그의 눈빛을 바라보는 게 그렇게 마음 편할 수 없다.

우리의 생에는 전혀 예상하지 못한 때에 굳게 닫혀 있던 문이 열리는 순간이 있다. 당신이 지닌 모순, 두려움, 회한, 분노, 머릿속에 들어 있는 복잡한 생각을 그대로 인정하고 품어 안아주는 당신의 반쪽을 만나는 순간이 있다. 당신의 부족한 부분을 채워주고, 등을 토닥여주고, 거울에 비친 당신의 얼굴을 볼 때마다 더는 두려워하지 않아도 된다고 안심시켜주는 사람을 만나는 순간이 있다.

$

    당신을 완전히 다른 사람으로 바꾸어놓기까지 많은 우여곡절이 필요한 건 아니다. 오로지 한 번의 눈길만으로도 족하다.

    우리는 크리스마스이브를 로마의 호텔에서 함께 보낸다.

    다음 날, 우리는 아말피 해안을 거닐고, 토렌테 드라고네를 가로질러 라벨로의 하늘정원에도 오른다.

    다섯 달 후, 우리는 결혼하고, 5월에 아이를 임신한다.

$

    우리의 생에는 하나의 문이 열리며 환한 빛 가운데로 나아가게 하는 순간이 있다. 당신의 마음을 굳게 걸어 잠갔던 빗장이 풀리는 순간이 있다. 당신은 무중력 상태에서 두둥실 떠다니는 존재로 거듭난다. 당신의 생은 한동안 장애물이 없는 고속도로를 질주한다. 선택은 분명해지고, 대답이 질문을 대체하고, 두려움은 사랑에게 자리를 내어준다.

    우리의 생에는 그런 순간들이 있다.

    그 순간은 그리 오래 지속되지 않는다.

7. 패배를 맛보다

사람은 자기가 할 수 있다고 믿는 것보다 훨씬 많은 것을 할 수 있는 존재다.

_조셉 케슬

차이나타운
오늘
오전 10시 20분

전당포에서 나온 가브리엘은 모트 스트리트를 따라 몇 걸음을 떼어 놓았다. 가브리엘을 발견한 알리스는 오래전 추억 속에서 서둘러 빠져 나왔다.

"안색이 많이 안 좋아 보이는데 괜찮아요?"

"괜찮아요. 시계는 어떻게 되었죠?"

"1천6백 달러를 받고 맡겼습니다."

가브리엘이 자랑스럽게 지폐를 흔들어 보이며 말을 이었다.

"반드시 시계를 되찾게 될 테니까 너무 걱정하지 말아요. 배가 몹시 고픈데 일단 아침을 먹으러 갈까요?"

차이나타운을 벗어난 그들은 보우어리 구역의 인도로 접어들었다.

과거에는 맨해튼에서 가장 치안이 엉망인 곳으로 손꼽히던 구역이었다. 마약 중독자들, 매춘부들, 집 없는 노숙자들이 모여드는 곳으로 까딱 잘못했다가는 언제 총을 맞게 될지 알 수 없는 곳이었다. 지금은 특유의 정취가 있고, 유행을 선도하는 곳으로 탈바꿈했다. 다양한 형태의 건축물들과 다채로운 색상의 진열장들이 지나가는 사람들의 시선을 끌어모으고 있었다. 오밀조밀하게 이어진 자그마한 상점들과 식당들이 웅장한 뉴 뮤지엄 건물과 뚜렷한 대조를 이루었다. 뉴 뮤지엄 건물은 마치 신발 상자를 불규칙하게 얹어 8층짜리 탑을 쌓아놓은 것 같은 모습을 취하고 있었다. 일률적이지 않은 층별 구조 탓에 겨우 아슬아슬하게 균형을 잡고 있는 것처럼 보이기도 했다. 뉴 뮤지엄 건물의 밝은 은회색 빛깔은 어두운 빛깔이 주조를 이루는 로어이스트사이드에서 사뭇 튀는 분위기를 자아냈다.

알리스와 가브리엘은 〈페퍼밀〉 커피숍의 문을 열고 들어섰다. 길을 걸어오다가 처음 발견한 카페였다. 그들은 칸막이가 되어 있는 테이블을 차지하고 앉았다. 흰색 타일을 붙인 벽, 대형 유리창, 참나무 원목 마루로 안락하면서도 세련된 분위기를 풍기는 곳이었다. 차이나타운의 소란스러운 분위기와는 완전 대조를 이루는 곳. 가을 햇살이 큰 유리창을 통해 들어와 실내 공간을 환하게 밝혀주는 동시에 카운터 뒤에 놓인 에스프레소 추출 기계에 눈부신 후광을 만들어주고 있었다. 테이블마다 태블릿PC를 세팅해놓아 메뉴를 화면으로 직접 확인해보고 나서 주문할 수 있었고, 음식이 나오기 전까지 인터넷을 즐길 수도 있게 되어 있었다.

알리스는 메뉴를 살펴보았다. 너무 허기진 나머지 배 속에서 연신 꼬르륵 소리가 났다. 알리스는 카푸치노와 연어 베이글을 시켰고, 가브리엘은 카페라테와 몬테크리스토 샌드위치를 주문했다.

조끼와 나비넥타이, 스테츤 페도라를 머리에 쓴 바리스타가 현란한 손놀림으로 커피를 뽑아주었다. 곧 음식이 나왔고, 알리스는 연어와 생크림, 염교, 아니스를 곁들인 베이글을 포크질 몇 번 만에 깨끗이 먹어치웠다. 그제야 기운을 회복한 알리스는 두 눈을 감고 옻칠한 목재 라디오에서 흘러나오는 블루스 음악을 들으며 복잡한 머릿속을 비웠다.

"우리는 무언가를 보지 못하고 그냥 지나친 게 분명해요."

가브리엘이 마지막 남은 샌드위치 조각을 꿀꺽 삼키며 말했다. 그는 바텐더에게 음료수를 더 가져다 달라고 손짓했다.

알리스는 그가 한 말에 전적으로 동감했다.

"그러니까 처음부터 차분하게 다시 시작해봐요. 우선 현재 우리가 확보하고 있는 정보들을 메모지에 기록한 다음 한 가지씩 점검해보는 게 좋겠어요. 내 손바닥에 적힌 그리니치 호텔 전화번호, 당신 팔에 새겨진 숫자들……."

알리스가 갑자기 말을 멈췄다. 팔에 털이 잔뜩 난 종업원이 그녀의 셔츠에 묻은 혈흔을 발견하고 흠칫 놀란 표정을 지었기 때문이다.

알리스는 슬며시 점퍼의 지퍼를 올렸다.

"돈은 나누어서 가지고 다니는 게 좋겠어요. 전 재산을 한 사람이 다 가지고 다니다가 분실하면 곤란하잖아요."

가브리엘이 전당포에서 건네받은 1천6백 달러를 주머니에서 꺼내며 말했다. 그는 백 달러짜리 지폐 여덟 장을 알리스 쪽 테이블로 밀어놓았다. 알리스는 돈을 바지에 달린 라이터 주머니에 집어넣었다. 그 순간, 주머니 구석에 접혀 있는 종잇조각이 손끝에 닿았다. 그녀는 종잇조각을 꺼내 들여다보았다. 레스토랑이나 호텔에서 짐을 보관해두고 받는 짐표였다.

가브리엘은 몸을 숙여 짐표를 꼼꼼하게 들여다보았다. 127이라는 번호가 적혀 있었고, 짐표 바탕에 G와 H자가 뒤엉킨 형태의 로고가 흐릿하게 박혀 있었다.

"그리니치 호텔!"

두 사람은 누가 먼저랄 것도 없이 소리쳤다.

"당장 그리니치 호텔로 갑시다."

"아직 감자튀김에는 손도 대지 않았어요."

"나중에 먹으면 되잖아요."

가브리엘이 계산을 하는 동안 알리스는 터치스크린으로 호텔 주소를 알아냈다.

"그리니치 스트리트와 노스 무어 스트리트가 만나는 지점에 있는 호텔이에요."

알리스는 테이블 위에 놓여 있는 칼을 집어 들고 아무도 보지 않는 틈을 타 점퍼 주머니에 집어넣었고, 가브리엘은 재킷을 벗어 어깨에 걸쳤다.

$ƒ$

가브리엘이 운전대를 잡은 혼다는 이중 주차된 두 대의 택시 뒤에 멈춰 섰다. 트라이베카 지역 한가운데에 위치한 그리니치 호텔은 벽돌과 유리를 건축재로 사용해 지은 고층 건물로 허드슨 강 안에서 불과 몇 미터 떨어진 지점에 위치해 있었다.

"조금만 더 가면 체임버스 스트리트가 나오는데 거기에 차를 세워둘 만한 주차장이 있어요."

가브리엘이 표지판을 가리키며 말했다.

"그럴 필요 없어요. 나 혼자 호텔에 들어갔다 나올 테니까 당신은 차의 시동을 켜두고 여기에서 기다리고 있어요. 혹시 일이 잘못되었을 경우 재빨리 도망쳐야 하니까."

"당신이 돌아오지 않으면 난 어쩌죠? 경찰이라도 부를까요?"

"경찰은 절대로 안 된다니까 자꾸만 헛소리를 하고 그래요."

알리스가 차 문을 쾅 닫으며 쏘아댔다.

알리스가 그리니치 호텔 정문으로 다가가자 도어맨이 미소를 지으며 다가와 문을 열어주었다. 알리스는 고갯짓으로 고맙다고 인사하고 호텔 로비로 들어섰다.

로비가 끝나는 곳에서부터 은은한 조명이 비치는 우아한 살롱 겸 도서실이 이어졌다. 체스터필드 소파와 천으로 감싼 안락의자들이 장작불이 타오르고 있는 대형 벽난로 주변에 놓여 있었다. 조금 더 안쪽으로 들어가니 유리로 만든 실내 정원이 나왔고, 그 앞에 호텔 안내데스크가 있었다.

"어서 오세요, 무엇을 도와드릴까요?"

두꺼운 뿔테안경, 허리에 질끈 동여맨 스커트, 기하학적 무늬가 프린트된 셔츠를 입고 있는 직원이 물었다.

"짐을 찾으러 왔는데요."

알리스가 짐표를 내밀며 말했다.

"아, 그러시군요. 잠깐만 기다리세요."

직원이 짐표를 옆에 앉은 다른 직원에게 내밀었다. 그 직원이 곧 옆방으로 들어가더니 잠시 후 검은 가죽으로 된 서류 가방을 들고나왔다. 127이라는 숫자가 새겨진 팔찌 모양 스티커가 서류 가방의 손잡이에 부착되어 있었다.

"여기 있습니다."

일이 너무 순조롭게 풀리고 있어서 오히려 불안해.

알리스는 서류 가방을 넘겨받으며 생각했다.

이럴 때는 순조로운 흐름에 역행하는 도발이 필요하지.

"혹시 이 가방을 맡긴 사람이 누구죠?"

안내데스크 직원이 눈살을 찌푸렸다.

"저는 당연히 손님께서 짐을 맡기셨을 거라고 생각했는데요. 아무리 짐표를 소지하고 있다고 하더라도 당사자가 아닌 경우 짐을 내드릴 수 없습니다. 죄송하지만 그 가방을 돌려주셔야겠습니다."

"사실 나는 뉴욕 경찰입니다."

"뉴욕 경찰치고는 프랑스 억양이 지나치게 강하다고 생각하지 않으세요? 실례지만 경찰 신분증 좀 보여주시겠습니까?"

"먼저 이 가방을 맡긴 사람이 누군지 말씀하세요."

"우린 호텔 규정을 어길 수는 없습니다. 지배인을 불러드릴 테니까 잠시만 기다리세요."

"경찰이 그렇게 한가한 줄 알아요?"

알리스는 서류 가방을 들고 빠른 걸음으로 입구로 걸어갔고, 별다른 제지를 받지 않고 호텔 정문을 통과했다. 밖으로 나오자마자 서류 가방에서 요란한 사이렌 소리가 울려 퍼졌다. 백 데시벨도 넘는 금속성 소리가 울리자 지나가던 사람들이 일제히 그녀를 쳐다보았다.

알리스는 차가 멈춰 서 있는 곳을 향해 힘껏 뛰었다. 급히 길을 건너려는 순간 그녀는 갑자기 머리가 가물가물해지며 길바닥에 주저앉았다. 갑자기 가방 손잡이에서 강한 전류가 발생했고, 몸이 순간적으로 마비되며 숨이 턱 막혔다.

알리스는 손에 들고 있던 가방을 놓쳐버리고 아스팔트 길 위에 쓰러졌다.

2부

고통의 기억

8. 고통의 기억

불행이란 세월이 우리에게서 앗아간 것들이 아니라 떠나가면서 남겨놓은 것들이다.
_윌리엄 워즈워스

아스팔트 바닥에 쓰러진 알리스는 정신을 차리기 위해 안간힘을 썼다. 귀에서 윙윙거리는 이명이 들려왔다. 눈앞에 하얀 장막이 쳐진 것처럼 시야가 흔들렸다. 아직도 정신이 몽롱한 가운데 머리 위쪽에 길게 드리운 그림자를 알아보았다.

"얼른 일어나요!"

가브리엘이 몸을 일으키도록 도와주고 나서 차를 세워둔 곳까지 부축했다. 알리스를 조수석에 앉힌 가브리엘은 내동댕이쳐진 서류 가방을 집어 들었다.

"자, 서두릅시다!"

가브리엘은 차의 시동을 걸고 전속력으로 달리기 시작했다. 두 사람은 목적지도 없이 한참 동안 달리다가 주변을 둘러보니 뉴욕 서쪽에 위치한 웨스트사이드 하이웨이로 접어들고 있었다.

"우리의 신분이 발각된 것 같아요."

알리스가 머릿속에 안개가 자욱하게 낀 듯했던 상태에서 겨우 벗어나

또랑또랑한 목소리로 말했다. 얼굴이 창백해진 그녀는 헛구역질이 났고, 맥박이 걷잡을 수 없이 빨리 뛰고 있었다. 다리는 여전히 후들후들 떨렸고, 자꾸만 목구멍으로 역류하는 시큼한 냄새 때문에 저절로 인상이 찌푸려졌다.

"무슨 일이 있었는지 이야기해봐요."

"서류 가방은 함정이었어요. 누군가 우리가 호텔을 방문하리란 걸 예상하고 원거리에서 원격경보 장치와 전기충격 장치를 가동해 나를 쓰러뜨렸어요."

가브리엘이 운전하는 혼다는 빠른 속도로 북쪽을 향해 달렸다. 지평선에 떨어지는 햇빛이 눈부셨다. 허드슨 강을 따라 유유히 미끄러지듯 떠가는 페리호와 요트들이 보였다. 저지시티의 마천루들과 지난날 선착장으로 쓰였던 곳에 잔해처럼 남아 있는 철제문들도 눈에 띄었다.

알리스는 카페에서 슬쩍 가져온 칼을 이용해 가죽점퍼의 안감을 찢었다.

"당신, 미쳤어요? 왜 멀쩡한 가죽점퍼를 찢고 그래요?"

알리스는 아무런 대꾸도 하지 않고 이번에는 신고 있던 앵클부츠를 벗어들더니 구두 굽을 잘라냈다.

"왜 그래요? 지금 무슨 짓을 하는 거예요?"

"내가 찾던 것이 바로 여기 있잖아요."

알리스가 구두의 안창에서 꺼낸 자그마한 전자장치를 들고 자랑스럽게 흔들어댔다.

"그게 뭔데요?"

"GPS 추적 장치죠. 이것 때문에 우리의 위치가 발각된 거예요. 당신이 신고 있는 구두나 재킷 안감 속에도 GPS 추적 장치가 들어 있을 거예요. 누군가 실시간으로 우리의 동선을 파악하고 있다고 봐야 해요. 당장 옷과 구두를 바꿔야 해요."

"누가 무엇 때문에 그런 짓을 할까요?"

가브리엘의 시선에서 불안한 기색이 묻어났다.

알리스는 차창을 열고 GPS 추적 장치를 던져 버린 다음 서류 가방을 집어 들었다. 서류 가방은 비밀번호를 입력해야 열리는 이중 잠금장치가 되어 있었다.

알리스는 대충 비밀번호를 입력하고 가방을 열어보려고 했지만 실패했다.

"그렇게 쉽게 열린다면 애초에 이중 잠금장치를 만들어놓지 않았겠죠."

가브리엘이 퉁명스럽게 말했다.

"아예 잠금장치를 부숴버려야겠어요. 우선 당신은 새 옷을 장만할 곳이나 찾아봐요."

알리스는 저절로 눈꺼풀이 내려앉는 바람에 관자놀이 근처를 살살 눌러가며 마사지해주었다. 다시 머리가 아파졌고, 두 눈이 불에 타는 듯 화끈거렸다. 그녀는 자동차 사물함을 뒤져 선글라스를 찾아냈다. 고양이 눈처럼 생긴 테에 다리 부분에 반짝이가 들어가 있었다. 선글라스를 착용한 그녀는 다양한 형태의 건축물들을 바라보는 동안 현기증을 느꼈다. 저 멀리 기둥 위에 펼쳐놓은 거대한 책 모양 실루엣이 시야에 들어왔다. 하이라인 위로 위용을 뽐내고 있는 스탠더드 호텔이었다. 유리와 알루미늄 소재를 사용해 현대적 건축공법으로 지은 기하학적인 스카이라인과 옛 뉴욕의 정취를 그대로 간직하고 있는 나지막한 벽돌 건물들이 무원칙하게 뒤섞여 있었다.

$

    미트패킹과 첼시 사이에서 잠시 배회하던 두 사람은 27번가에서 작은 상점 하나를 발견했다. 미군의 잉여 군수물자를 취급하는 상점인 듯했다. 군복들과 상표를 떼어낸 일반 의상들이 뒤죽박죽 쌓여 있었다.

    알리스는 레인저 편상화, 캔버스 운동화, 미군 전투기 조종사가 입는 점퍼, 맨투맨 티셔츠, 위장용 파카, 요대, 군용모자 따위가 진열되어있는 판매대에서 검은색 목폴라 스웨터와 티셔츠, 청바지, 앵클부츠, 모래 빛깔 전투복 상의를 골랐다.

    가브리엘은 여전히 뜸을 들이고 있었다.

    "대충 눈에 들어오는 옷을 골라 입으면 되지 뭘 그렇게 꾸물거려요?"

    알리스가 카키색 바지와 워싱면 소재 셔츠를 던져주며 말했다.

    "이 옷들은 내 취향이 아니고, 사이즈도 맞지 않아요."

    "마치 주말 저녁에 여자들을 만나러 나이트클럽에 가는 남자처럼 굴지 말아요."

    알리스가 옷을 갈아입기 위해 셔츠 단추를 풀며 빈정거렸다.

가브리엘은 여전히 부루퉁한 표정으로 끈을 매 신는 워커와 목에 양털을 댄 7부 외투를 골랐다. 옷을 다 고른 알리스는 두 개의 가죽 줄로 여미게 되어 있는 천 가방과 남들 눈에 띄지 않게 글록 권총을 소지할 수 있는 홀스터 멜빵을 추가로 골랐다. 탈의실이 따로 없어 그녀는 어쩔 수 없이 적당히 떨어진 곳에서 대충 옷을 갈아입었다. 가브리엘이 옷을 갈아입고 있는 알리스를 힐끔 쳐다보았다.

"엉큼하게 어딜 자꾸 힐끔거리며 쳐다봐요?"

알리스가 스웨터로 아랫도리를 가리며 꽥 소리를 질렀다.

잘못을 저지르다가 걸린 아이처럼 얼른 눈길을 돌리던 가브리엘의 눈에 충격적인 모습이 들어왔다. 알리스의 몸에 끔찍한 상처 자국이 나 있었다. 아랫배에서 시작해 배꼽까지 이어진 긴 상처 자국이었다.

§

"모두 합해 170달러에 드리죠."

지지 톱(ZZ Top)* 스타일로 턱수염을 기른 주인이 선심 쓰듯 말했다.

가브리엘이 워커를 신고 있는 동안 알리스는 거리로 나와 두 사람이 원래 입고 있던 옷들을 쓰레기 컨테이너 속으로 집어 던졌다. 혹시 필요할지도 몰라 혈흔이 묻어 있는 셔츠에서 떼어낸 천 조각만큼은 잘 갈무리했다.

훗날 천 조각이 중요한 단서가 될 수도 있어.

인도 반대편에 있는 작은 슈퍼마켓이 눈에 띄었다. 길을 건너 가게 안

---

*1969년 휴스턴에서 형성된 미국의 록 밴드

으로 들어선 알리스는 얼굴을 닦을 물티슈와 두통약 그리고 작은 생수를 한 병 샀다. 계산대를 향해 가던 그녀는 갑자기 발걸음을 돌려 상점 판매대를 다시 한번 둘러보았다. 상점 구석에 휴대폰을 진열해놓은 코너가 있었다.

알리스는 다양한 종류의 휴대폰을 살펴보다가 14.99달러짜리 모델을 선택하고 나서 90일 동안 휴대폰 통화가 가능한 선불카드도 한 장 구입했다.

구입한 물건들을 들고 거리로 나온 알리스는 갑자기 불어오는 세찬 바람 때문에 깜짝 놀랐다. 아직 해가 눈부시게 내리쬐는 가운데 갑자기 돌풍이 불어와 거리에서 뒹구는 낙엽들을 하늘로 날려 올리고 있었다.

알리스는 곳곳에서 먼지구름이 이는 바람에 손을 들어 올려 얼굴을 가렸다. 가브리엘은 자동차 보닛에 몸을 기댄 채 그녀를 물끄러미 쳐다보고 있었다.

가브리엘이 전에 신었던 구두 한 짝을 알리스의 눈 가까이 들어 올리며 말했다.

"당신 말대로 내 신발에도 GPS 추적 장치가 들어 있더군요."

가브리엘이 농구선수가 슛하듯 캔버스 운동화를 쓰레기 컨테이너로 집어던졌다. 포물선을 그리며 날아간 운동화가 쓰레기 컨테이너 속으로 정확하게 떨어졌다.

"3점 슛 성공."

가브리엘이 중얼거렸다.

운전석에 앉은 알리스는 슈퍼마켓에서 산 물건이 들어 있는 천 가방을 뒷좌석 서류 가방 옆에 내려놓았다.

"서류 가방을 열 방법을 찾아야 해요."

"그 가방은 내가 열 수 있어요."

가브리엘이 안전띠를 매며 장담했다.

§

그들은 GPS 장치를 버린 곳에서부터 최대한 멀리 떨어지기 위해 북쪽 방향으로 몇 킬로미터를 그대로 질주했다. 그러다가 공원에 면한 막다른 골목에 차를 세웠다. 공원 한편에 마련된 농장에서는 담당 교사가 지켜보는 가운데 아이들이 호박을 따고 있었다.

뉴욕의 도심이라고는 믿을 수 없을 만큼 조용한 동네였다. 노랗게 물든 단풍 나뭇가지 사이 틈새를 비집고 내리쬐는 햇살 덕분에 가을의 고요한 정취가 한층 더 뚜렷하게 느껴졌다.

"서류 가방을 어떻게 열 작정인데요?"

알리스가 차의 사이드브레이크를 잡아당기며 물었다.

"당신이 카페에서 슬쩍 집어 온 칼을 이용해 잠금장치를 열어볼게요."

"그 정도로 간단한 일이었으면 내가 진작 열었겠죠."

알리스가 답답하다는 듯 한숨을 푹 내쉬며 말했다.

"내가 가방을 여는지 못 여는지 어디 두고 봐요."

가브리엘이 서류 가방을 집어 들기 위해 뒷좌석 쪽으로 몸을 돌렸다.

가브리엘에게 칼을 넘겨준 알리스는 의혹의 눈빛을 거두지 않고 그의 일거수일투족을 지켜보았다. 가브리엘이 칼날을 가방의 양 틈 사이로 집어넣으려고 끙끙댔지만 번번이 실패했다.

가브리엘은 인내심이 바닥난 듯 벌컥 짜증을 내며 온 힘을 다해 칼날을 밀어 넣으려다 어긋나는 바람에 손바닥을 살짝 베이고 말았다.

"이런 젠장!"

"내가 뭐랬어요. 그리 간단한 일이 아니라니까."

"한 가지 물어봐도 돼요?"

"궁금한 게 있으면 뭐든 물어보세요."

"방금 전 상점에서 당신 배에 난 상처를 봤어요. 도대체 무슨 일이 있었던 겁니까?"

갑자기 알리스의 얼굴이 눈에 띄게 침울해졌다. 그녀는 뭔가 말하려고 입을 움찔했다가 꾹 다물어버리고는 고개를 돌려 애꿎은 한숨만 길게 내쉬었다.

눈치라고는 없는 남자 같으니!

잠재되어 있던 고통이 다시 고개를 들며 입술이 떨려왔다.

"누가 당신 몸에 그런 몹쓸 짓을 했죠?"

알리스는 생수를 한 모금 마시고 나서 과거와 대면하기를 완강하게 거부하는 마음을 누그러뜨렸다.

"2010년 11월 초, 클라라 마튀랭이라는 젊은 여교사가 살해된 사건이 발단이었죠."

나는 기억한다……

2년 반 전
피와 분노로 얼룩진 한 해

파리 서부지역에서 또 한 명의 살인사건 발생!

《르 파리지앵》, 2011년 5월 11일 자

 오늘 아침, 올해 나이 스물여섯 살인 항공기 스튜어디스 루셀 씨가 파리 17구의 메소니에 자택에서 목 졸려 숨진 채 발견되었다. 주변 사람들의 증언에 따르면 루셀 씨는 성격이 차분하고 평범한 여성으로 직업상 집을 자주 비웠다고 한다.
 같은 층에 사는 이웃 사람이 살해 사건 발생 전 루셀 씨와 마주쳤던 이야기를 털어놓았다.
 '루셀 씨는 기분이 썩 좋아 보였어요. 다음 날 올랭피아에서 열리는 스팅의 콘서트 표를 얻었다며 희색이 만면했죠. 나는 그때까지만 해도 루셀 씨가 누군가로부터 심각한 위협을 받고 있다는 걸 전혀 눈치채지 못했어요.'

사건 현장 주변에 있던 목격자들은 웬 남자가 서둘러 범죄 현장을 나와 바퀴 세 개짜리 피아조 스쿠터를 타고 도주하는 걸 목격했다고 증언했다. 용의자는 중간 정도 키에 날렵한 체구였고, 짙은 색 헬멧을 착용했던 것으로 보인다.

경찰은 서둘러 본격적인 수사에 착수했다. 피해자의 휴대폰이 어디론가 사라졌지만 경찰은 절도를 위해 가택 침입을 했던 범인이 우발적으로 루셀 씨를 살해한 것은 아니라고 판단하고 있다.

이번 사건은 2010년 11월, 나일론 스타킹으로 목이 졸려 살해된 젊은 여교사 클라라 마튀랭 사건을 연상시킨다. 담당 검사는 다양한 가능성을 열어두고 수사 중이라고 밝혔다.

𝆑

파리 서부지역 루셀 씨 살인사건, 연쇄살인 가능성 있다.

《르 파리지앵》, 2011년 5월 13일 자

사체 부검 결과 루셀 씨의 목을 조른 나일론 스타킹은 2010년 11월에 살해당한 클라라 마튀랭이 신고 있었던 것으로 밝혀져 두 사건의 연관 가능성을 한층 높이고 있다. 중앙수사본부는 아직 사실 여부를 확인해주고 있지 않지만 이전 피해자의 나일론 스타킹을 살해 도구로 사용한 것으로 미루어볼 때 페티시스트 살인마가 저지른 연쇄살인으로 수사 방향을 잡고 있는 것으로 보인다. 경찰은 아직 이 새로운 단서에 대해 굳게 입을 다물고 있다.

$\oint$

파리 16구에서 발생한 또 하나의 여인 살해 사건!

《르 파리지앵》, 2011년 8월 19일 자

뇌이유에 있는 미국 병원에서 간호사로 근무하던 모드 모렐 씨가 말라코프 대로에 있는 자택에서 변사체로 발견되었다. 나일론 스타킹으로 목이 졸려 살해된 젊은 여인의 사체는 오늘 아침 피해자의 아파트 경비원에 의해 발견되었다.

경찰이 아직 공식적으로 언급하고 있지는 않지만 이번 사건은 2010년 11월 파리 16구에서 발생한 살인사건, 2011년 5월에 파리 17구에서 발생한 살인사건과 밀접한 연관성이 있어 보인다.

수사당국은 살해당한 세 여인이 공통적으로 가해자에게 경계심을 보이지 않았던 것으로 미루어볼 때 면식범의 범행으로 판단하고 있다. 희생자들은 모두 자택에서 살해된 시체로 발견되었으며, 불법 침입의 흔적이 발견되지 않았다는 점도 일치한다. 한 가지 특이한 점은 세 명의 피해자들이 사용했던 휴대폰의 행방이 묘연하다는 사실을 들 수 있다.

§

파리 서부지역에서 벌어진 살인사건 연쇄살인범의 소행일 가능성 높아

《르 파리지앵》, 2011년 8월 20일 자

수사당국은 사흘 전 발생한 뇌이유 미국 병원 간호사인 모드 모렐 씨의 살해 사건은 2010년 11월 이후 인근에서 발생한 두 건의 살인사건과 의심할 여지 없이 연관성이 있는 것으로 확신하고 있다. 담당 검사는 이번 사건이 연쇄살인범의 범행일 가능성이 크다고 본다며 이렇게 말했다.

'세 건의 살인사건은 피해자들이 모두 젊은 여성이라는 점, 자택에서 살해된 점, 이전 피해자가 착용했던 나일론 스타킹으로 목이 졸려 사망했다는 점, 가택 침입의 흔적이 전혀 없다는 점에 비춰볼 때 면식범이 저지른 연쇄살인으로 추정하고 있습니다.'

모렐 씨를 살해할 때 사용한 나일론 스타킹은 지난봄 살해된 항공사 여승무원 나탈리 루셀 씨가 착용했던 것이었고, 나탈리 루셀 씨는 여교사 클라라 마튀랭 씨가 착용했던 나일론 스타킹으로 목이 졸려 살해되었다.

세 건의 살인사건은 이제 하나로 합해져 한 명의 담당 검사가 전담하게 되었다. 어제저녁 프랑스 2TV 뉴스에 출연한 내무부 장관은 '프랑스 경찰은 범인을 잡기 위해 모든 수단과 방법을 동원할 것'이라고 말했다.

$

파리 서부 지역에서 발생한 살인사건, 감치 상태에 들어간 용의자 한 명!

《르 파리지앵》, 2011년 8월 21일 자

지난 11월부터 파리의 부유층이 사는 동네에서 발생한 일련의 살인사건 용의자로 지목된 한 택시 운전자가 지난 금요일 저녁 경찰에 소환되어 감치 상태에 들어갔다. 용의자의 가택수사 결과 최근에 살해당한 모드 모렐 씨의 휴대폰이 발견되었다.

$

석방된 택시 운전자!

《르 파리지앵》, 2011년 8월 22일 자

유력한 용의자로 지목되었던 택시 운전자는 일괄적으로 수사 중인 세 번의 살인사건에 대한 알리바이를 입증했다. 그는 경찰조사에서 사건 발생 며칠 전 모드 모렐 씨를 택시에 태운 사실을 인정했지만 피해자가 휴대폰을 택시에 두고 내렸다고 진술했다.

$

또 한 명의 희생자 발생! 파리 서부지역을 공포로 몰아넣고 있는 연쇄 살인사건!

《르 파리지앵》, 2011년 10월 9일 자

남편과 이혼 후 어린 아들과 단둘이 살고 있던 은행원 비르지니 앙드레 씨가 오늘 아침 바그람 대로변 자택에서 나일론 스타킹으로 목이 졸려 숨진 채 발견되었다. 피해자의 사체는 공동 친권자로 되어 있는 전 남편이 세 살짜리 아들을 데리러 왔다가 발견했다.

$

도시에 퍼지는 공포, 경찰 수백 명 파리 서부지역 살인범 색출에 동원!
《르 파리지앵》, 2011년 10월 10일 자

지난 11개월 동안 파리 16구와 17구에 사는 독신 여성들을 공포의 도가니로 밀어 넣고 있는 연쇄살인범을 잡기 위해 경찰은 수백 명의 인력을 동원해 대대적인 수사를 펼치고 있다.

2010년 11월 12일에 살해된 여교사 클라라 마튀랭 씨와 2011년 5월 10일에 살해된 항공사 스튜어디스 나탈리 루셀 씨, 8월 18일에 사체로 발견된 간호사 모드 모렐 씨 그리고 지난 일요일에 살해당한 은행원 비르지니 앙드레 씨 사이에는 어떤 연관성이 있을까?

수사당국은 피해자들이 하나같이 독신 여성이라는 점에 주목해 피해자들의 인맥을 면밀하게 살피고 있지만 현재까지는 설득력 있는 단서를 찾아내지 못하고 있는 실정이다. 네 건의 살인사건이 범행 수법이 일치하고, 피해자들이 가해자에게 저항 없이 문을 열어줄 정도로 친분이 있었다는 점이 파리 16구, 17구 지역 주민들에게는 더욱 극심한 불안과 공포를 야기하고 있다. 해당 지역 주민들을 안심시키기 위해 경찰은 평소의 열 배가 넘는 인력을 배치해 순찰을 강화하는 한편 조금이라도 의심스런 행동을 하는 자가 있을 경우 지체 없이 신고해줄 것을 당부하고 있다.

나는 기억한다……

2년 전
파리
2011년 11월 21일
파리 7구 솔페리노 지하철역

나는 숨 가쁘게 지하철역 계단을 뛰어오른다. 계단 꼭대기에 이르자 잔뜩 습기를 머금은 비바람이 얼굴을 때린다. 나는 우산이 뒤집히는 걸 방지하기 위해 비바람이 몰아치는 방향으로 우산을 편다. 임신 7개월 에서 보름이 더 지났고, 병원에서 로즈 메이와 만나기로 약속되어 있 다. 로즈 메이는 내 출산을 맡아주기로 한 산파다.

11월에는 비가 부슬부슬 내리는 어두침침한 날이 계속되고 있다. 발 걸음을 재촉하는 내 눈앞에 벨샤스 가에 늘어선 하얀 건물들이 소나기 속에서도 환하게 빛나고 있다. 발은 퉁퉁 부어오르고, 등은 흐느적거 리고, 관절 마디가 몹시 쑤셔댄다. 임신 이후 체중이 증가해 일상생활을 해나가기조차 버거운 실정이다. 몸이 불어나 구두끈을 맬 때마다 폴의 도움을 받아야만 한다. 바지를 입으면 아랫배가 너무 거북해 원피스만 입고 다녀야 한다. 무엇보다 밤에 잠을 이루지 못하는 게 가장 큰 고역이다. 매번 침대에서 빠져나오려면 일단 몸을 옆으로 돌린 다음 발을 바닥에 내려놓고 천천히 몸을 일으켜 세워야 한다. 며칠 전부터 입덧이 심해져 시도 때도 없이 구역질이 나고, 몸이 극도로 피곤하다.

라스 카세스 가는 지하철역으로부터 2백여 미터 정도 떨어져 있다. 나는 그 짧은 거리를 5분쯤 걸어 병원에 도착한다. 병원으로 들어간 나는 일단 접수처에 들러 진료 시간을 다시 한번 체크한 다음 다른 환자들의 눈총을 받으며 자동판매기에서 커피를 한 잔 빼 마신다.

내 몸은 한마디로 기진맥진한 상태다. 요즘 내 배에서는 마치 비눗방울이 터지듯 가벼운 움직임이 느껴진다. 폴은 뱃속 아이의 발길질에 대해 마냥 신기해한다.

요즘 내가 처한 상황은 몹시 복잡하다. 내 뱃속에 아이를 품고 있다는 건 신비하고 황홀한 기분을 느끼게 해주지만 나는 마치 조울증 환자처럼 감정의 기복이 심한 편이다. 임신에 대한 기대와 흥분은 곧 막연한 불안감으로 바뀌곤 한다.

내가 과연 좋은 엄마가 될 수 있을까?

내 아이가 혹시 어디 한 군데라도 온전하지 못한 모습으로 태어날까 봐 두렵다. 내가 아이를 낳아 제대로 돌볼 수 있을지도 걱정이다.

일주일 전, 나는 경찰 본부에 출산휴가를 신청했다. 폴은 벌써부터 아기 방을 꾸며놓고, 내 차에 베이비 카 시트를 달아놓는다. 나는 배내

옷, 유아차, 아기 전용 욕조와 목욕용품 따위를 구입해야 한다고 생각하지만 며칠째 차일피일 미룬다.

솔직히 고백하자면 나는 수사에서 손을 떼지 않는다. 나는 파리 서부 지역 연쇄살인사건을 독자적으로 수사하고 있다. 첫 번째 살인사건이 벌어졌을 때만 해도 우리 팀이 수사를 맡았지만 실마리를 찾아내지 못한다. 그 이후 세 건의 살인사건이 더 발생하면서 지금은 세상 사람들에게 온통 초미의 관심사가 되어 있다.

사건의 비중이 커지면서 우리 팀은 수사에서 완전히 배제된다. 나는 공식적으로는 수사에서 손을 뗀 입장이지만 내가 본 참혹한 시신의 잔상이 뇌리에 그대로 남아 잠시도 떠나지 않는다. 비참하게 죽은 희생자의 모습이 나를 가만히 내버려두지 않는다. 그 사건에 대한 편집증적인 집착이 임신 7개월이 넘은 내 몸을 위태롭게 하고 있지만 나는 좀처럼 무심할 수 없다. 꿈속에서도 내가 본 끔찍한 희생자의 얼굴이 수시로 떠올라 깊은 잠을 잘 수 없다. 나는 하루에도 몇 번씩이나 반복적으로 끔찍한 모습에 시달리고, 다양한 가설을 세우며 추리를 거듭한다.

나는 클라라 마튀랭, 나탈리 루셀, 모드 모렐 그리고 비르지니 앙드레의 연결고리를 찾아내는 게 이 사건을 해결할 수 있는 가장 중요한 실마리라고 생각한다. 연쇄살인사건 해결을 위해 꾸려진 중앙수사본부 역시 그 부분에 초점을 맞춰 수사를 펼치고 있지만 아직 이렇다 할 단서를 찾아내지 못한다. 내 독자적인 수사 역시 답보 상태를 면하지 못하고 있긴 마찬가지다.

연쇄살인범을 잡지 못할 경우 앞으로도 계속 똑같은 일이 반복되리란

건 너무나 자명한 일이다. 연쇄살인범은 용의주도하고 빈틈이 없어 사건 현장에 지문이나 DNA는 물론 아주 사소한 단서조차 남기지 않는다.

왜 네 명의 희생자 모두 밤늦은 시간에 아무런 경계심을 품지 않고 문을 열어주며 범인을 집 안으로 들어오게 했는지 아무도 그 이유를 설명하지 못하고 있는 실정이다. 용의자가 검은 헬멧을 쓰고 있고, 바퀴 세 개짜리 피아조 스쿠터를 타고 유유히 도주하는 걸 보았다는 증언 말고는 전혀 단서를 확보하지 못한 상태다. 바퀴 세 개짜리 피아조 스쿠터를 보유하고 있는 사람은 파리 일대만 해도 수천 명이나 된다.

어디선가 바람이 새들어오는 듯 병원 대기실은 몸이 떨릴 만큼 썰렁하다. 나는 약간의 온기라도 느껴볼 심산으로 커피가 담긴 종이컵을 감싸 쥐며 이미 수천 번도 더 돌려본 머릿속의 필름을 다시 한번 천천히 돌려본다.

신문들은 '휴대폰을 훔치는 살인마'라는 별명으로 범인을 지칭한다. 중앙수사본부도 처음에는 범인이 통화 내역이나 동영상, 사진 등 단서가 될 만한 흔적을 지우기 위해 휴대폰을 빼돌렸다고 추측하지만 그 가설은 결국 얼마 못 가 폐기된다. 세 번째 피해자인 간호사가 휴대폰을 택시에 두고 내린 사실이 밝혀졌기 때문이다.

$

나는 내 휴대폰으로 눈길을 돌린다. 네 명의 희생자들과 관련된 사진 자료를 수백 장이나 다운받아 휴대폰에 저장해두고 있다. 범죄 현장 사진보다는 네 명의 피해자들이 자신의 컴퓨터에 저장해둔 사진들이다.

나는 그 사진들을 들여다볼 때마다 늘 마지막에는 클라라 마튀랭의 사진에 눈길이 멈춘다. 첫 번째 희생자로 내가 직접 현장을 확인한 탓에 가장 신경 쓰인다. 열 장의 사진들 중 유독 내 시선을 끄는 한 장의 사진이 있다. 2010년 10월에 학교 운동장에서 찍은 학급단체 사진이다. 졸리오 퀴리 유치원 아이들이 클라라의 주변을 에워싸고 있다. 카메라 앞에서 포즈를 취하고 있는 아이들의 표정이 내 입가에 미소를 떠올리게 한다. 자못 심각한 표정을 짓는 아이, 짝꿍과 눈을 맞추고 활짝 웃는 아이, 손가락으로 콧구멍을 후비는 아이, 당나귀 귀 모양을 만들어 보이며 장난을 치는 아이 등 표정도 각양각색이다.

아이들 한가운데 자리한 클라라는 가식 없이 환한 미소를 짓고 있다. 짧게 자른 금발, 우아한 바지 정장 위에 베이지색 트렌치코트를 걸치고 있고, 버버리 스카프를 두른 차림이다. 클라라가 무척이나 좋아한 옷차림인 듯 똑같은 옷을 입고 찍은 사진이 여러 장 더 있다. 2010년 5월 브르타뉴에서 거행된 친구 결혼식, 같은 해 8월의 런던 여행, 살해당하기 몇 시간 전 프장드리 가의 CCTV에 찍힌 캡처 사진에도 클라라는 바로 그 옷차림을 하고 있다.

내 눈길은 한참 동안 클라라의 바지정장, 트렌치코트, 두건처럼 둘둘 만 버버리 스카프에 머문다. 그 순간 한 가지 특이한 점이 내 눈에 들어온다. 클라라가 사진 속에서 두르고 있는 버버리 스카프가 다 똑같은 제품인 줄 알았는데 자세히 보니 CCTV에 등장하는 스카프만 유독 다르다. 나는 그 사실을 보다 분명하게 확인하기 위해 터치스크린으로 사진을 확대해 자세히 살펴본다. CCTV의 해상도가 좋지 않다는 점을 감안하더라도 체크무늬가 이전에 찍은 사진에 나오는 스카프와 많이 다르다는 걸 알 수 있다.

그렇다면 클라라가 살해되던 날 착용했던 스카프는 평소 그녀가 애용했던 제품이 아니었다.

전혀 주목할 필요가 없는 사실일까? 클라라는 왜 그날만 유독 다른 스카프를 착용했을까? 혹시 아끼던 스카프를 친구에게 빌려준 걸까? 아니면 세탁소에 맡긴 걸까? 아니면 잃어버렸을까?

세 번째 희생자인 모드 모렐도 휴대폰을 분실했어. 그 휴대폰은 결국 택시 안에서 발견되었지. 나탈리 루셀의 휴대폰도 도난당했다고 믿었지만 어쩌면 분실한 것일 수도 있어.

휴대폰과 스카프를 분실했다?

그럼 네 번째 희생자인 비르지니 앙드레는 뭘 분실했지?

나는 사진들을 그대로 남겨두고 통화 모드로 넘어가 세이무르의 전화번호를 누른다.

"비르지니 앙드레 살해 사건과 관련해 궁금한 게 있어서 전화했어. 혹시 그 여자가 사건 발생 전에 뭔가를 잃어버렸다는 말을 들은 적이 있어?"

"팀장님은 휴가 중이잖아요. 이제 수사에 대해서는 제발 미련을 버리고 태어날 아기에게나 집중하세요."

"당신이 걱정하지 않아도 그 문제는 내가 알아서 할 테니까 내 질문에 대답해봐."

"그런 말은 전혀 못 들어봤어요."

"비르지니 앙드레의 전남편 전화번호를 알아낼 수 있지? 전화번호를 알아내 곧장 나한테 문자로 넣어줘."

"알았어요. 정말 팀장님 고집은 아무도 꺾을 수 없군요."

"고마워, 세이무르."

전화를 끊고 나서 정확하게 3분이 지났을 때 휴대폰 화면에 세이무르가 보낸 문자메시지가 뜬다. 나는 즉시 비르지니 앙드레의 전 남편인 장 마르크 앙드레에게 전화했지만 받지 않는다. 나는 자동응답기에 대고 최대한 **빨리** 연락을 바란다는 메시지를 남긴다.

♪

"오늘도 또 병원까지 걸어왔군요!"

로즈 메이가 나무라는 투로 말한다.

레위니옹 섬 출신인 로즈 메이는 매번 나를 어린아이 대하듯 잔소리를 늘어놓는다.

"아니라니까 그래요!"

로즈 메이는 나를 눕게 한 다음 초음파 검사를 실시한다. 검사를 마친 그녀는 자궁 경부가 단단하게 닫혀 있는 만큼 조기 출산 우려는 없을 것 같다며 나를 안심시킨다.

"태아의 머리가 아래쪽을 향하고 있고, 등은 왼쪽에 위치해 있어요. 그야말로 가장 이상적인 형태죠. 출산 날짜가 가까워지면서 태아가 벌써 아래쪽으로 조금 내려와 있어요."

로즈 메이는 아이의 심장박동 소리를 듣게 해준다. 나는 얼마나 감동스러운지 눈물이 핑 돈다. 그와 동시에 불안감이 밀려오며 가슴이 떨린다. 로즈 메이는 나에게 진통이 시작되면 해야 할 일을 차례대로 일러주고 나서 4, 5주 후에 진통이 시작될 거라고 한다.

"진통이 10분 간격으로 찾아올 경우 스파스폰을 먹고 30분쯤 기다려봐요. 통증이 반복되지 않고 지나가면 본격적인 진통이 아니죠. 반면 통증이 계속되면 분만을 위한 본격적인 진통이 시작된 거예요."

그때 가까운 곳에 벗어둔 내 파카 주머니 속에서 휴대폰이 부르르 떠는 소리가 들린다. 나는 산파의 말을 중단시키고 침상에 벗어둔 재킷에서 휴대폰을 꺼내기 위해 몸을 굽힌다.

"장 마르크 앙드레입니다."

"저는 파리경찰서 강력계 소속 알리스 팀장입니다. 전 부인의 수사를 맡고 있는 형사 중 한 명이죠. 혹시 살해 사건이 벌어질 무렵 전 부인으로부터 뭔가를 분실했다는 말을 들은 적이 있습니까?"

"뭔가를 분실하다니요?"

"가령 옷이나 액세서리, 지갑 따위 말입니다."

"비르지니가 뭘 분실했든 살해 사건과 무슨 관련이 있죠?"

"물론 그렇게 생각할 수도 있지만 때로는 아주 사소한 단서가 사건의 실마리를 풀어주기도 하죠. 혹시 기억나는 일이 없습니까?"

잠시 침묵하던 장 마르크가 이윽고 입을 연다.

"사실은 비르지니가 마지막으로 아들을 데려온 날 작은 다툼이 있었습니다. 비르지니가 아들 녀석이 아끼는 곰 인형을 잃어버렸다고 하더군요. 제 아들 녀석이 곰 인형 없이는 잠을 못 이룰 만큼 무척이나 아끼는 물건이라 저는 잔뜩 화가 나 비르지니를 나무랐죠. 비르지니는 곰 인형을 잃어버린 장소가 몽소 공원이라며 분실물센터에 연락해 알아보겠다고 했는데 그 후 이야기를 들을 수 없었죠."

분실물센터?

갑자기 내 심장이 빠르게 뛰기 시작한다.

"비르지니가 직접 분실물센터에 갔었나요? 아니면 조만간 갈 작정이었나요?"

"분실물센터를 방문해 곰 인형을 찾게 되면 연락해달라고 했다더군요."

나는 내 귀를 믿을 수 없다.

"새로운 소식이 있으면 곧 다시 전화드리겠습니다."

나는 침대에서 일어나 서둘러 옷을 갈아입는다.

"로즈 메이, 죄송해요. 급히 가봐야 할 데가 있어요."

진료실을 나온 나는 엘리베이터에 올라 휴대폰으로 택시를 부른 다음 병원 로비에서 발을 동동 구르며 기다린다.

이 사건은 내가 해결할 거야.

나의 자만심이 다시금 고개를 든다. 나는 이 사건을 담당하고 있는 중앙수사본부 형사들을 떠올려본다. 그들은 희생자들과 친분이 있었던 사람들을 일일이 찾아다니며 탐문수사를 펼치고 있지만 아직 아무런 단서를 찾아내지 못하고 있다.

$

모리용 가 36번지
파리 15구 조르주 브라상스 공원 바로 뒤

택시는 나를 분실물센터 입구에 내려준다. 진홍색 벽돌과 하얀 석재를 사용해 지은 건물이다. 경찰청에서 관리하는 건물이지만 분실물센터에서 일하는 사람들 중 경찰은 단 한 명도 없다. 나는 한 번도 발을 들여놓은 적이 없는 곳이다.

나는 입구에서 신분증을 제시하고 분실물센터 책임자를 만나고 싶다고 말한다. 책임자를 기다리는 동안 나는 주변을 둘러본다. 창구 뒤, 십여 명의 직원들이 길에서 습득한 물건들을 맡기기 위해 방문한 사람들과 잃어버린 물건을 찾기 위해 온 사람들을 상대하고 있다.

"스테판 달마소입니다."

들쭉날쭉 자란 콧수염, 처진 볼살, 원색 플라스틱 재질의 작고 동그란 안경테를 착용한 스테판 달마소의 말투에서는 마르세유 억양이 강하게 느껴진다.

"파리경찰청 강력계에서 일하는 알리스 형사입니다."

"반갑습니다. 곧 아기가 태어나겠군요?"

스테판이 불룩 튀어나온 내 배를 힐끗 보고 나서 묻는다.

"출산예정일이 한 달 반쯤 남았습니다."

"아이들은 우리를 진정한 어른으로 만들어주죠."

스테판이 나에게 따라오라고 손짓하며 앞장서서 걷는다.

나는 분실물센터에서 습득한 물건들 가운데에서 레지옹도뇌르 훈장, 의족, 해골, 무너진 월드트레이드센터의 금속 잔재, 고양이 재를 보관한 유골함, 일본 야쿠자가 사용하는 일본도 등을 전시해 박물관처럼 꾸며놓은 방으로 들어간다. 방 안에는 웨딩드레스도 한 벌 진열되어 있다.

"몇 년 전, 어떤 택시 기사 한 분이 저 웨딩드레스를 가져왔죠. 방금 결혼식을 끝낸 커플을 태웠다더군요. 신혼부부는 차 안에서 말다툼을 벌이더니 내릴 때쯤 헤어지기로 합의를 봤답니다."

스테판이 웨딩드레스가 거기에 진열되어 있게 된 내력을 설명한다.

"분실물센터는 처음 와봤는데 마치 알리바바의 동굴처럼 신비로운 곳이네요."

"통계적으로 사람들이 가장 흔하게 분실하는 물건은 지갑, 안경, 열쇠, 휴대폰, 우산 따위죠."

"흥미로운 통계입니다."

나는 내 손목시계를 힐끔 쳐다보며 말한다.

"흥미진진한 이야기들이 많은 곳이지만 형사님께서 대단히 바쁘신 것 같군요. 자, 이제 무슨 일로 분실물센터를 찾아왔는지 말씀해보세요."

"최근 발생한 연쇄살인사건에 대해 잘 알고 계실 겁니다. 혹시 네 번째 희생자인 비르지니가 최근 며칠 사이에 이곳에 다녀간 적이 있는지 알고 싶습니다."

"어떤 물건을 잃어버렸다던가요?"

"비르지니의 아들이 몽소 공원에서 곰 인형을 잃어버렸다더군요."

바퀴 달린 안락의자에 앉아 있던 스테판은 책상 쪽으로 다가가 컴퓨터를 켜고 키보드를 두들긴다.

"이름이 비르지니 앙드레라고 하셨죠?"

나는 대답 대신 고개를 끄덕인다.

"최근 몇 개월 사이에 그런 이름으로 분실물 접수를 신청한 사람은 없는데요."

"유선전화나 휴대폰으로 분실물을 찾아달라고 요청했을 수도 있지 않나요?"

"그 경우에도 분실물센터 데이터베이스에 모두 기록됩니다. 우리 직원들이 컴퓨터 데이터베이스에 분실물과 잃어버린 장소, 시간 따위를 입력해놓죠."

"비르지니의 전남편이 분명 분실물 접수를 했을 거라고 하던데요. 그럼 다른 세 명에 대해서도 확인해주시겠습니까?"

나는 스테판의 책상 위에 놓인 메모지에 세 사람의 이름을 적는다.

스테판은 내가 적어놓은 이름들을 컴퓨터에 입력한다.

"클라라 마튀랭, 나탈리 루셀, 모드 모렐…… 유감이지만 세 사람 다 없는데요."

극도로 실망한 나는 내가 실수를 저질렀다는 사실을 인정하기까지 적어도 몇 초의 시간이 필요하다.

"어쩔 수 없죠. 도와주셔서 감사합니다."

나는 스테판의 사무실을 나서려는 순간 배에서 갑자기 통증이 느껴지는 바람에 한 손으로 배를 움켜쥔다. 태아가 활발하게 발길질해대고 있다.

"괜찮으십니까? 택시를 불러드릴까요?"

당황한 스테판이 나를 부축하며 묻는다.

"네, 택시를 불러주시면 고맙겠습니다."

나는 다시 의자에 주저앉으며 말한다.

스테판이 인터폰을 들고 큰 소리로 비서의 이름을 부른다.

"클로데트, 형사님이 타고 가실 택시를 한 대 불러줘."

2분 후, 빨간 머리 여자가 사무실로 들어선다. 그녀의 손에 뜨거운 김이 모락모락 나는 차가 들려 있다.

"택시가 곧 올 겁니다. 택시를 기다리는 동안 드시라고 차를 한 잔 가져왔습니다."

나는 여자가 권하는 차를 마시며 차츰 마음을 가라앉힌다.

그 순간 한 가지 질문이 섬광처럼 뇌리를 스치고 지나간다.

"제가 깜빡 잊고 여쭤보지 못했는데 혹시 분실물센터에서 일하는 직원들 중에 바퀴 세 개짜리 피아조 스쿠터를 타고 다니는 사람이 있습니까?"

"내가 알기로는 없습니다. 피아조 스쿠터라면 남자들이 흔히 타지 않나요? 들어오면서 보셨겠지만 여기서 일하는 직원들은 거의 다 여성들이죠."

"에릭이 바퀴 세 개짜리 스쿠터를 타고 다니는데요."

비서가 우리들의 대화에 불쑥 끼어든다.

나는 스테판의 눈을 똑바로 쳐다보며 묻는다.

"에릭이 누구죠?"

"에릭 보간은 임시 직원입니다. 일이 아주 바쁠 때나 병가가 길어지는 직원이 있을 경우 분실물센터에 나와 우리 일을 돕곤 하죠."

"에릭이 혹시 오늘도 출근했나요?"

"요즘은 한가한 편이라 부르지 않았지만 연중 가장 바쁜 크리스마스 무렵이나 관광객이 많은 휴가철에는 흔히 에릭을 불러 일을 도와달라고 하죠."

사무실의 골진 유리벽을 통해 나를 기다리고 있는 택시가 보인다.

"혹시 에릭의 주소를 알 수 있을까요?"

"물론이죠."

스테판이 비서에게 에릭의 주소를 적어주라는 뜻으로 메모지를 한 장 건넨다.

새롭게 알게 된 사실이 희미하게 꺼져가던 불씨를 되살린다. 나는 비서가 적어준 메모를 주머니에 집어넣고 나서 책상 위 메모지에 서둘러 내 전화번호와 이메일 주소를 적어 스테판에게 건넨다.

"에릭이 최근 2년 동안 분실물센터에서 일한 기간을 조사해 제 휴대폰이나 메일로 알려주세요."

나는 밖으로 나와 기다리고 있던 택시에 오른다.

§

택시 내부에서는 땀 냄새가 진동한다. 라디오 볼륨을 지나치게 크게 해놓아 택시 기사에게 파리 16구에 있는 파랑드로장 가의 주소를 건넨 다음 소리를 좀 줄여달라고 부탁한다. 내 말을 못 들은 척 버티던 택시 기사는 내가 내민 형사 신분증을 보고 나서야 라디오 볼륨을 줄인다.

택시의 높은 실내 온도 탓인지 열이 나며 몸이 어질어질 떨린다.

내가 생각해낸 가설을 토대로 시나리오를 그려본다.

네 명의 희생자들인 클라라 마튀랭, 나탈리 루셀, 모드 모렐 그리고 비르지니 앙드레는 모두 어느 시점에선가 분실물센터 직원인 에릭 보간을 만난 적이 있다. 에릭 보간은 분실물센터 컴퓨터에 희생자들을 만난 사실을 고의로 기록하지 않는다. 희생자들의 이름이 분실물센터 데이터베이스에 기록되지 않은 이유다.

에릭 보간은 분실물센터를 찾아온 희생자들에게 더없이 친절한 태도를 보여 신뢰를 얻고, 격의 없는 대화를 나누며 최대한의 정보를 확보한다. 희생자들의 주소, 현재 독신이라는 사실도 그런 방식을 통해 알아낸다. 첫 만남 이후 며칠이 지났을 때 에릭 보간은 잃어버린 물건을 전해주겠다는 구실로 희생자들의 집을 방문한다. 희생자들은 집으로 찾아온 에릭이 초인종을 누르자 아무런 경계심도 품지 않고 문을 열어준다. 희생자들은 평소 좋아하는 스카프, 중요한 개인정보가 들어 있는 휴대폰, 아들이 아끼는 곰 인형을 되찾은 것이 기뻐 밤 9시가 넘은 시각이라는 점을 전혀 고려하지 않는다.

내 가설이 들어맞을 확률이 어느 정도나 될까? 천분의 일? 만약 사실이라면?

빅토르 위고 대로를 거슬러 올라간 택시는 조르지 퐁피두 병원 앞을 지나 포르트드생클루에서 센 강을 가로질러 달리고 있다.

독자적인 행동은 금물이야.

나는 강력 사건 수사를 할 때 절대로 혼자 움직여서는 안 된다는 사실을 누구보다도 잘 알고 있다. 세이무르에게 전화해 방금 내가 세운 가설에 대해 이야기해주고 싶지만 에릭 보간이 분실물센터에서 일한 기간을 확인하기 전까지 참기로 한다.

진동모드로 해놓은 휴대폰이 부르르 몸을 떤다. 에릭 보간이 근무한 날짜를 알려주는 스테판의 메시지일 것이다. 컴퓨터 화면을 클릭했지만 파일이 열리지 않는다.

불가능한 형식의 문서.

이런 젠장!

"손님, 다 왔습니다."

무뚝뚝한 택시 기사가 나를 작은 일방통행로 한가운데에 내려준다. 부알로 가와 모차르트 대로 사이에 낀 좁은 길이다. 그 사이 빗줄기는 한층 더 거세져 빗물이 내 목덜미를 타고 줄줄 흘러내린다. 몸이 축 처지도록 무거워 걷기조차 힘들다.

오늘은 그냥 돌아가는 게 좋겠어.

분실물센터 비서가 적어준 번지수의 회색 건물이 눈앞에 보인다. 너무 높게 지어 주변 경관을 망치고 있는 콘크리트 건물로 1970년대식 건축물의 전형이다.

'에릭 보간'이라는 이름이 적힌 초인종을 눌러보지만 응답이 없다. 건물 한구석에 마련된 이륜차 주차장에는 오래된 야마하 오토바이 한 대와 바퀴 세 개짜리 스쿠터가 세워져 있다.

나는 그 건물에 사는 모든 사람들의 초인종을 누른 끝에 누군가 열어준 문을 밀고 안으로 들어간다. 나는 서두르지 않고 에릭의 집이 있는 곳까지 계단을 통해 천천히 올라간다. 뱃속에서 또다시 아기의 발길질이 느껴진다.

혹시 위험하다는 걸 알리는 경고의 발길질이 아닐까?

나는 얼마나 위험천만한 짓을 하고 있는지 잘 알고 있지만 계속 진격하라고 외치는 또 다른 나의 명령을 거역할 수 없다.

내가 처음 맡았던 사건이니까 내가 반드시 해결할 거야.

나는 불도 켜지 않고 어두운 계단을 힘겹게 올라간다. 마침내 7층에 도착해보니 에릭 보간의 집 문이 반쯤 열려 있다. 나는 권총을 꺼내 들고 양손으로 총신을 쥔다. 빗물과 땀이 범벅이 되어 등줄기를 타고 흘러내린다.

"에릭 보간, 경찰이다."

양손으로 권총을 움켜쥐고 안으로 진입한다. 전등 스위치를 찾아내 눌러보았지만 불이 들어오지 않는다. 그 와중에도 억수처럼 쏟아지는 비가 지붕을 두들겨대고 있다.

에릭 보간의 집은 텅 비어 있는 듯 보인다. 전등도 켜지지 않고, 가구도 없고, 바닥에 빈 상자 몇 개가 놓여 있을 뿐이다. 조금이나마 긴장이 풀린 나는 권총을 주머니에 집어넣고, 휴대폰을 손에 든다. 세이무르의 전화번호를 누르는 순간 등 뒤에 누군가 있다는 느낌을 받는다. 몸을 돌리는 순간 오토바이 헬멧 속에 숨은 놈의 얼굴이 보인다. 내가 다시 총을 빼 들려는 순간 칼날이 먼저 내 살을 헤집고 들어온다.

칼날이 내 뱃속에 든 아기를 난도질한다. 에릭 보간이 내 배를 연속적으로 찔러대는 바람에 나는 곧 두 다리의 힘이 풀리며 바닥에 고꾸라진다.

나는 정신이 혼미한 가운데 에릭 보간이 내 스타킹을 벗기고 있다는 걸 느낄 수 있다. 분노와 증오, 피가 강물처럼 흐르는 가운데 내 정신이 서서히 내 몸을 벗어나고 있다. 마지막으로 문득 아버지가 떠오른다. 좀 더 정확하게 말하자면 아버지가 팔뚝에 문신으로 새겨 넣은 문장이 생각난다.

악마가 부리는 술수 가운데에서 가장 뛰어난 묘책은 악마가 존재하지 않는다고 믿게 하는 것이다.

9. 강변

영원은 순간들로 이루어진다.
_에밀리 디킨슨

헬스 키친, 뉴욕
오늘 오전 11시 15분

알리스의 이야기를 들은 가브리엘은 충격에서 벗어나지 못한 듯 멍하니 앉아 있었다. 섣부른 위로의 말을 건네기에는 너무나 참담하고 끔찍한 이야기였다.

알리스는 바람에 흩어져 날리는 낙엽을 바라보았다. 저 멀리서 도시의 소음이 아련하게 들려왔다. 공원 분수대에서 물이 흘러내리는 소리와 숲에서 새들이 지저귀는 소리가 들려왔다. 누군가에게 지난날의 상처와 고통에 대해 이야기한다는 건 언제나 어려운 일이었다. 신경정신과 의사와 상담할 때처럼 이야기할 당시에는 매우 고통스럽지만 다 마치고 나면 가슴이 후련해지는 카타르시스를 느끼게 해주기도 한다.

"서류 가방을 열 수 있는 방법이 생각났어요. 이 서류 가방의 잠금장치는 세 개의 숫자로 된 두 개의 비밀번호로 보안이 유지되는 게 분명해요."

알리스는 서류 가방을 집어 들더니 무릎 위에 반듯하게 내려놓고, 몸을 굽혀 가브리엘의 셔츠 소매를 걷어 올렸다. 그의 팔뚝에 새긴 숫자들이 드러났다.

/4//97

"내 짐작이 맞는다면 바로 이 숫자들이 서류 가방을 여는 비밀번호일 거예요."

알리스는 잠금장치 숫자판에 가브리엘의 팔뚝에 새겨놓은 숫자들을 눌렀다. 철컥 소리와 함께 가방이 열렸다. 얼핏 보기로는 아무것도 들어 있지 않았다. 그때 알리스의 눈에 지퍼를 이용해 탈부착이 가능하게 만들어놓은 칸막이가 들어왔다. 지퍼를 열자 이중으로 된 바닥이 나왔고, 그 안에 밤색 가방이 들어 있었다.

알리스는 떨리는 손으로 밤색 가방을 열었다. 바늘 부분을 보호하기 위해 뚜껑을 덮어놓은 주사기 한 대가 들어 있었다.

알리스는 주사기를 꼼꼼하게 관찰했다. 주사기 실린더 안에 들어있는 파란색 액체가 햇빛을 받아 반짝였다.

저 파란색 액체는 의약품일까? 아니면 마약?

알리스는 가방의 지퍼를 닫았다. 만일 파리였다면 즉시 성분분석을 의뢰했겠지만 여기서는 아무것도 할 수 없었다.

"파란색 액체가 어떤 작용을 하는지 알아보려면 몸에 주사해보는 게 가장 빠르겠어요."

가브리엘이 말했다.

"성분도 모르는 액체를 몸에 주사하는 건 미친 짓이죠."

가브리엘이 재킷을 집어 들더니 손을 차양처럼 만들어 햇빛을 가렸다.

"난 공중전화 부스에 가서 도쿄에 가 있는 케니와 통화를 하고 올게요."

"난 그냥 차에서 기다릴래요."

알리스는 공중전화 부스 쪽으로 걸어가는 가브리엘의 모습을 물끄러미 쳐다보다가 꼬리를 물고 이어지는 의문에 사로잡혔다.

가브리엘과 나는 왜 지난밤에 벌어진 일을 전혀 기억하지 못할까? 우리는 어떤 과정을 거쳐 뉴욕의 센트럴파크에서 서로 수갑으로 묶인 채 누워 있게 되었을까? 셔츠에 묻어 있는 혈흔은 누구의 것일까? 낯선 권총은 어떡하다 내 손에 들어오게 되었을까? 탄창의 총알이 한 발 비는 이유는 무엇일까? 누가 내 손바닥에 그리니치 호텔 전화번호를 적어두었을까? 가브리엘의 팔에 숫자를 새긴 사람은 누구일까? 서류 가방에는 왜 전기충격장치가 들어 있었을까? 주사기 안에 들어 있는 파란색 액체는 뭘까?

알리스는 끝없이 이어지는 의문 때문에 현기증이 날 지경이었다.

세이무르에게 얼른 전화해 지하 주차장 CCTV와 파리 인근 공항에서 이륙한 비행기에 대해 조사해봤는지 묻고 싶었지만 일단 참기로 했다. 세이무르가 조사를 다 마치려면 아직은 시간이 좀 더 필요할 것이기 때문이었다.

알리스는 경찰이 탄 포드 크라운 자동차가 골목길로 접어들더니 혼다 쪽으로 다가오는 바람에 몹시 당황했다. 다행히 경찰차는 멈추지 않고 그대로 지나쳐갔다. 혼다를 갈취한 지 한 시간이 넘게 지났다. 혼다 주인이 차량 도난신고를 하고도 남을 시간이었다. 경찰이 도난 차량의 차종과 색깔, 차 넘버를 알고 있다고 가정할 경우 혼다를 계속 타고 다니는 건 자폭 행위나 다름없었다.

알리스는 주섬주섬 차 안에 놓아둔 짐을 챙기기 시작했다. 카페에서 훔친 칼, 아직 포장도 뜯지 않은 휴대폰, 이부프로펜 튜브, 물티슈, 주사기, 피 묻은 셔츠 등을 천 가방에 모두 집어넣었다. 그녀는 홀스터 멜빵을 착용한 다음 글록 권총을 꽂고는 열쇠를 운전석에 얌전히 내려놓고 차에서 내렸다.

지금 파리에 있었다면 난 무엇을 했을까? 당연히 주사기에 남은 지문을 채취해 FAED(지문 자동 인식 파일)로 보냈겠지.

그렇다면 여기서는 어떤 일을 할 수 있을까?

가브리엘에게로 가기 위해 인도를 가로지르는 동안 한 가지 묘안이 떠올랐다.

"케니 포레스트와 연락이 되었어요. 그 친구가 필요할 경우 퀸즈의 아스토리아에 있는 아파트를 사용해도 된다고 했어요."

가브리엘이 만면에 미소를 지으며 자랑스럽게 말했다.

"자, 이제 출발해요. 우린 벌써 많은 시간을 허비했어요. 이제 차는 버려야 하니까 걸어서 이동할 수밖에 없어요."

"어디로 가는데요?"

"당신 마음에 쏙 드는 곳으로 가려고요. 당신처럼 동심을 가진 사람이라면 아주 좋아할 만한 곳이죠."

"괜히 말을 빙빙 돌리지 말고 어서 이야기해봐요."

"크리스마스도 다가오는데 내가 장난감 가게로 안내하죠!"

10. 지문

당신의 적은 당신의 가장 훌륭한 스승이다.
_노자

알리스와 가브리엘은 피프스 애비뉴와 59번가 모퉁이에 위치한 제너럴모터스 빌딩 앞 광장에 모여든 관광객들을 헤쳐 가며 계속 걸었다.

〈FAO 슈바르츠〉는 뉴욕의 유서 깊은 명소라고 할 수 있는 곳이었다. 장난감 병정처럼 차려입은 두 명의 안내원들이 환한 미소를 지으며 벌써부터 인산인해를 이루고 있는 손님들을 맞고 있었다. 온갖 봉제 인형들로 채워진 일 층에는 입을 크게 벌리고 포효하는 사자, 불붙은 원을 통과하는 호랑이, 호텔 벨보이 차림을 한 원숭이 세 마리를 등에 태운 코끼리 등 실물 크기 인형들로 서커스 장면을 재현해놓고 있었다.

"장난감 가게에서 뭘 하려고요?"

가브리엘이 못마땅한 기색을 감추지 않고 툴툴거렸다.

알리스는 그의 말을 무시하고 에스컬레이터에 올랐다. 알리스가 달리기 선수처럼 빠른 속도로 2층을 돌아다니는 동안 가브리엘은 유유자적한 태도로 아이들을 관찰했다. 바닥에 설치해놓은 거대한 피아노 건반 위를 깡충거리며 뛰어다니는 아이들도 있었고, 〈스타워즈〉에 나오는 인물을 실제 크기로 재현해놓은 인형 옆에서 사진을 찍어달라고 부모를 조르는 아이들도 있었다. 머펫 쇼(짐 헨슨이 창안한 유명한 TV 인형극 시리즈) 부류의 인형극을 구경하는 아이들도 있었다.

알리스의 뒤를 따르면서도 가브리엘은 부지런히 진열대를 힐끔거렸다. 그는 5천 조각짜리 라벤스부르거 퍼즐, 실물 크기 공룡 모형, 플레이모빌, 금속제 소형 자동차, 전기 기차, 미로 등을 보며 잠시나마 동심의 세계로 돌아간 듯했다.

여긴 정말 어린이 천국이야.

가브리엘은 변장 코너에서 그루초 막스(미국의 희극배우이자 영화배우)처럼 가짜 수염을 달아보기도 하고, 인디아나 존스의 모자를 써보기도 하며 '교육과 과학' 코너에서 배회 중인 알리스에게로 다가갔다.

알리스는 끈기 있게 장난감 상자들을 살폈다. 현미경, 망원경, 화학자 키트, 플라스틱으로 만든 해골 및 신체 기관 등……. 고개를 들어 올린 알리스는 인디아나 존스로 변신한 가브리엘을 어이없다는 듯이 쳐다보았다.

"그렇게 유치한 짓만 계속할래요?"

"아, 이제야 당신이 뭘 찾고 있는지 알 수 있을 것 같아요."

가브리엘이 다른 코너로 가더니 이내 다시 돌아왔다.

"당신은 이걸 찾고 있었죠?"

가브리엘이 유명한 TV 연재물 사진이 인쇄되어있는 상자를 알리스에게 내밀었다.

알리스는 '너도 전문가가 될 수 있어. 과학수사 입문자용 키트'라고 적

흰 상자를 받아 들고 꼼꼼하게 내용물을 살폈다. 범행 현장에 떨어져 있던 노란색 롤러, 돋보기, 탐정 신분증, 스카치테이프, 발자국 채취용 석고, 견본 채취용 봉투, 검은 가루, 자석 붓 따위가 들어 있는 상자였다.

"내가 찾던 물건이 맞아요. 당신이 그걸 어떻게 알았죠?"

놀란 알리스가 순순히 인정했다.

알리스는 계산을 하고 에스컬레이터를 타고 일 층으로 내려왔다. 가브리엘은 어느새 인디애나 존스 복장 대신 마술사 맨드레이크 차림을 하고 있었다. 검은 망토와 실크해트를 걸친 가브리엘이 사람들이 지켜보는 앞에서 마술 시범을 펼쳐 보이고 있었다. 가브리엘의 마술을 호기심에 찬 눈으로 구경하고 있는 관객들의 평균 연령은 아무리 높게 잡아도 여섯 살을 넘기지 않을 듯했다.

알리스는 황당한 표정을 지으며 잠시 가브리엘이 펼쳐 보이는 마술 세계에 시선을 고정시켰다. 능숙한 손놀림으로 모자 안에서 토끼, 거위조, 새끼 고양이, 고슴도치, 새끼 호랑이 따위 털 인형들을 꺼내고 있는 가브리엘의 표정은 대단히 진지하면서도 몹시 신나 보였다.

아이들의 모습을 가까이에서 지켜보는 동안 알리스의 가슴 깊은 곳에서 억눌러 참고 있던 고통이 다시 표면 위로 떠올라왔다. 알리스는 이제 아이에게 젖병을 물릴 수도 없게 되었고, 축구 연습장이나 유도 훈련장에 데려다줄 수도 없게 되었고, 세상을 안전하게 살아가는 방법을 가르칠 수도 없게 되었다.

알리스는 눈을 깜박여 차오른 눈물을 떨어뜨리고 나서 가브리엘이 어린 관객들 앞에서 마술쇼를 벌이고 있는 쪽으로 몇 발자국 다가갔다.

"이제 얼치기 마술사 노릇은 그만하고 돌아가요."

가브리엘은 과장된 몸짓으로 망토와 모자를 벗어 진열대에 얌전히 내려놓았다.

"맨드레이크가 신사 숙녀 여러분들에게 머리 숙여 인사드립니다!"

가브리엘이 몸을 숙여 인사하자 어린 신사 숙녀들이 깔깔거리며 박수를 쳤다.

$

세인트패트릭 성당 뒤, 매디슨 애비뉴에 위치한 〈페르골레시〉 카페는 맨해튼에서 가장 유서 깊은 곳이었다. 포마이카 테이블과 녹색 인조 가죽을 입힌 긴 의자는 1960년대 분위기를 물씬 풍겼다. 밖에서 볼 때는 그저 볼품없는 카페처럼 여겨질 뿐이었지만 아삭거리는 샐러드와 맛이 기가 막힌 햄버거, 알맞게 익힌 에그 베네딕트, 트뤼프 오일을 곁들인 파스트라미 등은 〈페르골레시〉 카페를 즐겨 찾는 단골손님들의 입을 즐겁게 해주기로 유명했다.

나이가 지긋한 카페 주인 파올로 만쿠소가 방금 전 프랑스 악센트가 강하게 느껴지는 여자와 동행한 남자가 주문한 음식을 쟁반 가득 담아 가져왔다. 로브스터 롤스 두 개, 홈 메이드 감자튀김 두 개, 버드와이저 두 병이 쟁반 위에 담겨 있었다.

가브리엘은 알맞게 짭조름한 데다 바삭거리는 감자튀김을 허겁지겁 입 안으로 쑤셔 넣었다. 알리스는 샌드위치를 몇 입 먹고 나서 테이블에 빈자리를 마련한 다음 천 가방에 든 내용물들을 모두 쏟아놓았다.

냅킨으로 조심스럽게 주사기를 잡은 알리스는 본격적인 작업에 돌입했다. 과학수사키트의 플라스틱 포장지를 뜯어낸 그녀는 그 안에 든 검은 가루와 붓, 채취용 봉투를 꺼냈다.

"설마 과학수사키트가 장난감이라는 사실을 망각하고 있지는 않겠죠?"

가브리엘이 보다 못해 한마디 했다.

"두고 보면 알겠지만 장난감만으로도 충분히 원하는 성과를 거둘 수 있어요."

물티슈로 손을 깨끗이 닦은 알리스는 각각의 내용물을 검사했다. 알리스는 검은 가루가 든 용기 안으로 자석 붓을 집어넣었다가 꺼낸 다음 주사기 표면에 부드럽게 칠했다. 검은 가루가 플라스틱 주사기 표면에 닿은 피부의 모공이 남겨놓은 아미노산에 달라붙기 시작하더니 곧 몇 개의 지문이 또렷이 드러났다.

알리스는 손톱으로 주사기를 톡톡 털어 여분의 검은 가루를 제거했다. 눈앞에 보이는 지문들은 하나같이 최근에 형성된 듯했다. 그중 하나의 지문이 유난히 도드라져 보였다. 거의 완벽한 형태로 남아 있는 지문으로 검지 또는 중지 같았다.

"스카치테이프를 한 조각만 잘라줘요. 접착면에 당신의 손이 닿지 않게 조심하고요."

스카치테이프 조각을 조심스럽게 받아 든 알리스는 기포가 생기지 않게 주의하며 지문 위에 테이프를 붙였다. 그런 다음 지문을 채취한 테이프를 떼어냈다.

알리스가 맥주병이 놓여 있는 컵 받침을 뒤집자 아무런 그림도 없는 면이 나타났다. 그녀는 그림이 없는 면에 지문을 채취한 테이프를 붙인 다음 엄지손가락으로 세게 문질러 지문을 옮겼다.

테이프를 떼어내자 하얀 컵 받침 뒷면에 또렷하게 지문 자국이 나타났다. 알리스는 가느다랗게 실눈을 뜨고 여러 개의 융선들이 얽힌 지문을 눈여겨 살펴보았다. 전체적으로 아치 모양을 한 지문을 십자가 형태의 작은 상처 자국이 끊고 있는 형상이었다.

알리스는 흡족한 결과물을 가브리엘에게도 보여준 다음 컵 받침을 봉투 속에 집어넣었다.

"지문을 확보해봐야 지금 우리에게 무슨 소용이 있죠? 지문을 스캔해 FAED(지문 자동 인식 파일)에 넣어야 할 텐데 우리에게는 불가능한 일이잖아요."

알리스는 대답 대신 감자튀김 몇 조각을 입에 넣었다.

"퀸즈에 있는 당신 친구 아파트에 가면 인터넷을 할 수 있는 컴퓨터 한 대쯤은 있겠죠?"

"그 친구가 노트북을 즐겨 사용할 수도 있잖아요. 노트북을 도쿄에 가져갔을 수도 있으니까 너무 기대하진 말아요."

알리스의 얼굴에 실망한 기색이 역력했다.

"퀸즈에는 어떻게 가야 하죠? 택시? 지하철?"

가브리엘은 대답 대신 눈으로 벽면을 쳐다보았다.

두 사람이 앉아 있는 테이블 위쪽 벽에 유명 인사들이 카페를 방문했을 때 주인과 함께 촬영한 여러 장의 사진들 가운데 오래된 뉴욕 지도가 부착되어 있었다.

"우린 지금 그랜드센트럴역 근처에 있어요."

가브리엘이 검지로 지도를 짚어보며 말했다.

그랜드센트럴역?

알리스는 그랜드센트럴역과 결부된 기억 한 가지가 떠올랐다. 세이무르는 뉴욕을 방문한 사람이라면 반드시 그랜드센트럴역 근처를 둘러봐야 한다고 고집을 부렸다.

세이무르는 그랜드센트럴역 지하의 아치형 홀에 위치한 해산물 전문 식당 오이스터 바로 알리스를 데려갔고, 거기서 굴과 작은 바닷가재 요리를 먹었다. 지난 일을 회상하던 알리스는 문득 기발한 생각이 떠올라 뉴욕 지도를 주시했다. 카페에서 그랜드센트럴역까지는 두 블록도 채 안 되는 거리였다.

"자, 이제 가요."

알리스가 의자에서 벌떡 일어서며 말했다.

"아직 후식도 안 먹었는데 벌써 가자고요? 이 집에서 후식으로 나오는 치즈케이크가 정말 기가 막히게 맛있거든요."

"당신 때문에 내가 정말 미쳐버리겠어요."

$

두 사람은 파크 애비뉴와 42번가가 만나는 모퉁이 쪽 입구를 통해 그랜드센트럴역으로 들어섰다. 역사의 중앙 로비로 통하는 입구였다.

중앙 로비 한가운데에 관광안내소가 자리 잡고 있었고, 그 위쪽에 백년 넘게 연인들의 만남 장소로 애용되어온 유명한 시계가 보였다. 구리로 제작된 네 개의 숫자판이 달린 타원형 시계였다.

가을 햇빛이 거대한 색유리 창을 통해 역사 안으로 흘러들어와 중앙 로비를 온통 노란색과 갈색 물결로 출렁이게 했다. 지상에서 약 40미터 높이인 천장 가득 별들이 그려져 있어 마치 고요한 밤에 은하수 아래를 거니는 것 같은 느낌을 자아냈다. 영화 〈북북서로 진로를 돌려라〉에서 캐리 그랜트가 시카고로 도망치는 곳도, 〈폴링 인 러브〉에서 로버트 드니로가 메릴 스트립을 만난 곳도 바로 이 자리였다.

"날 따라와요."

알리스가 주변 소음을 압도할 만큼 큰 소리로 단호하게 말했다.

알리스는 사람들 사이를 헤치고 메인 광장의 동쪽 발코니로 향하는 계단을 올라갔다. 역사의 2층에 올라서자 기념비적인 중앙 로비의 모습이 한눈에 들어왔다.

역사 2층에는 유명 IT 기업의 판매 코너가 자리 잡고 있었다. 알리스는 전화기, MP3, 컴퓨터, 태블릿PC 등을 전시해놓은 목재 판매대 사이를 오가며 물건들을 꼼꼼하게 살펴보았다. 도난 방지 장치가 부착되어있는 물건들이었지만 상당수 제품은 자유롭게 테스트해볼 수 있게 되어 있었다. 메일을 확인하거나 웹서핑을 하는 사람들도 있었고, 최첨단 헤드폰을 끼고 음악을 듣는 사람들도 있었다.

하루에도 수만 명이 찾는 역사 주변에는 정사복 경찰이 쫙 깔려 있다시피 했다. 알리스는 제품을 테스트해볼 수 있는 탁자 쪽으로 다가갔다.

알리스가 천 가방을 가브리엘에게 내밀며 말했다.

"가방에서 컵 받침을 꺼내줘요."

가브리엘이 가방에서 컵 받침을 꺼내는 동안 알리스는 맥북프로의 키보드를 두들겼다. 마침내 기계 위 한가운데에 설치된 카메라를 작동시키는 프로그램이 돌아가기 시작했다.

가브리엘이 내민 컵 받침을 받아 든 알리스는 컴퓨터 화면을 마주 보고 앉아 여러 각도에서 지문을 촬영했다. 컴퓨터에 내장된 포토그래픽 프로그램을 이용해 사진의 명도와 채도 등을 적절하게 조절한 끝에 그녀는 비로소 만족할 만한 사진을 출력했다.

"당신은 무인 판매기에 가서 지하철 티켓을 사 와요."

알리스가 가브리엘에게 말했다.

가브리엘이 무인 판매기 쪽으로 걸어가는 동안 알리스는 세이무르에게 보내는 메일을 쓰기 시작했다.

To : 세이무르 롱바르

내용 : 도움 요청

From : 알리스 쉐페르

나는 지금 그 어느 때보다도 당신의 도움이 절실하게 필요해. 한 시간 안에 당신한테 전화할 거야. 그때까지 당신은 내가 부탁한 조사를 서둘러줘.

1. 지하 주차장과 공항 CCTV를 살펴보았어?

2. 내 차가 어디에 세워져 있는지 알아봤어? 내 휴대폰은 찾았어? 최근 내 은행 계좌 추이도 확인해보았어?

3. 가브리엘 케인에 대한 조사는 어떻게 되었지?

4. 첨부파일로 지문 사진을 한 장 보낼 거야. 사진을 FAED에 긴급히 보내줘.

알리스

11. 리틀 이집트

나는 사람들이 떠나고 난 다음에야 비로소 그들을 내 곁에 잡아둘 수 있다.

_디디에 반 코윌라르트

아스토리아
퀸즈의 북서쪽
정오

가을빛으로 물든 역 앞 광장은 눈이 부셨다. 앨리스와 가브리엘은 햇볕이 내리쬐는 광장을 떠나 지하철의 지상선 구간 철제 건축물 아래에 들어선 시장 속으로 들어갔다. 그랜드센트럴역에서 지하철을 탄 그들은 렉싱턴 애비뉴까지 간 다음 아스토리아 대로까지는 고속전철을 이용했다.

모두 합해 20분쯤 걸렸으니까 그리 길지 않은 거리였지만 눈에 보이는 주변 풍경은 완연하게 달랐다. 유리와 강철로 지은 마천루들은 나지막한 벽돌 건물들에게 자리를 내주었고, 맨해튼의 어수선하고 활기찬 분위기 대신 시골풍의 편안하고 조용한 느낌이 묻어나는 곳으로 바뀌었다.

군침을 돌게 만드는 올리브유 향과 마늘 냄새, 신선한 박하 향이 공기 중에서 묻어났다. 상점의 판매대에는 구운 오징어와 문어, 무사카(야채와 고기를 볶아 화이트소스를 뿌려 구운 그리스 전통 요리), 수블라키(여러 조각의 고기와 채소가 곁들여진 그리스의 패스트푸드), 바클라바, 포도 잎, 페타 치즈빵들이 그득했다. 아스토리아는 뉴욕의 유서 깊은 그리스 문화 중심지였다.

"주소는 제대로 알고 있어요?"

알리스가 방향을 제대로 잡지 못하고 허둥대는 가브리엘을 보며 의심스러운 듯 물었다.

"고작 두어 번 와봤으니 헤맬 수밖에요. 아파트 창이 스타인웨이 스트리트를 향해 나 있다는 것만 기억할 뿐이죠."

두 사람은 월계수 잎에 싼 쇠고기 꼬치를 구워 파는 노인에게 다가가 길을 물었다.

그들은 노인이 가르쳐준 대로 가로수와 도시형 주택들이 늘어선 길을 따라 걸었다. 이번에는 런던 분위기가 확연히 느껴지는 길이었다. 그 길을 지나자 활기 넘치는 상가가 나왔다. 그리스 식료품점, 케밥 카운터, 일본의 스시, 한국 식품점 등이 사이좋게 늘어선 상점가는 그야말로 글로벌한 분위기를 자아냈다. 스타인웨이 스트리트에 이르자 다시 한번 반전이 일어났다. 이번에는 지중해 반대편의 북아프리카 문화를 대변해주는 곳이었다.

"사람들은 이 지역을 리틀 이집트 또는 리틀 모로코라 부르죠."

가브리엘이 설명했다.

카이로나 마라케시의 전통시장을 이동시켜놓았다고 해도 놀라울 게 없을 정도였다. 길거리 어디에서나 콧구멍을 벌름거리게 만드는 향기로운 꿀과 타진 냄새가 넘실거렸다.

알리스와 가브리엘은 금빛으로 치장한 모스크와 할랄 고깃간, 종교 서점을 지났다. 거리를 지나다니는 사람들은 아랍어와 영어를 자연스럽게 혼용해 대화를 나누고 있었다.

"내 기억이 맞는다면 이 집 같아요."

가브리엘이 정면을 밝게 칠하고, 아래층 이발소 위쪽으로 기요틴식 유리창이 달린 브라운스톤 건물 앞에 멈춰 서며 말했다.

건물로 들어가는 입구에 디지털 잠금장치 같은 건 없었고, 엘리베이터도 없었다. 성큼성큼 계단을 걸어 올라간 두 사람은 4층에서 건물 소유주인 샤우슈 부인에게 열쇠를 받았다. 케니 포레스트가 미리 전화해 둔 덕분이었다.

"제법 멋진 집이죠?"

가브리엘이 로프트로 들어서며 알리스에게 물었다.

집은 사방이 탁 트인 복층구조로 되어 있었고, 철제 대들보가 천장을 가로지르고 있는 게 특이했다. 집 안으로 들어선 알리스는 브라운스톤 소재를 사용한 벽, 높은 천장, 윤기가 도는 콘크리트 바닥 등을 두리번거리다가 마치 허드슨 강을 눈앞으로 옮겨놓은 것처럼 황홀한 전망을 보여주는 대형 유리창 앞에 멈춰 섰다.

알리스는 잠시 넋을 놓고 허드슨 강을 바라보다가 문득 생각난 듯 참나무 원목으로 짠 큼지막한 테이블 위에 메고 있던 천 가방을 내려놓았다. 테이블 주위에 금속제 의자와 모양이 각기 다른 두 개의 안락의자가 놓여 있었다.

"정말이지 끔찍한 하루였어요."

알리스가 의자에 털썩 주저앉으며 말했다.

"정신없이 피곤한 날이었죠. 내가 목욕물을 받아줄 테니까 따뜻한 물에 몸을 푹 담그고 잠시 쉬어요."

"쉬기 전에 우선 급히 할 일이 있어요."

가브리엘은 그녀의 말을 끝까지 듣지도 않고, 어느새 위층으로 올라가 자취를 감추었다.

알리스는 쿠션 의자에 기대 오래도록 꼼짝 않고 앉아 있었다. 오늘 아침, 센트럴파크에서 깨어난 이후 줄곧 극도의 긴장감 속에서 정신없는 하루를 보냈다. 위기에서 벗어나기 위해 하루 온종일 머리를 쥐어짜내며 동분서주하느라 쌓인 피로와 스트레스를 풀기 위해서는 적어도 몇 분의 휴식이 필요했다.

의자에서 일어선 알리스는 주방의 수납장을 뒤져 차를 끓일 주전자를 찾아냈다. 물이 끓는 동안 알리스는 넓은 거실을 둘러보며 서가에 꽂힌 책들과 나지막한 테이블에 놓인 잡지들을 뒤적여보다가 벽에 걸린 미니멀아트 계열의 추상화를 감상했다. 회색과 베이지색 계통의 색상이 조화를 이루고 있는 거실은 가까이 보이는 허드슨 강, 극도로 절제된 장식, 부드러운 자연광이 한데 어우러져 안락하고 편안한 분위기를 자아내고 있었다.

알리스는 눈을 돌려 컴퓨터나 셋톱박스 또는 유선전화기가 있는지 둘러보았다. 원하는 물건들을 발견하지는 못했지만 경주용 말을 형상화한 은색 열쇠고리에 매달린 자동차 열쇠를 찾아냈다.

자동차 열쇠를 주머니에 갈무리한 알리스는 주방 찬장에서 일본식 녹차에 현미를 섞은 차를 찾아냈다. 컵에 뜨거운 물을 따르고 녹차와 현미가 섞인 차를 탔다. 고소한 향취를 풍겼지만 막상 차를 한 모금 마셔본 그녀는 고개를 절레절레 저었다. 차를 타는 방법이 잘못된 듯 쓰고 떫은 맛이 났다.

차를 개수대에 쏟아버린 알리스는 각종 술을 넣어둔 유리 장식장을 열었다. 집주인이 대단한 술 애호가인 듯 캘리포니아산 피노 누아르, 프랑스산 명품 와인들이 다수 눈에 띄었다. 알리스는 술 애호가인 아버지 덕분에 와인에 대해서라면 제법 많이 아는 편이었다. 샤토 마르고 2000, 슈발 블랑 2006, 몽로즈 2005 등이 금세 눈에 들어왔다. 알리스는 생테스테프를 한 병 따려다가 마침 부르고뉴 와인 한 병을 발견하고는 마음을 바꿨다. 로마네 콩티 라 타쉬 1999였다. 부르는 게 값일 정도로 비싸 이제껏 한 번도 맛보지 못한 와인이었다. 지금은 신의 물방울을 맛볼 때가 아니라는 이성의 속삭임을 외면한 그녀는 와인 병의 마개를 땄다. 와인을 한 잔 가득 따르고 입으로 가져가기 전 잠시 눈으로 오묘한 빛깔을 감상한 다음 코로 냄새를 맡았다. 장미와 포도, 초콜릿의 조합이 만들어낸 은은한 향이 코로 스며들었다.

알리스는 마침내 부르고뉴 와인 중에서도 최고급으로 치는 로마네 콩티 라 타쉬 1999를 한 모금 음미했다. 입 안을 매혹시키고 나서 식도를 타고 내려간 와인이 배 속을 따스하게 했다. 한 잔을 다 마시고 나서 곧 두 번째 잔을 따랐다.

"목욕물을 받아놨으니까 어서 올라와요."

가브리엘이 위층에서 소리쳤다.

"당신도 이리 와서 와인 한잔 할래요?"

"혹시 유리 장식장에 든 와인을 땄어요?"

기겁하고 놀란 가브리엘이 허둥지둥 나선형 계단을 뛰어 내려왔다. 코르크 마개가 열린 로마네 콩티 라 타쉬 1999 병을 본 그가 벌컥 화를 냈다.

"당신 미쳤어요? 이 와인 한 병이 얼마나 비싼지 알아요?"

"아무리 비싸 봐야 와인이겠죠."

"기꺼이 집을 빌려준 친구에게 면목이 없게 되었잖아요."

가브리엘이 잔뜩 화가 난 얼굴로 씩씩거렸다.

"내가 물어줄 테니까 이제 그만해요."

"형사 월급 정도로는 턱도 없을 텐데요?"

"내가 물어준다니까 왜 자꾸 그래요? 그나저나 당분간 당신 친구 차를 빌려 타야 할 거예요. 물론 차는 가지고 있겠죠?"

"골동품 차를 한 대 가지고 있긴 하죠."

"혹시 차를 어디에 세워두는지 알아요?"

"몰라요."

가브리엘이 갑자기 생각이 난 듯 거실을 가로질러 걸어가더니 자갈이 깔린 뜰이 내려다보이는 창가에 가서 섰다. 자동차 몇 대가 자갈밭에 콘크리트를 덧씌운 주차 공간에 세워져 있었다.

가브리엘이 몸을 굽혀 생김새가 제각각인 차들을 한참 동안 들여다보았다.

"아, 저기 있네요."

가브리엘이 흰 바탕에 두 개의 파란 줄이 그어진 쉘비를 가리키며 말했다.

"저 차가 확실한지 내려가서 확인해보고 와요."

알리스가 차 열쇠를 던지며 명령조로 말했다.

"난 당신 부하가 아니니까 사사건건 명령조로 말하지 말아요."

"알았으니까 그만 툴툴대고 내려가봐요. 우린 당장 차가 필요하다고요."

"당신은 더 신경이 날카로워지기 전에 목욕이나 하면서 긴장을 풀어야겠어요."

§

위층 욕실은 마치 호텔 스위트룸의 '마스터 베드룸'처럼 방에 붙어 있었다. 알리스는 침대에 걸터앉아 천 가방을 열었다. 휴대폰 키트를 꺼내 플라스틱 포장을 벗겨내자 휴대폰 본체, 충전기, 핸즈프리 기기와 사용 설명서가 나왔다. 휴대폰 기기의 시리얼 넘버가 적힌 카드도 들어 있었다.

휴대폰을 전기에 연결하자 화면에 아이콘이 떴다. 10분 동안 통화가 가능하다는 걸 알려주는 아이콘이었다. 통화 버튼을 누르자 미리 입력되어 있던 음성사서함 번호로 자동 연결되면서 시리얼 넘버를 입력하라는 음성메시지가 흘러나왔다.

시리얼 넘버를 입력하자 통화를 원하는 곳의 지역번호를 누르라는 음성메시지가 흘러나왔다. 알리스는 뉴욕의 지역번호인 212를 눌렀다. 그러자 문자메시지로 전화번호가 전달되었다. 휴대폰이 개통되자 알리스는 선불카드의 핀 번호를 눌러 파라미터 조정을 마쳤다. 이로써 120분간의 통화가 가능하게 되었다.

알리스는 세이무르의 휴대폰으로 전화를 걸었지만 곧 자동응답기로 넘어갔다.

"세이무르, 이 번호로 최대한 빨리 전화 부탁해."

$\int$

알리스는 욕실로 갔다. 바둑판 모양으로 깔린 타일 바닥과 구리 발을 덧댄 주철 욕조, 예전 식 세면대, 도자기로 만든 빈티지 수도꼭지, 몰딩을 대고 손 그림을 그려 넣은 가구 등, 1950년대를 상기시키는 복고풍 욕실이었다.

라벤더 향이 나는 풍성한 거품 아래로 뿌연 수증기를 피어 올리고 있는 뜨거운 물이 어서 욕조로 들어오라고 유혹하고 있었다.

알리스는 기울기를 조절할 수 있는 대형 철제 거울 앞에서 옷을 벗고 미끄러지듯 물속으로 들어갔다. 따뜻한 물의 온기 덕분에 혈액순환이 빨라지면서 피부의 모공들이 활짝 열렸다. 근육이 이완되고, 관절의 통증도 완화되었다. 가슴 가득 숨을 들이마시자 부드러운 거품 위로 몸이 두둥실 떠오르는 것 같았다.

알리스는 한동안 나른한 기분에 몸을 맡기고 있다가 숨을 크게 들이마시고 나서 머리를 물속으로 들이밀었다. 몸에 남아 있는 알코올 기운이 뜨거운 물과 어우러지며 반쯤 잠든 것처럼 정신이 몽롱해졌다. 여러 가지 생각들이 머릿속을 빠르게 스쳐 지나갔다.

알리스는 지난밤 저녁에 벌어졌던 일을 차분하게 재구성해보기 위해 정신을 집중했다. 처음에는 쉽게 퍼즐 조각을 맞춰나갈 수 있었다. 샹젤리제에서 친구들을 만나 술집을 돌아다니며 칵테일을 마셨고, 집으로 돌아가기 위해 차를 세워둔 프랭클린 루즈벨트 대로변 지하 주차장으로 갔다.

언제나 그다음이 문제였다. 주차장에는 녹색과 파란색이 섞인 조명이 켜져 있었고, 취기가 밀려와 약간 비틀댔다. 그런 다음 아우디의 문을 열고 들어가 운전석에 앉았다.

차에 누군가 분명 타고 있었어! 어둠 속에서 갑자기 웬 남자의 얼굴이 보였지. 알리스는 남자의 얼굴을 떠올려보기 위해 안간힘을 써보았지만 실패했다.

문득 더 오래된 기억들이 거센 물결처럼 밀려왔다.

나는 기억한다……

2년 전

나는 기억한다.

아니, 그렇다기보다 나는 상상한다.

2011년 11월 21일, 비가 추적추적 내리는 늦은 오후, 갑자기 걸려온 전화 한 통을 받은 폴은 진료를 중단한다.

"폴 말로리 박사님이십니까? 여기는 오텔디외 병원 흉부외과인데 부인께서 몹시 위중한 상태입니다."

화들짝 놀란 폴은 외투를 집어 들고 비서에게 몇 마디 설명을 하고 나서 서둘러 병원을 나선다. 폴은 병원 앞 인도에 세워둔 줄리에타에 오른다. 차 앞 유리에 붙여놓은 주차위반 딱지가 비를 흠씬 맞아 풀처럼 흐물흐물해져 있다.

파리에는 어느새 어둠이 내려앉고 있다. 파리가 싫어지게 만드는 고약한 가을날이다. 생제르맹 대로에 들어서자 차들이 거북이걸음을 한다. 폴은 옷소매로 줄리에타의 앞 유리에 뿌옇게 번져가는 수증기를 닦고 나서 두 뺨을 타고 흘러내리는 눈물을 닦는다.

알리스, 제발 내가 들은 말이 사실이 아니라고 말해줘.

폴은 아빠가 된다는 사실을 알고 난 이후 줄곧 구름 위에 두둥실 떠 있는 듯 설레는 기분으로 지낸다. 아기가 태어나면 하고 싶은 일이 너무 많다. 아기에게 젖병을 물려주고, 뤽상부르 공원에 함께 산책을 나가고, 해변에서 모래성을 쌓고, 학교에 데려다주고, 일요일 아침에는 함께 축구를 하고 싶다.

폴은 불길한 생각을 떨쳐버리고 평정심을 유지하려고 애써보지만 터져 나오는 울음을 억제하지 못한다. 그는 분노와 고통이 뒤섞이며 어린아이처럼 혼자 악을 바락바락 쓰며 눈물을 흘린다. 신호등에 걸리자 주먹으로 애꿎은 핸들만 내려친다. 머릿속에서는 사고 소식을 전하던 오텔디외 병원 의사의 말이 메아리친다.

"유감입니다만 심각한 상태입니다. 예리한 칼로 수차례 찔렸는데, 특히 복부 근처에 자상이 밀집되어 있습니다."

폴은 어쩌다가 그런 일이 벌어졌는지 도무지 이해할 수 없다. 기사르드 가의 작은 식당에서 함께 점심을 먹은 알리스가 파리 서부지역 지저분한 아파트에서 칼에 찔리다니? 알리스는 분명 출산 준비를 위해 산부인과에 들르겠다고 하지 않았던가?

폴의 머릿속에서는 또다시 끔찍한 이미지들이 빠르게 스쳐간다. 피가 흥건하게 고인 바닥에 쓰러져 있는 알리스, 사이렌을 울리며 급하게 달려오는 구급차, 현장에 도착한 의사가 던진 첫 마디…….

"환자 상태 매우 불안정, 수축기 혈압 9, 맥박 분당 100으로 매우 빠름, 결막 퇴색, 기관 삽입, 정맥관 삽입 요망."

폴은 헤드라이트 신호를 보내며 두 대의 택시를 추월해 좌회전을 하려는 순간 경찰들이 생미셸 대로를 막아선다. 하필이면 도로를 점거하고 행진하는 시위대와 맞닥뜨린 것이다.

빌어먹을!

폴은 차창을 내리고 사정을 이야기하지만 경찰들은 요지부동으로 차를 통과시킬 수 없다고 말한다. 어쩔 수 없이 핸들을 돌려 생제르맹 대로로 들어서는 순간 버스가 짜증 섞인 경적을 울려댄다.

평정심을 유지하면서 알리스를 구하는 데 에너지를 집중해야 할 때야. 폴은 오텔디외 병원에 아는 동료가 있는지 얼른 생각해본다.

프랄라보리오가 그 병원에서 일하던가? 아니야, 그는 비샤 병원에서 일해. 주르댕은? 아니야, 그는 코솅 병원에서 일하잖아. 그렇지만 주르댕이라면 도움이 되어줄 수 있을 거야. 주르댕에게 이야기하고 도움을 청해야겠어.

폴은 휴대폰을 꺼내기 위해 조수석에 벗어놓은 외투 주머니를 뒤적여보지만 좀처럼 손에 잡히지 않는다. 차는 좁은 베르나르댕 가를 지나 아르쉬베쉐 다리로 접어든다. 일명 '연인들의 다리'라고 불리는 다리 양쪽 난간에 매달린 수천 개의 자물쇠가 도시의 불빛을 받아 반짝인다.

폴은 실내등을 켜고 나서야 비로소 바닥에 떨어진 휴대폰을 발견한다. 한 손으로 핸들을 잡고 몸을 굽혀 휴대폰을 집어 든다. 몸을 일으키는 순간 반대 방향에서 다가오는 헤드라이트 불빛 때문에 눈부시다.

다리는 분명 일방통행인데 반대쪽에서 달려온 오토바이가 차를 향해 돌진한다. 급제동을 걸기에는 너무 늦다. 폴은 충돌을 피하기 위해 핸들을 급히 꺾는다. 알파 로메오 줄리에타가 오른쪽으로 기우뚱하며 인도 쪽으로 미끄러지다가 공중으로 날아오르며 가로등을 정면으로 들이받고 철제 다리 난간을 뚫고 아래로 추락한다.

§

나는 기억한다.

2011년 11월 21일에 자만심과 허영심에 사로잡힌 나는 지나친 만용을 부리다가 내 아기와 남편을 죽게 한다.

12. 프리 재즈

인생은 상시적인 전쟁상태다.

_세네카

모처럼 뜨거운 목욕물에 몸을 푹 담그고 있을 때 전화벨 소리가 들려왔다. 알리스는 깜짝 놀라 욕조 밖으로 나와 수건으로 몸을 감싸고 휴대폰을 집어 들었다.

"팀장님, 세이무르입니다."

"세이무르, 왜 이제야 전화하는 거야."

"별일 없으시죠?"

"내가 부탁한 일은 알아봤어? 정보가 있어야 상황 파악이 제대로 될 것 같아."

"사비뇽에게도 팀장님이 처한 입장을 귀띔해주고 도움을 청했습니다. 팀장님이 보내준 지문을 사비뇽이 FAED 파일에 넣고 살펴보고 있습니다. 결과는 30분 후쯤 나올 것 같습니다."

"주차장 CCTV는 확인해봤어?"

"제가 직접 프랭클린 루즈벨트 주차장에 가서 CCTV 녹화 테이프를 훑어봤는데 특기할 만한 내용이 전혀 없었습니다. 팀장님 차는 오후 8시

12분에 주차장으로 들어가 밤 12시 17분에 나온 것으로 되어 있습니다."

"화면에 내 얼굴이 보였어?"

"화질이 어두워 얼굴을 확인할 수 없었습니다."

"차가 주차장에서 나올 때 운전한 사람이 나왔어?"

"그나마 카메라가 차 번호판은 확실하게 잡았는데, 차 안은 어두워서 아무것도 보이지 않았습니다."

"빌어먹을!"

"CCTV 카메라의 성능이 형편없었어요. 공항 쪽에서도 신통한 소득이 없었습니다. 사법기관의 협조가 없으면 공항 측 데이터베이스나 CCTV 영상은 접근 불가능하답니다. 마틸드에게 모든 걸 털어놓으면 일이 훨씬 쉬울 텐데, 그럴 수 없는 형편이라 안타깝군요."

"내 친구들도 만나봤어?"

"네, 세 분 모두 만나봤는데 그날 팀장님이 만취할 정도로 술을 마셨다더군요. 팀장님이 너무 취하는 바람에 걱정이 돼 그분들이 함께 가주겠다고 했지만 들은 척도 하지 않고 혼자 가더랍니다."

"그럼 도대체 어떻게 된 일이야. 그때 내가 처한 상황을 알고 있는 사람이 아무도 없잖아."

"가장 중요한 이야기는 늘 마지막을 위해 남겨두죠. 지금 혼자 계시죠?"

"혼자 있는데, 왜?"

"카스텔리가 가브리엘 케인이라는 사람에 대해 조사했는데, 어디에도 흔적이 없었답니다. 가브리엘 케인이라는 이름을 가진 재즈 피아니스트는 아예 없습니다."

"가브리엘 케인이 레이 찰스나 미셸 르그랑처럼 유명한 재즈 피아니스트가 아니잖아. 그저 소수의 팬들만 상대하는 재즈 피아니스트니까 모를 수도 있지."

"팀장님도 카스텔리를 잘 알잖아요. 카스텔리가 찾아내지 못할 사람은 없습니다. 가브리엘 케인이라는 이름을 가진 사람이 수십 명인데 재즈 뮤지션은 없더랍니다. 인터넷이나 재즈 애호가들에게도 문의해봤지만 전혀 모르더랍니다. 제가 지금부터 이야기하는 말을 들으면 아마 팀장님도 깜짝 놀랄 겁니다."

세이무르는 효과를 극대화하기 위해, 잠시 뜸을 들였다.

"뜸 들이지 말고 어서 말해봐."

"가브리엘 케인이 어제저녁 더블린의 〈브라운 슈가〉 클럽에서 연주했다고 했죠?"

"가브리엘이 나에게 그렇게 말했지."

"카스텔리가 〈브라운 슈가〉 클럽 사장한테 직접 전화를 해봤는데, 어제저녁에는 살사와 맘보, 차차차의 밤이었다더군요. 연주자들은 그날 아침 아바나에서 온 쿠바 악단이 전부였다더군요."

알리스는 도무지 믿을 수 없는 말이었다.

무대에서 쓰는 예명이 따로 있는 게 아닐까? 혹시 밴드에 속해 있는 재즈 피아니스트가 아닐까?

"가브리엘 케인이 어떤 자인지 현재로서는 정체를 알 수가 없습니다. 계속 조사해보면 조만간 정체가 드러나겠죠. 그전까지 조심하십시오, 팀장님."

알리스는 전화를 끊고 잠시 넋이 빠진 사람처럼 가만히 앉아 있었다.

가브리엘은 처음부터 나에게 거짓말을 한 거야.

만일 그렇다면 이유가 뭘까?

알리스는 재빨리 옷을 입고 소지품들을 다시 천 가방에 담았다. 그런 다음 손에 총을 쥐고 계단을 내려갔다.

"가브리엘?"

알리스가 거실 쪽으로 가며 큰 소리로 가브리엘을 불렀다.

알리스는 벽에 바짝 붙어 서서 주변을 살피며 살금살금 부엌까지 다가갔다. 부엌은 텅 비어 있었다.

테이블 위 와인병 옆에 흘겨 쓴 메모지가 놓여 있었다.

알리스

차를 찾긴 했는데 연료가 없더군요.

연료를 넣으러 갑니다.

연료를 넣고 나서 길 건너편 <시샤> 바에서 기다릴게요.

당신이 동양식 다과를 좋아하던가요?

가브리엘

13. 〈시샤〉 바

현실에서는 두 종류의 삶이 존재한다. 다른 사람들이 당신에 대해 알고 있는 삶과 당신만이 아는 삶이다.
후자의 삶이 늘 문제다. 우리가 당신에 대해 열렬히 알고 싶어 하는 건 바로 그 삶이다.

_제임스 설터

알리스는 홀스터 멜빵에 권총을 꽂고 가방을 비스듬하게 둘러메고 집을 나섰다. 쌀쌀한 바람에 다양한 향신료 냄새와 살구 냄새, 달콤한 설탕 냄새 따위가 실려왔다.

알리스는 〈시샤〉 바 바로 앞에 세워둔 쉘비를 발견했다. 크림 색깔 차체에 번쩍번쩍 광이 나는 크롬, 스포티한 느낌을 더욱 강조해주는 두 개의 파란 선이 인상적인 차였다.

알리스는 경계심을 풀지 않으며 〈시샤〉 바의 문을 밀었다. 아랍풍과 서양식 느낌이 적당히 절충된 공간이었다. 낮은 탁자, 큼지막한 안락의자, 금실로 수놓은 쿠션, 책이 가득 들어찬 책장, 클래식한 피아노, 반질반질 윤기가 도는 참나무에 아연을 입힌 카운터, 영국식 펍에서 흔히 보는 다트 놀이판 따위로 꾸민 카페였다.

따사로운 해가 내리쬐는 평온한 가을날 오후, 노트북을 앞에 두고 앉아 물 담배를 피우는 힙스터 스타일의 대학생들이 이집트 혹은 마그레브 출신 노인들과 공존해 있는 공간이었다. 공기 중에 물 담배 연기에서 배어나는 달착지근한 냄새와 박하차 향이 섞여 있었다.

가브리엘은 샛노란 형광색 스판 목폴라와 소매 없는 보라색 오리털 조끼 차림에 컴퓨터 천재 같은 느낌을 풍기는 대학생과 마주 앉아 장기를 두는 중이었다.

"가브리엘, 우리 얘기 좀 할까요?"

가브리엘의 장기 상대인 대학생이 고개를 들더니 기어들어가는 목소리로 항의했다.

"이보세요, 보시다시피 우린 지금 장기를 두고 있잖아요."

"당신은 상관 말고 꺼져주시지!"

알리스가 장기 말들을 마구 뒤섞어버리며 거칠게 말한 다음 대학생이 입고 있는 오리털 조끼를 잡아당겨 자리에서 일으켜 세웠다. 대학생은 잔뜩 겁을 집어먹고 서둘러 자리를 떴다.

"뜨거운 물에 목욕을 하고도 여전히 긴장이 풀리지 않은 것 같군요. 달콤한 동양 과자가 긴장을 푸는 데 더 효과적일 수도 있겠네요. 꿀과 견과류가 들어간 도넛을 시켜줄까요? 아니면, 차라도 한잔 마실래요?"

알리스는 눈빛을 빛내며 가브리엘과 마주 보는 자리에 앉았다.

"도넛보다 나를 기쁘게 해줄 일이 있는데 뭔지 알아요?"

가브리엘이 어깨를 으쓱하고 나서 빙그레 웃었다.

"어디 한번 말해봐요. 내가 할 수 있는 일이라면 기꺼이 할 테니까."

"저기 카운터 옆에 있는 피아노가 보이죠?"

몸을 돌리는 가브리엘의 얼굴에 불안한 기색이 스쳤다.

"당신이 나를 위해 한 곡만 연주해주면 정말 기쁘겠어요. 재즈 피아니스트를 만날 기회가 자주 있는 건 아니잖아요."

"그다지 좋은 생각이 아닌 것 같은데요. 손님들이 싫어할 수도 있잖아요."

"그럴 리가요? 손님들도 다들 좋아할 거예요. 물 담배를 피우면서 음악을 듣는 걸 싫어할 사람은 없을 테니까요."

"저 피아노는 분명 조율이 되어 있지 않을 텐데요."

"그 정도는 감안하고 들어줄 수 있어요. 자, 〈고엽〉이나 〈블루 멍크〉, 〈에이프릴 인 패리스〉 중에서 한 곡만 연주해줘요. 아니, 〈이상한 나라의 앨리스〉가 더 좋겠군요."

가브리엘이 곤혹스러운 표정을 지으며 의자에서 일어났다.

"이봐요, 나는 그 곡을 연주하지 못해요."

"내가 수녀가 아닌 것처럼 당신도 재즈 피아니스트가 아닐 거라고 짐작했어요!"

가브리엘이 눈두덩을 문지르더니 체념한 듯 길게 한숨을 내쉬며 알리스의 말을 부정하지 않았다.

"그래요, 난 재즈 피아니스트가 아니에요. 당신은 믿지 않겠지만 내가 한 거짓말은 오직 그 한 가지뿐이에요."

"내가 당신을 철석같이 믿는 줄 알았죠? 어쩌면 가브리엘 케인이라는 당신의 이름도 거짓이겠네요?"

"내 이름은 가브리엘 케인이 분명하고, 나는 어제저녁까지 더블린에 있었어요. 그 말은 틀림없는 사실입니다."

"그럼 왜 나에게 재즈 피아니스트라고 거짓말을 했죠?"

가브리엘이 또다시 한숨을 푹 내쉬었다.

"나도 당신과 똑같은 처지이기 때문이죠."

알리스가 눈살을 찌푸렸다.

"나와 똑같은 처지라뇨?"

"나도 형사입니다."

$\oint$

무거운 침묵이 흘렀다.

"난 보스턴 지국에 배치된 FBI 특수요원이죠."

"당신 지금 나를 놀리는 거예요?"

알리스가 화가 나 버럭 소리를 질렀다.

"당신을 놀리다니요? 난 어제저녁에 분명 더블린에 있었고, 내가 묵고 있던 호텔 건너편에 있는 〈템플〉 바에 갔었어요. 일을 끝내고 스트레스를 풀기 위해 그 집에서 술을 몇 잔 마셨죠."

"아일랜드에는 왜 갔는데요?"

"아일랜드에서 국립경찰로 일하는 동료를 만날 일이 있었어요."

"무슨 일이었는데요?"

"어떤 사건에 대해 협력이 필요했죠."

"무슨 사건인지 말해봐요."

"우린 일련의 살인사건에 대해 조사하고 있습니다."

"혹시 연쇄살인사건인가요?"

알리스가 다그치듯 물었다.

"아직 정확하게 밝혀지지는 않았지만 연쇄살인사건으로 추정되고 있죠."

그때 재킷 안주머니에 넣어둔 알리스의 휴대폰이 울렸다. 알리스는 세이무르의 번호를 확인하고 잠시 망설였다. 전화를 받느라고 혹시 이야기의 맥이 끊어질까봐 걱정되었기 때문이다.

"전화를 받아요."

가브리엘이 조심스럽게 말했다.

"내가 전화를 받든지 말든지 당신은 신경 쓰지 말아요."

"당신의 동료 형사 전화잖아요? 당신도 주사기에 묻어 있던 지문의 주인공이 누군지 궁금할 텐데요."

알리스가 마침내 전화를 받았다.

"여보세요."

"세이무르입니다, 팀장님."

세이무르의 목소리가 왠지 심란해 보였다.

"지문의 주인공이 누군지 알아냈어?"

"그 지문을 어디에서 찾았다고 했죠?"

"주사기에서 찾았어. 아무튼 지문과 일치하는 사람이 누구야?"

"누군지 알아내긴 했지만 골치 아프게 되었어요."

"왜?"

"그 지문이 에릭 보간의 지문과 일치했어요."

세이무르가 잔뜩 겁에 질린 목소리로 말했다.

"에릭 보간의 지문과 일치한다고?"

알리스는 머리가 아득해지는 느낌을 받으며 되물었다.

"네, 그렇다니까요. 팀장님을 죽이려 했던 에릭 보간의 지문이 분명해요."

"그럴 리 없어."

알리스가 침착한 목소리로 단호하게 반박했다.

전화기 너머에서 한숨 소리가 들려왔다.

"저 역시 믿기 어려운 사실이라 열 번도 넘게 결과를 확인했습니다. 마틸드에게 즉시 보고해야 할 것 같아요."

"아니, 생각해볼 시간이 필요해. 몇 시간 정도면 충분하니까 그때 보고해도 늦지 않을 거야."

"에릭 보간과 관련된 수사는 우리에게 지뢰밭이나 다름없어요. 팀장님이 에릭 보간 건으로 이미 큰 사고를 쳤잖아요."

"내 아픈 곳을 찌르면서까지 꼭 그렇게 말해야겠어?"

"까딱 잘못했다가는 팀장님이나 저나 당장 옷을 벗어야 해요."

알리스는 카운터 뒤에 걸려 있는 펩시콜라 광고용 벽시계로 눈길을 돌렸다.

뉴욕시간으로 오후 1시 15분이었다.

"파리는 지금 오전 7시 15분이지? 자정까지만 나에게 시간을 줘."

"제발 이성적으로 행동하세요."

"그 지문에 대해서는 좀 더 알아봐. 난 에릭 보간의 지문이 아니라고 확신하니까."

"에릭 보간이 뉴욕에 가 있는 게 틀림없어요. 그놈이 팀장님의 목숨을 노리고 있는지도 몰라요."

14. 두 사람

괴물은 존재한다. 유령도 마찬가지다.
그들이 우리의 몸 안에 살면서 이따금씩 승리를 거둔다.
_스티븐 킹

반쯤 열린 나무 덧창 사이로 햇살이 비집고 들어왔다. 손님들은 한가하게 물 담배를 피우거나 뿔처럼 생긴 과자를 먹고 있었고, 넓은 실내에는 오렌지와 대추야자, 개암의 향이 넓게 퍼져 있었다.

알리스와 가브리엘은 말이 없었다. 젊은 종업원이 두 사람이 앉은 테이블로 다가와 박하차를 따라주었다. 주전자를 높이 들어 올려 잔에 거품이 생기도록 따르는 모로코식 서비스였다.

가브리엘은 굳은 표정으로 양손을 깍지 끼어 턱 밑에 괴었다.

"주사기에 찍힌 지문이 에릭 보간의 것이죠?"

"당신이 어떻게 그 이름을 알죠?"

"내가 아일랜드에서 추격했던 놈이 바로 에릭 보간이니까."

알리스는 두 눈을 똑바로 뜨고 가브리엘을 쳐다보았다.

"에릭 보간이 아일랜드에 가 있었다고요?"

"열흘 전, FBI 보스턴 지부는 메인 주립 경찰로부터 컴벌랜드 카운티에서 매우 특이한 살인사건이 벌어졌다는 연락을 받았습니다. 내가 동료 요원 토마스 크리그와 함께 급히 현장에 파견되었죠."

"희생자는 누구였는데요?"

"엘리자베트 하디, 나이는 서른한 살이고 세바고 코티지 병원에서 근무하던 간호사였습니다. 집에서 목 졸려 죽은 채로 발견되었죠."

"나일론 스타킹으로 목이 졸렸겠지요?"

가브리엘이 고개를 끄덕였다.

알리스는 심장이 두근거리기 시작했지만 애써 감정을 가라앉히려고 애썼다.

범행 수법이 같다고 해서 동일 인물이라고 단정할 수는 없어요.

"살인사건이 벌어지고 나서 우리는 데이터베이스 비캡을 뒤졌지만 소용없었습니다. 이건 비밀에 해당하지만 FBI가 고용한 해커들은 유럽 경찰 데이터베이스에도 얼마든지 접근할 수 있죠. 필요한 경우 독일의 비클라스, 프랑스의 살바크에 대한 자료도 얼마든지 들여다볼 수 있다는 뜻입니다."

"그럴 리가요? 프랑스 경찰이 데이터베이스를 그렇게 허술하게 관리하고 있다는 말입니까?"

"아무튼 나는 프랑스 경찰의 수사 자료를 입수해 에릭 보간이 2010년 11월부터 이듬해 11월까지 1년 동안 저지른 일련의 살인사건 정보를 전부 알게 되었습니다."

"그다음은 어떻게 되었죠?"

"그다음에는 당신 상사인 강력계 책임자와 만나자고 약속을 청했습니다."

"마틸드를 만나기로 했다고요?"

"다음 주에 파리에서 마틸드를 만날 예정이었고, 그 전에 먼저 아일랜드로 갔습니다. 국제 데이터베이스를 탐색해본 결과 8개월 전 더블린에서 유사한 살인사건이 발생했더군요."

"희생자는 어떤 사람이었죠?"

"메리 맥카티, 스물네 살, 트리니티칼리지에서 박사 과정을 밟고 있는 여학생이었습니다. 대학 기숙사 방에서 스타킹으로 목이 졸린 채 사망했더군요."

"당신은 그 살인사건 역시 에릭 보간의 짓이라고 생각합니까?"

"살해 수법이 일치하니까요."

"살해 수법이 같다고 해서 동일범이 저지른 범죄라고 단정할 수는 없지 않나요?"

"에릭 보간은 당신을 칼로 공격한 이후 파리에서 종적을 감췄습니다. 그 후 놈은 아예 유령처럼 되어버렸죠. 프랑스 경찰의 수사는 미궁에 빠져 한 발짝도 앞으로 나아가지 못하고 있고요."

"당신은 마치 사건을 해결할 실마리를 찾은 것처럼 말하는군요."

"그저 내 생각을 이야기한 것뿐입니다. 당신도 알다시피 에릭 보간은 카멜레온 같은 살인자입니다. 지능이 뛰어나고 교활해 위험하다고 판단될 경우 언제나 새로운 모습으로 변신을 시도하죠. 에릭 보간은 이미 오래전에 파리를 떠나 잠시 아일랜드에 갔다가 미국으로 건너왔다고 봅니다."

"당신은 살해 수법이 유사한 두 건의 살인사건을 토대로 그렇게 추정하는 건가요? 지극히 단순한 추정 아닐까요?"

"살해 수법이 완벽하게 일치하는 경우는 그리 흔하지 않습니다."

"에릭 보간이 나일론 스타킹으로 여자들을 살해한 최초의 살인마는 아니지 않나요?"

"에릭 보간은 희생자들 모두를 나일론 스타킹으로 목 졸라 살해했습니다. 그놈은 자기만의 살해 수법으로 희생자들을 살해하면서 경찰을 비웃고 있는 겁니다. 마치 잡아볼 테면 잡아보라는 식이죠."

"보스턴의 희생자를 죽이는 데 사용한 스타킹은 무슨 색이었죠?"

"분홍색과 흰색이 섞인 스타킹이었습니다. 아일랜드 여자가 살해되던 날 신었던 스타킹과 일치합니다."

"아일랜드와 미국에서 벌어진 살인사건은 모방범의 소행이 아닐까요? 에릭 보간의 범행을 그대로 흉내 냈을 수도 있잖아요? 연쇄살인마를 영웅으로 떠받들며 유사 살인을 저지른 경우는 종종 있잖아요?"

"TV 범죄드라마에서는 모방 범죄가 자주 등장하지만 실제로는 극히 드뭅니다. 지난 15년 동안 FBI에서 일해 왔지만 한 번도 그런 예를 보지 못했습니다."

"뉴욕의 조디악*이나 핸스 사건도 비슷한 경우 아닌가요?"

가브리엘이 손을 들어 알리스의 말을 반박했다.

"무려 30년이나 범죄학 교과서에 등장하는 사례를 적용해 이번 사건을 풀 수는 없다고 생각합니다. 이미 확보하고 있는 근거를 바탕으로 수사를 진행해야죠."

"FBI는 뭔가 특별할 거라 생각했는데 나만의 착각이었군요. 당신들

---

*1968년에서 1969년 사이에 미국 캘리포니아 북부 지역에서 적어도 다섯 건의 살인과 두 건의 살인미수 범행을 저지른 연쇄살인범으로 아직도 정체가 밝혀지지 않았으며, 수많은 영화나 드라마에 영감을 주었다.

역시 범인이 파놓은 함정으로 기어들어가고 있어요."

"당신이 꼼짝할 수 없는 근거를 원한다면 당장 제시할 수도 있습니다. 사실 나는 당신 입장을 고려해 그 말을 아끼고 있었죠."

"내가 두 손을 들고 항복할 만한 근거가 있다면 주저하지 말고 말해봐요."

"청록색의 구불구불한 무늬가 있는 임신부용 레이스 스타킹을 기억하시죠? 당신이 목숨을 잃을 뻔했을 때 신었던 바로 그 스타킹 말입니다. 아일랜드 여자를 살해했을 당시 범인이 사용했던 스타킹이 바로 똑같은 제품입니다."

알리스는 갑자기 등줄기가 얼어붙는 듯했다. 경찰은 에릭 보간이 사용했던 스타킹의 디테일한 부분에 대해 단 한 번도 언론에 공표한 적이 없었다. 따라서 모방범이었다면 스타킹의 상표와 무늬까지 알아낼 턱이 없었다.

"그럼 에릭 보간이 우리 두 사람을 뉴욕으로 오게 했을까요?"

"주사기에 남아 있는 지문이 그런 심증을 한층 굳게 만드는군요. 당신은 그놈을 끈질기게 추적해온 형사입니다. 그놈은 출산을 앞둔 당신의 아기를 죽인 자이기도 하죠. 당신은 어느 누구보다 그놈에 대해 잘 알고 있을 뿐만 아니라 참기 힘든 분노와 증오심을 갖고 있는 사람이기도 합니다. 나로 말하자면 FBI 요원으로 놈을 새롭게 추적하기 시작했죠. 결국 당신과 나는 그놈을 잡겠다는 집념으로 가득 차 있지만 아직 이렇다 할 성과를 거두고 있지는 못한 실정입니다. 에릭 보간은 우리를 노리고 있는 게 분명합니다. 우리는 추격자 입장에서 갑자기 먹잇감이 된 것이죠. 우리 입장에서 보자면 이제부터 본격적인 게임이 시작된 겁니다."

알리스는 공포와 흥분이 교차하는 가운데 가브리엘의 설명을 들었다.

"보스턴과 더블린에서 벌어진 살인사건을 저지른 범인이 에릭 보간이라고 해도 여전히 납득할 수 없는 부분이 있습니다. 어제저녁, 당신은 더블린에 있었고 나는 파리에 있었어요. 에릭 보간이 어떤 방법을 동원했는지는 모르지만 우리는 수갑이 채워진 상태로 비행기에 태워졌고, 현재 뉴욕에까지 와 있어요. 에릭 보간이 아무리 대단한 놈이라고 해도 그런 능력까지 있다고 보기에는 여러 가지로 무리가 따르는 게 사실이죠."

"그 생각에는 나 역시 동의합니다."

알리스는 지난 몇 해 동안 결사적으로 극복하기 위해 노력했던 상처와 고통이 다시금 엄습해와 머리를 감싸 쥐었다.

"당신은 그동안 철저하게 신분을 속이고 있다가 왜 이제야 모든 사실을 털어놓는 거죠?"

"당신에 대해 좀 더 알아야 할 필요가 있었죠. 에릭 보간 사건을 대하는 당신의 태도나 입장 같은 것에 대해 말입니다. 나에게 가장 시급한 건 이 사건과 관련된 최대한 많은 정보를 입수하는 것이었습니다. 오늘 아침, 센트럴파크에서 깨어났을 때 나는 완전히 애송이가 된 기분이었습니다. FBI에서 15년 동안 근무했지만 이런 망신은 처음 당했으니까요."

"하필이면 왜 재즈 피아니스트 행세를 했죠?"

"재즈를 각별히 좋아하고, 나의 가장 친한 친구 케니가 색소폰 연주자인 건 분명한 사실이니까요."

"이제부터 어떻게 해야 할지 좋은 생각이 있나요?"

"우선 오프이스트사이드에 있는 사설 법의학연구소로 갑시다. 당신 셔츠에 묻은 혈흔에 대한 조사가 필요합니다. 사설 법의학연구소는 제대로 된 장비와 우수한 인력을 보유하고 있죠. 그 사람들이라면 두 시간 안에 당신 셔츠에 묻은 혈흔에 대한 유전자 확인을 해줄 수 있을 겁니다."

"그다음에는 어디로 가죠?"

"FBI 보스턴 지부로 가서 우리가 알고 있는 사실을 모두 털어놓아야 합니다. 물론 나는 FBI 본부에서 내 수사권을 박탈하지 않기를 빌어야겠죠. 아일랜드에 간 FBI 요원이 수갑이 채워진 상태로 뉴욕으로 추방됐으니까요."

가브리엘은 자신의 정체를 밝힌 이후 표정마저도 달라져 있었다. FBI 요원다운 진지하고 신중한 태도가 재즈 피아니스트의 리버럴한 표정을 추방시켰다고나 할까?

가브리엘의 눈빛은 왠지 침울해 보이고, 얼굴 윤곽도 훨씬 터프해 보이는 데다 표정도 몹시 굳어 있어 마치 낯선 사람처럼 느껴졌다.

"당신 말대로 할게요. 다만 한 가지 조건이 있어요. 나도 당신의 수사에 동참하고 싶어요."

"나에게는 아무런 결정권이 없다는 걸 당신도 잘 알고 있잖습니까?"

"당신들에게 내가 아는 모든 정보를 제공하죠. 당신이 내 제안을 수용할 수 없다면 우리는 여기서 갈라서야 합니다. 그 경우, 내 셔츠에 묻은 혈흔을 제공할 수 없어요. 자, 이제 어떻게 할 건지 선택해요."

가브리엘은 대답 대신 담배를 한 개비 피워 물더니 한동안 깊은 생각에 잠겼다.

알리스는 이제야 비로소 가브리엘의 진면목이 보이는 듯했다. 수사권을 위해서라면 무엇이든 할 준비가 된 형사, 여러 날 잠을 설치면서도 범인의 심리와 행동반경을 집요하게 캐내는 형사, 범인 체포를 운명으로 믿는 형사…… . 알리스 자신도 역시 그런 형사였으니까.

가브리엘이 차 키를 꺼내 테이블 위에 내려놓았다.

"당신의 제안을 수용하겠습니다."

가브리엘이 유리컵에 담배를 비벼 끄며 말했다.

15. 평화를 원한다면 전쟁을 준비하라

평화를 원한다면 전쟁을 준비하라.
_베게티우스

'루빅스큐브'를 연상시키는 20미터 높이의 건물이 피프스 애비뉴 동쪽에 자리 잡고 있었다. 마운트 시나이 병원과 뉴욕시 박물관 사이에 끼어 있는 법의학연구소는 다양한 색상의 유리 패널을 이어 붙여 수정처럼 투명하게 디자인한 초현대식 건물로 어느 모로 보나 저 유명한 3차원적 기하학 퍼즐인 루빅스큐브를 연상케 했다. 혈액 연구소는 그 건물의 꼭대기 층 전체를 차지하고 있었다.

가브리엘과 알리스는 15분가량 걸려 법의학연구소 건물이 있는 오프이스트사이드와 스페니시 하렘의 경계 지역에 도착했다. 점심시간에 도착한 탓에 주차장에 빈자리가 많았다. 그들은 쉘비를 병원과 의과대학을 포함하는 캠퍼스와 맞닿은 길에 세웠다.

"당신은 잠깐 동안 차에서 기다려요."

"내가 같이 가면 안 되는 이유라도 있어요?"

가브리엘이 할 수 없다는 듯 한숨을 내쉬었다.

"그 대신 당신은 잠자코 있어야만 해요. 여기서는 내가 공식적인 수사 담당이니까."

"알았으니까 안심하시죠, 대장님."

알리스가 자동차 문을 열며 빈정거리는 투로 말했다.

건물 로비로 들어선 그들은 곧장 혈액 연구소로 가기 위해 엘리베이터에 올랐다. 혈액 연구소는 거의 텅 비어 있다시피 했다. 안내 카운터의 직원이 샐러드로 식사를 막 끝내는 중이었다.

가브리엘은 자신을 소개한 후 혈액 연구소 부소장인 엘리안 펠티에를 만나러 왔다고 말했다.

"부소장이 혹시 프랑스 사람인가요?"

알리스가 프랑스식 이름을 듣고 나서 물었다.

"퀘벡 출신인데 아주 특별한 여자죠."

가브리엘이 눈썹을 찡긋하고 나서 소곤거렸다.

"특별하다니요?"

"만나보면 알게 될 겁니다."

엘리안 펠티에가 곧 복도 끝에서 모습을 드러냈다.

"가브리엘, 나한테 약혼녀를 소개해주려고 왔어요?"

키는 작지만 다부진 몸집에 백발이 된 머리카락을 짧게 자른 여자였다. 엘리안은 얼굴에 사각 안경을 쓰고 있었고, 검은 튜닉 위에 흰 가운을 걸친 차림새였다. 동그스름하고 온화해 보이는 얼굴이 마치 러시아 인형 같은 분위기를 풍겼다.

"당신이 마침내 짝을 만나다니 내가 다 기뻐요."

엘리안이 팔꿈치로 가브리엘을 쿡쿡 찌르며 농담을 건넸다.

"엘리안, 그럼 정식으로 소개하죠. 이분은 파리경찰청 강력계 소속 알리스 쉐페르 팀장님입니다."

"아, 그래요? 제가 초면에 실례가 많았군요."

두 사람은 엘리안을 따라 연구소 안으로 들어갔다.

"엘리안, 이 혈흔에 대한 DNA 분석이 필요합니다. FBI 연구소는 일이 너무 밀려 있어 당신을 찾아왔어요."

알리스는 가방에서 피가 묻은 셔츠 조각을 꺼내 엘리안에게 내밀었다.

"이 혈흔을 표본으로 내가 뭘 알아내주면 되죠?"

"이 혈흔의 주인이 누군지 알아내야 하는데 가능할까요?"

"여섯 시간 정도가 소요되는 일인데 괜찮겠어요?"

엘리안이 안경을 고쳐 쓰며 말했다.

"좀 더 빨리 알아낼 수는 없을까요?"

"초소형 소식자를 사용하면 DNA 추출과 확대 시간을 단축할 수 있지만 그 방법을 동원할 경우 비용이 너무 많이 들어요."

"비용은 토마스 크리그에게 청구서와 함께 보내줘요. 내가 당장 전화해놓을게요."

"알았어요, 급한 일이라니까 곧 일을 시작할게요."

엘리안은 두 사람을 사무실에 남겨두고 어디론가 사라졌다.

"당신의 휴대폰 번호가 필요해요. 그 번호를 토마스에게 알려줘야겠어요. 그래야만 필요한 경우 우리와 쉽게 연락이 닿을 테니까."

알리스는 휴대폰 번호를 엘리안의 책상 위에 놓여 있던 나비 모양 메모지에 적어주었다.

가브리엘이 동료와 통화하는 사이 복도로 나온 알리스는 휴대폰을 꺼내 아버지의 번호를 눌렀지만 곧장 음성메시지로 연결되었다.

'지금은 전화를 받을 수 없습니다. 삐 소리 후 메시지를 남겨주시기 바랍니다.'

"아버지, 알리스인데 이 메시지를 듣는 대로 급히 전화 주세요."

알리스는 음성메시지를 남기고 잠시 생각에 잠겼다가 세이무르에게 전화를 걸었다.

"팀장님, 안 그래도 걱정하고 있었습니다. 가브리엘 케인의 정체를 알아냈습니까?"

"가브리엘이 FBI 요원이라고 주장하고 있어."

"그가 팀장님을 속이고 있을지도 몰라요."

"내가 보기에는 일단 믿을 만한 것 같은데 네가 가브리엘이 진짜 FBI 요원인지 알아봐줘. 가브리엘은 보스턴에서 벌어진 살인사건을 수사 중인데 에릭 보간의 살해 수법과 일치한다고 믿고 있어."

"샤르망에게 부탁해 알아볼게요. 페트뢰스 사건 때 우리와 공조했던 워싱턴 경찰 말이에요."

"한 가지 더 부탁할 게 있어."

"지금도 팀장님이 부탁한 건을 알아보느라 다른 일을 전혀 할 수 없는 처지입니다. 밤 12시까지 일해도 처리하지 못할 일이 밀려 있단 말입니다."

알리스는 세이무르의 항의를 무시해버렸다.

"세이무르, 지금 즉시 차를 타고 나가 자르그민으로 가."

"팀장님, 파리에서 자르그민까지 적어도 350킬로미터나 되는 거리라고요."

"자르그민과 자르부르 사이에 지금은 가동을 멈춘 설탕공장이 하나 있어. 카스텔리가 정확한 위치를 알고 있으니까 알려달라고 해."

"제가 지금 가뜩이나 시간이 부족하다고 말씀드렸잖아요!"

"반드시 손전등을 챙겨가야 해. 굵은 펜치와 형광봉도 필요할 거야. 일단 그 공장에 도착해서 나에게 전화해. 당신이 급히 그 공장에 가서 확인해줘야 할 게 있어."

"왕복 여덟 시간쯤 걸리는 길인데 제가 거기까지 꼭 가야겠어요?"

"매우 중요한 일이야. 내가 믿을 사람이라고는 당신밖에 없다는 걸 잘 알잖아?"

세이무르는 할 수 없다는 듯 알리스의 간청에 굴복했다.

"그 공장에 가서 제가 찾아내야 하는 게 뭔지나 말씀하세요."

"공장에 시체 한 구가 있을 거야."

$\oint$

고속도로
속도
휙휙 지나가는 풍경
8기통 엔진의 거친 소리

카오디오에서는 오티스 레딩의 목소리가 흘러나왔다.

알리스와 가브리엘은 오후 2시에 맨해튼을 떠나 코네티컷주를 가로
질러 달리고 있었다. 우선 해안을 따라가는 95번 도로를 타고 달리다
91번 도로로 갈아타 북쪽을 향해 올라갔다. 다행히 교통 흐름은 원활
했다. 전나무들이 늘어선 길을 따라가다보면 어느새 은행나무 길이 나
타났고, 곧 느릅나무와 참나무 길이 이어졌다.

두 사람은 달리는 내내 말없이 생각에 골몰해 있었다. 쉘비의 핸들을
잡은 가브리엘은 잠시나마 60년대로 돌아가 옆자리에 여자 친구를 태
우고 로이 오비슨이나 에벌리 브라더스의 음악을 들으며 머스탱을 모
는 상상을 했다. 스티브 맥퀸이 나오는 영화에 등장하는 장면이었다.
베트남전에 참전하게 된 걸 두려워하며 한껏 폭주를 즐기는 스티브 맥
퀸의 모습이 눈앞에 선했다.

가브리엘은 옆자리의 알리스를 힐끗 쳐다보았다. 알리스는 잔뜩 심
각한 얼굴로 전화가 오기를 기다리는 듯 한 손으로 휴대폰을 손에 움
켜쥐고 깊은 생각에 잠겨 있었다. 위장 무늬 재킷과 하얀 피부, 높이 올
라붙은 광대뼈, 뒤로 질끈 묶은 머리카락이 전투적인 야성미를 풍겼다.
그녀는 분명 심각한 전쟁 중이었지만 잔뜩 굳은 표정 뒤로 이따금씩 여
성스러운 자취가 묻어나곤 했다.

불행한 일을 당하기 전에는 어떤 여자였을까? 얼굴에 행복감이 가득
묻어나는 여자였을까? 가령 그런 알리스를 파리에서 만났다면 사랑에
빠지게 되었을까?

가브리엘은 머릿속으로 온갖 상상을 이어가는 게 즐거웠다.

카오디오에서는 언제부턴가 오티스 레딩 대신 더 클래시, U2, 에미

넴의 음악이 흘러나오고 있었다. 가브리엘은 비로소 60년대의 낭만적인 상상에서 벗어나 현실로 돌아왔다.

가브리엘은 다시금 시선을 돌려 질끈 묶은 머리를 매만지고 있는 알리스를 쳐다보았다.

"운전을 할 때에는 전방을 주시해야죠."

"당신에게 설명을 들어야 할 일이 한 가지 있어요. 당신은 왜 주사기에 묻어 있던 지문이 에릭 보간의 지문이 아니라고 생각했죠?"

"이미 말씀드렸다시피 확신할 수는 없다고 봐요."

"당신은 내가 여러 가지 근거를 제시했지만 에릭 보간이 미국에 있다는 걸 믿으려 하지 않았어요. 난 여러 해 동안 FBI에서 일한 탓에 누군가가 거짓말을 할 경우 금세 알아차리죠. 당신은 지금 이 순간에도 나에게 거짓말을 하고 있어요."

"그럼 당신이 근거로 제시한 말을 다 믿어야 한다고 생각해요?"

"당신은 나와 함께 수사를 할 수 있게 해달라고 했습니다. 내 상사들에게 당신의 입장을 이해시키고 나와 함께 팀을 이루어 수사를 할 생각이라면 서로 숨기는 게 없어야만 하지 않을까요?"

알리스는 고개를 끄덕였다.

"자, 다시 묻겠습니다. 당신은 주사기에서 나온 지문이 에릭 보간의 것이 아니라고 생각하는 근거가 뭡니까?"

알리스는 관자놀이 근처를 지압하듯 누르더니 길게 한숨을 쉬고 나서 마침내 입을 열었다.

"왜냐하면 에릭 보간은 이미 오래전에 죽었으니까요."

나는 기억한다……

2년보다 조금 전

나는 기억한다.

2011년 12월 5일.

병실의 창백한 조명.

항생제와 병원 식사가 풍기는 역겨운 냄새.

$\oint$

  에릭 보간의 기습 공격을 받아 뱃속의 아기를 잃고, 복부에 심각한
자상을 입은 나는 삶의 의지를 상실하고 병상에 누워 있다. 폴이 죽은
지 3주의 시간이 지난다. 나는 무심하게 천장을 바라보며 침대에 웅크
리고 있다. 팔목에는 항생제를 주입하는 관이 꽂혀 있다. 진통제를 맞
고 있음에도 아랫배가 칼로 쑤시는 듯 아프다. 신경안정제, 강장제를

아무리 먹어도 그날의 기억이 떠오를 때면 가슴이 찢어질 듯 극심한 분노와 고통이 밀려온다.

구급차에 실려 병원에 도착했을 때 나는 이미 피를 너무 많이 흘린 상태다. 의료진은 복부 초음파 사진을 찍어 아기의 사망 사실을 확인하고, 내 몸에 난 상처도 확인한다. 예리한 칼날은 자궁벽에 구멍을 내고, 소장에도 손상을 입힌다.

나는 그 순간처럼 폴이 내 곁에 있어 주기를 간절히 바란 적이 없다. 폴이 곁에 있다는 걸 느끼고 싶고, 내 몸과 마음이 그와 단단히 결합되어 있다는 걸 확인하고 싶고, 용서를 구하고 싶은 심정이다.

나는 수술실로 들어가기 직전 폴의 사망 소식을 듣는다. 죽은 아기를 꺼내기 위해 배를 가르러 가기 직전이다. 그 순간 위태롭게나마 생명의 불씨를 살리고자 했던 마지막 연결고리가 떨어져나간다. 나는 분노와 절망감으로 울부짖는다.

$

수술이 끝나고 나자 머저리 같은 의사가 나에게 그나마 운이 좋았다고 말한다. 내 뱃속에서 태아가 많은 자리를 차지하고 있어 내 신체 기관들이 칼날의 치명적인 공격을 피할 수 있었다는 것이다. 요컨대 내 아기가 나를 대신해 죽었다는 말이다.

그 말을 듣는 순간 나는 몸부림을 치며 내 몸에 연결된 의료기기를 모두 떼어낸다. 의료진이 급히 신경안정제를 주사한다. 의료진은 내가 신경안정제를 맞고 잠잠해진 사이 상처를 봉합하고, 장기 일부를 절제하는 수술을 단행한다.

멍청한 담당 의사는 훗날 자궁을 보존하는 데 성공했다는 말도 해준다. 마치 내가 언젠가 또 다른 사랑을 만나 임신을 할 수 있기라도 하듯이…….

$\int$

엄마는 기차를 타고 나를 보러 오지만 고작 20분 동안 앉아 있다가 돌아간다. 오빠는 자동응답기에 나를 위로하는 음성메시지만 남기고 찾아오지 않는다. 동생은 문자메시지를 보낸 것으로 끝이다. 세이무르만이 하루에 두 번씩 병원을 찾아와 나를 위로해주기 위해 애쓴다. 다른 동료들도 찾아오지만 그들의 눈빛에서 암묵적인 원망과 분노의 메시지를 읽어낸다. 나는 동료들을 따돌리고 독자적인 행동을 해 위험을 자초했을 뿐만 아니라 모든 프랑스 경찰이 힘을 모아 해결해야 할 가장 중요한 사건을 망친 장본인이다. 동료들의 눈빛을 보아하니 내 실수 때문에 에릭 보간이 수사망을 피해 맘껏 자유를 누리게 되었다고 믿는 눈치다.

내게 밀어닥친 불행이 아무리 끔찍하고 가혹해도 나는 그런 실수를 저지른 나 자신을 용서할 수 없다.

$\int$

나는 의료진이 처방해준 약들을 꾸역꾸역 삼키는 게 괴로울 따름이다. 나는 허구한 날 약 기운에 취해 허우적거린다. 병원에서는 신경안정제를 투입해 심신을 무감각하게 만드는 것만이 내가 팔목을 긋거나 창문으로 뛰어내리는 걸 미연에 방지할 수 있을 거라 믿는 눈치다.

하루하루가 지옥에 있는 것처럼 암울하던 어느 날, 내 귀에 거칠게 병실 문을 여는 소리가 들린다. 희미한 내 눈에 아버지의 실루엣이 어른거린다. 나는 아버지가 천천히 내 침대 가까이 다가오는 모습을 지켜본다. 알랭 쉐페르 형사의 전설적인 모습 그대로다.

검은 머리에 흰머리가 적당히 섞인 머리카락, 사흘쯤 면도를 하지 않아 수염이 까칠까칠하게 자란 아버지는 여전히 형사의 위엄을 갖추고 있다. 모피로 안감을 댄 7부 가죽 코트 속에 목까지 올라오는 터틀넥 스웨터를 입고, 밑단이 너덜너덜해진 진바지에 앞코가 각진 앵클부츠를 신은 알랭 쉐페르 형사는 언제나처럼 손목에 롤렉스 데이토나(장폴 벨몽도가 〈밤의 추적자〉에서 차고 나온 것과 똑같은 모델의 시계)를 차고 있다. 내가 태어나기 일 년 전, 엄마가 아버지에게 선물한 시계다.

"견딜 만하니, 챔피언?"

아버지는 내 옆에 앉기 위해 의자를 끌어당기며 묻는다. 아버지가 나를 챔피언으로 부르지 않은 지 적어도 25년은 족히 된다. 어린 시절, 아버지는 주말만 되면 테니스 시합에 나가는 나를 데려다주곤 한다. 나는 아버지로부터 무슨 수를 쓰든지 반드시 이기겠다는 승리에 대한 집념을 물려받는다. 내가 테니스 코트에서 우승 트로피를 쓸어 담는 동안 아버지는 형사로 혁혁한 공을 세우며 승진을 거듭한다. 아버지는 늘 상황에 적절한 말을 할 줄 안다. 어린 시절, 나를 안심시키던 눈길과 상황에 딱 들어맞는 아버지의 말을 듣는 동안 나는 적잖이 위로를 받곤 한다.

아버지는 매일이다시피 나를 보러 온다. 저녁 무렵에 와 내가 잠들 때까지 옆을 지키다 돌아간다. 나를 이해해주고 변호해주는 거의 유일한 사람이다.

아버지도 똑같은 상황이었다면 분명 나처럼 행동하지 않았을까? 아드레날린이 넘치는 아버지도 나처럼 위험을 무릅쓰고 현장에 뛰어들어 범인을 검거하기 위해 나서지 않았을까?

"네 엄마를 만나러 호텔에 다녀오는 길이다. 내가 오래전부터 원해왔던 걸 이제야 들어주더구나."

아버지는 서류 가방에서 낡은 천으로 싼 오래된 앨범을 꺼내 나에게 내민다. 나는 가까스로 몸을 일으켜 앉아 침대 머리맡의 전등을 켜고 앨범을 뒤적인다.

1975년, 그러니까 내가 태어나던 해의 사진을 담은 앨범이다. 각각의 사진 아래쪽에 볼펜으로 적은 설명이 곁들여 있다. 많은 세월이 흘러 볼펜 잉크의 빛깔이 바래 보인다.

1975년 봄, 임신 6개월이 된 엄마를 찍은 사진이 있다. 그 사진을 보는 순간 내가 엄마를 얼마나 빼닮았는지 까마득히 잊고 지냈다는 걸 깨닫는다. 내 부모가 결혼 초창기에만 해도 서로를 얼마나 사랑했는지도 잊고 지낸다. 앨범을 훑어보는 동안 노랗게 변색된 사진들을 통해 한 시대가 고스란히 되살아나는 것 같은 느낌이 든다.

나는 사진 속에서 내 부모가 함께 살았던 몽파르나스 부근 들랑브르 가의 작은 원룸을 발견한다. 달걀 모양 안락의자가 놓여 있는 거실의 오렌지 빛깔 벽지며, 선반 구실을 하는 상자 위에 가지런히 정리해둔 밥 딜런과 지미 헨드릭스, 조르주 브라상의 LP판 레코드들이 보인다. 베이클라이트로 만든 전화기, 한창 잘나가던 시절의 AS 생테티엔 축구팀의 포스터도 눈에 띈다.

사진마다 내 부모는 입이 귀에 걸릴 만큼 함박웃음을 짓고 있다. 둘째 아기의 부모가 된다는 생각에 행복해하는 마음이 사진을 보고 있는 동안 내 마음에 저절로 와닿는다. 내 부모는 내 출생을 알리는 혈액 검사 결과, 최초의 초음파 검사 사진도 갈무리해놓는다. 용수철 달린 수첩에 딸이면 알리스, 아들이면 쥘리앵이나 알렉상드르라는 이름을 붙이자는 메모도 앨범에 들어 있다.

앨범을 한 장 넘기는 순간 감정이 북받친다. 내가 태어난 날 산부인과 병실 풍경을 찍은 사진이 눈에 들어온다. 아버지의 품에 안겨 울어대는 갓난아기 사진 아래에 엄마가 달아놓은 글이 있다.

'1975년 7월 12일, 우리의 꼬마 공주 알리스가 태어나다!'

내가 태어났을 당시 병원에서 손목에 채웠던 이름표도 스카치테이프로 붙여놓는다. 그 옆에는 몇 시간 후에 찍은 사진도 붙어 있다. 아기 침대에서 평화롭게 잠든 '꼬마 공주 알리스' 주변에 내 부모가 서 있다. 두 분 모두 눈 아래쪽에 다크서클이 선연하게 잡혀 있지만 눈에서는 초롱초롱한 별이 빛난다.

그 사진 아래에도 엄마가 쓴 글귀가 적혀 있다.

'우리에게 새로운 삶이 시작되었다. 지금껏 경험해보지 못했던 새로

운 감정이 우리의 삶을 송두리째 바꾸어놓았다. 우리는 이제 두 아이의 부모가 되었다.'

나는 결코 맛보지 못할 감정에 대해 언급해놓은 그 글귀를 보는 순간 쓸쓸한 회한이 밀어닥치며 눈물이 볼을 타고 흘러내린다.

"아빠, 이 앨범을 왜 보여주시는 거죠?"

나는 앨범을 침대 위로 밀치며 묻는다.

나는 그제야 아버지의 눈가를 촉촉하게 적시고 있는 눈물을 발견한다.

"네가 세상에 태어났을 때 내가 처음으로 너를 목욕시키고 젖병을 물려주었지. 지금 생각해봐도 내 삶을 통틀어 가장 감격적인 순간이었어. 너를 처음으로 품에 안던 날, 난 내 자신과 약속했단다."

아버지는 잠시 말을 멈춘다.

"어떤 약속을 했는데요?"

"내가 살아 있는 한 어느 누구도 널 해치게 놔두지 않겠다는 약속이었지. 나는 어떤 어려움이 닥치더라도 반드시 너를 지켜낼 거라 다짐했어."

나는 침을 꿀꺽 삼킨다.

"결과적으로 지키지 못할 약속을 한 거야."

아버지는 한숨을 푹 쉬고 나서 눈두덩을 문지르더니 서류 가방에서 두꺼운 판지로 된 서류철을 꺼낸다.

"내가 그놈을 찾아냈단다."

아버지가 서류철을 나에게 건넨다.

"찾아내다니요? 누굴 말씀하시는 거예요?"

"에릭 보간."

나의 머리는 방금 들은 말을 입력하기를 거부한다.

갑작스럽게 밀어닥친 한기가 내 온몸을 떨게 한다. 아버지와 나는 말 없이 서로의 얼굴을 바라본다.

"프랑스 경찰이 그놈을 잡기 위해 총동원되다시피 했지만 결국 잡지 못했어요. 그런데 아빠 혼자서 어떻게 그놈을 찾아냈다는 거죠?"

"난 이제 형사도 아니고, 함께 수사할 팀원도 없지만 아직 나를 도와 주는 사람들이 있어. 지난날 내 덕을 본 사람들이지."

"어떤 사람들인데요?"

"난 경찰에 몸담고 있을 때부터 택시 기사들을 정보원으로 활용해왔 어. 너도 알다시피 택시 기사들은 실시간으로 교통상황을 공유하기 때 문에 서로 긴밀한 연락망을 갖추고 있지. 나를 도와주는 택시 기사 한 명이 네가 끔찍한 일을 당한 날 저녁 포르트드생클루 근처에서 에릭 보 간을 태웠다더구나. 경찰이 삼엄한 검문검색을 시작하자 놈은 타고 다 니던 스쿠터를 버리고 택시를 이용한 거야."

나는 심장이 터져버릴 것 같다. 아버지는 무심한 듯 이야기를 계속한다.

"그 택시 기사는 에릭 보간을 센생드니의 올네수부아에 있는 제너럴 르클레르크 광장 근처 허름한 호텔 앞에 내려주었다더구나."

아버지는 내 손에 들려 있던 서류철에서 사진 몇 장을 꺼낸다.

"프랑스 경찰은 에릭 보간이 이미 외국으로 도주했을 거라 판단하 고 있었지만 그놈은 파리에서 20분도 안 되는 호텔에 숨어 있었던 거 야. 물론 체크인할 때는 가명을 사용했고, 위조 신분증을 지참하고 있 었지. 에릭 보간은 호텔에 처박혀 외출을 극도로 자제했지만 프랑스를 뜨려면 우선 위조 여권을 만들어야 했어. 호텔에 투숙한 지 닷새째 되던 날, 밤 11시쯤 에릭 보간이 마침내 외출을 단행했지. 난 모자를 푹 눌러쓰고 고개를 푹 숙이고 혼자 담벼락을 따라 걷는 놈을 뒤따라가 덮쳐버렸지."

"길 한가운데서요?"

"밤 시간이라 주변에는 지켜보는 사람이 아무도 없었어. 난 쇠 파이프로 그놈의 목과 머리를 사정없이 내려쳤지. 쓰러진 그놈을 레인지로 버 짐칸에 실을 때는 벌써 목숨이 끊겨져 있었지."

나는 침을 삼키려 하지만 목이 메어 뜻대로 되지 않는다.

"시체는 어떻게 처리하셨어요?"

"밤새 로렌지방 쪽으로 차를 몰았어. 사전에 그놈을 처치해버릴 장소를 물색해두었지. 자르부르와 자르그민 사이에 있는 오래된 설탕공장이 그놈의 시체를 처리하기에는 가장 안성맞춤인 장소였어."

아버지는 호러 영화에나 등장할 것 같은 설탕공장 사진 몇 장을 내게 보여준다. 철책이 둘러쳐진 뒤쪽으로 폐허가 된 건물 몇 동이 이어져 있다. 건물들의 창문은 봉쇄되어 있고, 빨간 벽돌 굴뚝은 금방이라도 무너져 내릴 것처럼 위태로워 보인다. 그 아래쪽으로 이미 반쯤 흙 속에 묻힌 금속 용기들, 멈춰 선 지 오래된 컨베이어 벨트, 웃자란 잡초가 가득 찬 레일 위에 멈춰 선 운반 수레들, 녹이 슬어 고철 덩어리가 되어버린 포클레인이 보인다.

아버지는 손가락으로 한 장의 사진을 가리킨다.

"설탕 저장고 뒤쪽에 지하 물탱크와 연결된 우물 세 개가 있단다. 에릭 보간의 시체를 가운데 우물 속으로 던져 넣었단다. 어느 누구도 그놈의 시체를 발견하지 못할 거야."

아버지는 마치 확인이라도 하듯 철책으로 둘러싸인 우물 사진을 내게 보여준다.

"너와 나 말고는 아무도 모르는 일이야. 시간이 흐르면 경찰이나 언론도 잠잠해지겠지. 내가 생각하기에 경찰은 에릭 보간이 친척들이 살고 있는 아일랜드나 미국으로 도주했다고 판단하거나 자살했을 거라 결론 내릴 확률이 높아."

나는 미동도 하지 않고 아버지의 시선을 고스란히 받아들인다. 서로 모순되는 감정들이 나의 머릿속에서 충돌한다.

처음에는 에릭 보간이 죽었다는 사실이 나를 안심시켰지만 곧 참기 힘든 분노의 불길이 치솟는다.

아버지는 왜 내게서 복수의 기회를 빼앗아 갔을까?

폴과 내 아기가 생을 마친 후 내가 살아야 할 이유는 오직 에릭 보간을 찾아내 복수하는 것밖에 없었다. 세상 끝까지라도 에릭 보간을 추적해 죽이는 것만이 내가 악착같이 목숨을 부지해야 하는 유일한 이유였는데 아버지가 빼앗아 간 것이다.

이제 나에게는 더 이상 살아야 할 이유가 남아 있지 않다.

3부

피와 분노

16. 살인마의 궤적

끔찍하고 피비린내 나는 일들이 때로는 가장 아름답다.

_도나 태릿

가브리엘은 줄담배를 피우며 운전에만 열중하고 있었다. 하트포드를 지나치고 나서 얼마 안 있어 보스턴 105마일이라는 표지판이 보였다. 대략 두 시간 정도면 FBI 보스턴 지부에 도착할 수 있다는 계산이 나왔다.

알리스는 이마를 차창에 기대고 복잡한 머릿속을 정리하고 있었다. 이제까지 입수한 모든 정보들을 사안별로 분류해 머릿속의 서류철에 정리했다. 자료를 정리하다보니 세이무르가 지하 주차장 감시 카메라에 대해 한 말이 아무리 생각해도 납득이 가지 않았다. 세이무르는 감시 카메라를 살펴본 결과 차의 번호판을 확인할 수 있었지만 차체나 차에 탄 사람이 누군지에 대해서는 화면이 너무 어두워 확인이 불가능하다고 말했다.

알리스는 CCTV 영상을 직접 눈으로 확인해보고 싶었다.

세이무르에게 CCTV 영상을 전송해달라고 할까?

그 경우 세이무르가 CCTV 영상을 눈으로 확인해보긴 했지만 테이프로 떠서 입수해둔 건 아니라는 게 문제였다. 법원에서 발부한 영장을 지참하지 않을 경우 CCTV 영상을 손에 넣는 건 불가능하니까.

알리스는 머릿속으로 거듭 고심하던 중 마침내 비교적 괜찮은 생각이 떠올랐다. 휴대폰을 손에 든 알리스는 경찰청 교통분과 담당 부책임자로 있는 프랑크 마레샬의 전화번호를 눌렀다.

"프랑크, 나 알리스야."

"알리스, 당신 지금 어디 있어? 내 휴대폰 화면에 뜨는 전화번호가 긴 걸 보니 외국에라도 나간 거야?"

"그래, 지금 뉴욕에 있어."

"강력계에서 뉴욕으로 당신을 파견했어?"

"그런 건 아니지만 설명하자면 길어. 지금은 곤란하고 내가 나중에 자세히 설명해줄게."

"알았어. 당신은 여전히 에릭 보간 건을 수사하고 있는 거야?"

"물론이야, 사실은 바로 그 일 때문에 당신한테 전화했어."

"지금 파리는 밤 10시야. 난 퇴근하고 집에서 쉬고 있으니까 원하는 게 뭔지 빨리 말해봐."

"사실은 CCTV 영상 때문에 전화했어. 프랭클린 루즈벨트 대로변의 주차장을 찍은 CCTV 영상이 필요해. 내 차는 펄이 들어간 회색 아우디 TT야. 주차장에 아우디를 세웠다가 나간 시간 동안의 CCTV 영상이 필요해."

"민간 주차장은 우리의 통제 밖이라는 걸 몰라? 아무튼 내가 정확하게 뭘 해주면 되는지 말해봐."

"당신이 직접 관리하지는 않지만 그 주차장 사람들을 잘 알고 있을 거야. 그들을 감언이설을 동원해 구워삶든지 협박을 하든지 방법은 당신이 알아서 찾아봐. 그 대신 CCTV 영상을 꼭 구해줘. 내가 아우디의 차 번호를 불러줄 테니까 받아 적어."

"잠깐! 아직 메모할 준비가 안 됐어."

"내가 마약계에서 일할 당시 당신 아들이 마약을 소지하고 있다가 발각된 걸 기억할 거야. 내가 눈감아주지 않았다면 당신 아들은 아직도 감방에서 썩고 있겠지. 그때 당신 아들이 마약을 몇 그램이나 소지하고 있었는지 기억하지?"

"그 일은 벌써 10년도 더 지난 일이잖아. 평생 그 일을 들먹이며 나를 괴롭힐 생각이야?"

"마약사범에 대한 처벌이 얼마나 강력한지 알잖아? 그 정도면 적어도 무기 징역감이야. 게다가 현직 경찰의 아들이 다량의 마약을 소지하고 있다가 체포되었다는 게 세상에 알려졌어봐. 그 경우, 당신은 이미 오래전에 옷을 벗어야 했겠지. 자, 차 번호를 불러줄 테니까 받아 적어."

"알았으니까 어서 불러봐."

프랑크 마레샬이 체념한 듯 한숨을 푹 내쉬며 말했다.

"CCTV 영상을 입수하는 대로 내 메일로 전송해줘. 적어도 오늘 저녁까지는 보내줘야 해."

가브리엘이 통화 내용을 모두 들은 듯 코웃음을 쳤다.

"당신 아버지한테서는 아직 연락이 없어요?"

알리스는 대답 대신 고개를 저었다.

"당신 아버지가 에릭 보간을 죽인 게 틀림없는 사실이라면 우린 처음부터 수사를 다시 시작해야 해요."

"당신이 굳이 설명하지 않아도 알고 있어요."

"당신 아버지가 거짓말을 할 이유가 있었을까요?"

"그 당시 실의에 잠겨 있던 내가 인생의 한 페이지를 무사히 넘길 수 있도록 도와주기 위해 거짓말을 했을 수도 있겠죠. 하지만 지금으로서는 진실이 무엇인지 모르겠어요."

"아무리 절박한 상황이었다고 하더라도 너무 큰 거짓말 아닐까요?"

"당신은 내 아버지를 잘 모르잖아요."

알리스는 고속도로 가드레일이 빠른 속도로 휙휙 지나가는 모습을 물끄러미 바라보았다.

"아버지는 누구보다 나를 잘 알죠. 혹시라도 내가 복수의 일념에 가득 차 에릭 보간을 내 손으로 직접 죽일까봐 염려했을 수도 있어요. 내가 살인자가 되지 않도록 아버지가 사전에 손을 쓴 것일 수도 있다는 뜻이에요."

"당신 아버지한테 다시 한번 전화해봐요."

"내가 남긴 음성메시지를 들었다면 이미 전화했을 거예요."

"혹시 모르니까 한 번 더 해봐요."

알리스가 할 수 없다는 듯 휴대폰을 스피커 모드로 돌린 다음 번호를 눌렀다.

'지금은 전화를 받을 수 없습니다. 삐 소리 후 메시지를 남겨주시기 바랍니다.'

"혹시 당신 아버지가 통화를 고의적으로 회피하는 건 아니겠죠?"

"아버지가 5분마다 한 번씩 음성메시지를 확인하지는 않아요. 게다가 현역에서 물러난 뒤로는 동굴 탐사에 푹 빠져 지내죠. 아마 지금 이 시간에도 전직 경찰 모임 친구들과 함께 피레네 지방의 동굴을 둘러보고 있을지도 몰라요."

그때 알리스의 전화벨이 요란하게 울렸다.

알리스는 얼른 전화를 받아 프랑스어로 물었다.

"아빠?"

"죄송하지만 나는 토마스 크리그라고 합니다. 가브리엘이 이 번호를 알려주었죠."

알리스는 다시 스피커 모드로 돌린 다음 가브리엘에게 휴대폰을 건네주었다. 놀란 가브리엘이 얼른 휴대폰을 받아 들었다.

"토마스?"

"가브리엘, 잘 지내고 있나? 엘리안 펠티에가 셔츠 조각에 묻은 혈흔의 DNA 분석 결과를 보내주었네. 내가 DNA 분석 자료를 코디스*에 입력해봤어. 가브리엘, 어떤 결과가 나왔는지 궁금하지?"

가브리엘과 알리스는 서로 긴장된 눈빛을 교환했다.

알리스가 가브리엘에게 고속도로 표지판을 가리켰다.

"토마스, 2킬로미터만 가면 고속도로 휴게소가 나오니까 내가 차를 세운 다음 다시 전화할게."

$\oint$

*Codis 미국 FBI가 범죄를 저지른 전력이 있는 전과자들의 유전자 유형을 수집해놓은 데이터베이스

〈그릴91〉은 1970년대에 흔히 보던 스타일로 천장이 높고 길쭉한 사각 모양 건물이었다. 대형 유리창 밖으로 91번 도로와 휴게소 주차장이 보였다.

맥주 빛깔 벽시계가 오후 4시 12분을 가리키고 있었고, 가을 햇살이 텅 빈 실내로 풍성하게 쏟아지고 있었다. 카운터 종업원은 스탄 게츠의 색소폰 연주를 들으며 몽상에 잠겨 있었다.

알리스와 가브리엘은 카운터에서 가장 멀리 떨어진 구석 테이블로 가자리를 잡고 앉았다. 휴대폰을 스피커 모드로 전환시켜 테이블 위에 내려놓은 그들은 마치 종교의례에 참석한 사람들처럼 진지한 태도로 토마스 크리그의 설명을 들었다.

"가브리엘, 셔츠에 묻은 혈흔의 주인은 칼렙 던이라는 사람이었어. 나이는 41세이고, 코디스에 경범죄를 몇 건 저지른 기록이 나와 있더군. 칼렙 던은 8년 전 캘리포니아에서 마약 거래와 공무집행방해죄로 체포돼 6개월 동안 샐리나스 밸리 교도소에서 복역했어. 출소 후 손을 털고 동부 해안으로 이사해 회사에 다니는 것으로 되어 있는데, 현재까지 특별한 문제 없이 지내오고 있지."

알리스는 토마스의 말을 재빨리 메모했다.

"칼렙 던의 직업이 뭔지 알려줘."

"뉴햄프셔주 콩코드에 있는 노인요양원에서 야간 경비원으로 일하고 있어."

"요즘은 노인요양원에서 전과자를 채용하나?"

가브리엘이 뜻밖이라는 투로 말했다.

"아무리 전과자라도 새 삶을 찾을 권리는 있으니까."

알리스는 초조한 표정으로 종업원이 빌려준 펜을 만지작거리고 있었다.

"칼렙 던의 집 주소는 어디로 되어 있던가?"

"그는 링컨에 있는 외딴집에 살고 있어. 더 궁금한 게 있나?"

"두 시간 후면 보스턴에 도착할 거야. 자세한 이야기는 만나서 하세."

"보스는 자네가 아직 아일랜드에 있는 줄 알고 있어."

"당분간 보스에게는 아무 말도 하지 말게. 내가 보스를 만나 직접 이야기할 테니까. 아, 혹시 칼렙 던의 사진이 있나?"

"물론 있지. 내가 당장 메일로 보내줄게."

"휴대폰이 선사시대 유물이라 메일을 받을 수 없어."

가브리엘은 식당 주소가 적힌 테이블 세트를 힐끗 쳐다보았다.

"그러지 말고 팩스로 보내주게."

"아직도 그런 골동품을 쓰는 사람들이 있나?"

"난 지금 하트포드 근처를 지나는 91번 도로상에 있는 〈그릴91〉 휴게소 식당에 있다네. 식당의 팩스 번호를 알려주지. 사진을 보낼 때 노인요양원 주소하고 칼렙 던이 사는 집 주소도 같이 적어서 보내주게."

가브리엘은 식당의 팩스 번호를 알려주고 나서 전화를 끊었다. 수사는 점점 꼬이기만 할 뿐 한 발자국도 앞으로 나아가지 못하고 있었다. 서로 관련이 없어 보이는 정보들만 불쑥불쑥 튀어나와 혼선을 빚게 할 뿐이었다.

"빌어먹을! 야간 경비원의 혈흔이 어째서 당신 셔츠에 남아 있게 되었을까요?"

"당신은 내가 그 야간 경비원을 쏘았다고 생각하는군요?"

"경위야 알 수 없지만 당신이 그를 쏘았을 가능성을 배제할 수 없지 않나요? 당신이 가지고 있는 글록 권총 탄창에서 총알이 하나 빠져나 갔다고 했잖아요."

알리스는 가당치 않은 말이라는 듯 가브리엘을 쏘아보았다.

"난 칼렙 던이라는 이름을 들어본 적도 없어요."

가브리엘이 흥분한 알리스를 진정시키기 위해 두 손을 들어 올렸다.

"나도 어떻게 된 일인지 알 수 없어 그냥 해본 말이니까 너무 정색하 고 받아들이지 말아요."

가브리엘이 계면쩍은 듯 손가락 관절 마디를 소리 나게 꺾었다.

"주유소 편의점에 들러 담배나 사 와야겠어요. 당신도 필요한 게 있 으면 말해봐요."

알리스는 고개를 젓고는 멀어져가는 가브리엘의 뒷모습을 멍하니 바 라보았다.

알리스는 카운터로 걸어가 종업원에게 팩스 한 장이 도착하면 알려 달라고 부탁했다. 그녀는 갑자기 배 속에서 불길이 치솟아 식도를 타고 위로 올라오는 것 같은 느낌을 받으며 잔뜩 인상을 찌푸렸다.

"안색이 안 좋아 보이는데, 괜찮아요?"

카운터 종업원이 걱정스러운 눈빛으로 물었다.

"속이 좀 쓰린 것뿐이니까 곧 괜찮아질 거예요."

"사실은 우리 엄마도 손님과 비슷한 증세가 있거든요. 제가 파파야 스무디를 한 잔 준비해드릴까요? 우리 엄마가 그러는데 갑작스럽게 속이 쓰릴 때 파파야 스무디를 마시면 효과가 아주 좋다고 했죠."

종업원은 말을 할 때 혀를 지나치게 많이 굴려 마치 바비 인형을 연상케 했고, 치어리더 같은 복장을 하고 있어 영화 〈그리스〉나 미국 드라마 〈글리〉에서 금방 튀어나온 것 같은 모습이었다.

"그렇다면 나도 파파야 스무디를 한 잔 마셔야겠네요."

앨리스가 카운터의 등받이 없는 의자에 앉으며 말했다.

"혹시 이 근처 지도를 가지고 계세요?"

"손님들이 테이블에 두고 간 지도가 있어요. 아직 사무실에 남아 있는지 보고 올게요."

"고마워요, 정말 친절하시네요."

바비 인형이 곧 뉴잉글랜드 지방 지도를 들고 나타났다.

앨리스는 탁자 위에 지도를 활짝 펼쳐놓았다. GPS가 나오기 전, 그러니까 스마트폰이나 인터넷이 보편화되기 이전에 제작된 미슐랭 지도였다.

"지도 위에 메모를 좀 해도 될까요?"

"이제부터 그 지도는 손님이 가져도 되니까 마음대로 해도 괜찮아요. 자, 드디어 파파야 스무디가 나왔네요."

앨리스는 미소로 고마운 마음을 대신 표했다. 볼수록 상냥하고 싹싹한 종업원이었다.

몇 살이나 되었을까? 열여덟 살? 열아홉 살?

앨리스는 어느덧 서른여덟 살이나 된 자신을 돌아보자니 그저 놀라울 따름이었다. 눈앞의 종업원과 무려 20년 가까이 차이가 난다는 게 믿어지지 않았다. 요즘은 앳된 여성들과 마주칠 때마다 저절로 나이가 의식되곤 했다. 마음은 여전히 한창때인 스무 살인데 몸은 벌써 두 배나 나이 들어 있었다.

알리스는 잡념을 떨쳐버리고 지도에 집중했다. 뭐든 시각화해야 머리에 쏙쏙 들어오는 그녀는 볼펜으로 몇몇 곳을 표시해나가기 시작했다. 우선 뉴욕을 표시했다. 그들은 두 시간 전 뉴욕을 떠났다. 그다음은 보스턴을 표시했다. 그들은 FBI 보스턴 지부를 찾아가는 중이었다. 현재 위치는 하트포드 인근으로 뉴욕과 보스턴의 중간 지점이었다.

칼렙 던이라는 자는 콩코드의 노인요양원에서 일하고 있었다. 그러니까 적어도 현재 위치에서 250킬로미터 정도 북쪽으로 올라가야 하는 곳으로 뉴햄프셔주에 속해 있었다. 이번에는 칼렙 던이 산다는 링컨을 볼펜으로 표시했다. 링컨은 두 개의 거대한 산맥 사이에 샌드위치처럼 끼어 있는 외딴곳이었다.

"혹시 여기가 어떤 곳인지 알아요?"

알리스가 지도에 볼펜으로 표시해놓은 링컨을 지목하며 물었다.

"예전 남자 친구랑 그 근처 룬 마운틴에 있는 스키장에 가본 적이 있어요."

"대체로 어떤 느낌을 주던가요?"

"우리가 그곳에 갔을 때는 겨울이었는데, 왠지 우울한 느낌이 드는 곳이었어요."

알리스는 고개를 끄덕였다. 그녀는 실내 온도가 너무 높아 스웨터를 벗고 티셔츠 차림으로 의자에 앉아 있었다.

담배를 손에 든 가브리엘이 식당으로 들어와 알리스의 옆에 앉았다.

"주문하시겠어요, 손님?"

"에스프레소 있습니까?"

"죄송하지만 에스프레소는 없어요."

"그럼 페리에 생수는 있습니까?"

"페리에 생수도 없어요."

알리스가 짜증스럽다는 듯 끼어들었다.

"괜히 까다롭게 굴지 말고 소박하게 커피나 한잔하지 그래요."

"그러죠, 레귤러 커피나 한 잔 주세요."

가브리엘이 커피를 내리는 종업원을 머리에서부터 발끝까지 훑어보고 있었다. 뻔뻔스럽게도 그의 시선이 종업원의 육감적인 가슴 부위에서 한참 동안 머물렀다.

"정말 자꾸만 그렇게 민망한 눈길로 쳐다볼 거예요?"

알리스가 보다 못해 쏘아붙였다.

"내가 뭘 어쨌다고 그래요?"

가브리엘이 머쓱해진 표정으로 눈을 치켜떴다.

"남자들은 다 똑같다니까."

알리스가 한심하다는 투로 말했다.

"내가 남들과 똑같은 남자라는 걸 이제야 알았어요?"

가브리엘이 담배 한 개비를 꺼내 귀에 꽂으며 느물거렸다.

알리스가 한 방 쏘아붙이려는 순간 유감스럽게도 기회가 주어지지 않았다.

"팩스가 도착했어요."

바비 인형이 팩스를 가지러 사무실로 가느라 잠시 자리를 비웠다. 곧 돌아온 그녀가 팩스 두 장을 내밀었다.

알리스는 가장 먼저 칼렙 던의 신분증 사진을 살폈다.

"이런 사진으로는 아무것도 알아낼 수 없겠어요."

알리스가 실망감을 감추지 못하고 말했다.

칼렙 던은 지극히 평범한 남자 모습을 하고 있었다. 이렇다 할 특징이라고는 없는 얼굴이었다.

가브리엘은 실망감을 억누르며 다음 장으로 넘겼다. 토마스가 손으로 휘갈겨 쓴 노인요양원과 칼렙 던의 집 주소와 전화번호가 적혀 있었다.

"당신은 노인요양원에서 전과자를 야간 경비원으로 쓴다는 게 이상하지 않아요?"

가브리엘이 물었지만 알리스는 대답하지 않았다.

알리스는 줄곧 사진에서 눈을 떼지 않고 있었다.

가브리엘은 커피를 한 모금 맛보더니 맛이 없는지 인상을 찌푸렸다.

"당장 확인해봐야 할 게 있는데 휴대폰 좀 빌려줘요."

가브리엘은 우선 칼렙 던이 일한다는 세인트 조셉 노인요양원의 전화번호를 눌렀다.

"여보세요, 난 FBI 요원인 가브리엘 케인인데 요양원 책임자와 통화할 수 있을까요?"

가브리엘은 휴대폰을 스피커 모드로 돌려 알리스도 대화 내용을 들을 수 있도록 배려했다.

"줄리우스 메이슨입니다. 제가 요양원장입니다만 무슨 일로 저를 찾으시죠?"

"칼렙 던에 대해 몇 가지 알아볼 게 있어서 전화했습니다."

"던의 신상에 무슨 일이 생긴 건 아니었으면 좋겠군요."

"칼렙 던이 어젯밤 그곳에서 정상적인 근무를 했습니까?"

"지금 무슨 말씀을 하시는 겁니까? 던은 이미 2년 전에 그만두었는데요."

가브리엘은 애써 평정심을 유지하기 위해 애썼다. 알리스는 슬며시 미소를 짓지 않을 수 없었다. FBI 데이터베이스도 제대로 업데이트하지 않아 엉터리 자료를 보유하고 있다는 게 드러난 셈이었다.

느려터지고 복잡한 행정절차가 프랑스의 전유물만은 아니란 말이지.

"원장님께서 던을 고용할 때 혹시 전과자라는 사실을 인지하고 있었습니까?"

"던은 돈이 없어 고작 대마초를 몇 개비 말아서 팔다가 세상 물정을 모르는 신참내기 형사에게 붙잡혀 교도소 신세를 진 것뿐입니다. 물론 위법이지만 그 정도 경미한 사안으로 무려 6개월이나 실형을 선고받았으니 그야말로 어처구니없는 일이었죠."

"아무튼 던이 불법을 저지른 건 사실이잖습니까?"

"그렇지만 던이 마약 조직에 가입한 조직원도 아니고, 초범이라는 사실을 감안해 정상참작을 해주었어야 마땅하다고 생각합니다."

"던이 요양원에서 일하는 동안 혹시 수상한 행동이나 부적절한 처신을 한 적이 없습니까?"

"오히려 던은 지나칠 만큼 선량하고 봉사 정신이 남다른 사람이었습니다. 요양원 직원들과 노인들이 다들 칭찬을 아끼지 않았죠."

"그렇게 칭찬을 받은 사람이 왜 일을 그만두었죠?"

"이사회에서 운영비 감축을 요구해 구조조정을 할 수밖에 없었습니다. 그깟 돈 몇 푼 아끼자고 외부 경비회사에 용역을 맡길 수밖에 없었죠."

"혹시 던이 다른 일자리를 찾았습니까?"

"메인주에 있는 병원에서 근무 태도가 성실한 야간 경비원을 찾는다기에 제가 던을 소개시켜주었죠."

"메인주의 어느 병원이죠?"

"범죄자 파일을 업데이트하려고 그러죠? 던은 비록 전과자이지만 성실하게 살아가기 위해 애쓰는 사람입니다. 너무 괴롭히지 마세요."

"던을 괴롭히려는 게 아니니까 어느 병원인지 말해주세요."

"컴벌랜드에 있는 세바고 코티지 병원입니다."

두 사람은 깜짝 놀라 재빨리 눈짓을 교환했다. 팽팽한 긴장감이 두 사람의 온몸을 타고 흘러내렸다. 세바고 코티지 병원이라면 열흘 전 살해당한 엘리자베트 하디가 일하던 바로 그 병원이었다.

$

머리끝에서 발끝까지 형사.

뼛속까지 형사.

존재의 가장 깊은 곳까지 형사.

알리스와 가브리엘은 상의할 필요도 없이 곧장 행선지를 바꾸는 데 암묵적으로 동의했다. 보스턴에서 괜한 시간 낭비를 하고 있을 계제가 아니었다. 두 사람은 FBI의 지원을 요청하지 않고 독자적으로 수사에 나서기로 했다. 더 늦기 전에 당장 링컨으로 달려가 칼렙 던을 체포하는 게 중요하다고 판단했기 때문이었다.

"내가 수사 방향을 잘못 잡아 던을 놓쳤어요. 범인이 집으로 들어가는 출입문의 보안장치를 풀었기에 엘리자베트 하디와 평소 알고 지낸 사이라고 추정했던 게 실수였죠. 나는 엘리자베트 하디와 평소 친분이 있는 사람들을 용의선상에 올려놓고 수사를 진행했어요. 주로 친구들과 직장 동료들이었죠. 세바고 코티지 병원을 방문한 적도 있었는데 던을 수사 대상에 포함시키지 않았어요. 던은 엘리자베트 하디와 가깝게 지낸 사람이 아니었기 때문이죠."

"던의 집까지 가는 데 시간이 얼마나 걸릴까요?"

가브리엘은 손가락으로 링컨까지의 여정을 짚어가며 지도를 꼼꼼히 살폈다.

"네 시간 정도 소요될 겁니다. 제한속도를 무시하고 달리면 시간을 어느 정도 단축할 수 있겠죠."

"링컨이 그렇게나 먼 곳인가요?"

"브래드포드까지는 고속도로로 달려가면 되지만 그 이후에는 산속 길에서 차를 운행해야 합니다. 아까 타이어의 공기압을 살펴봤는데 바람이 많이 빠져 있더군요. 출발하기 전에 자동차 정비소에 잠깐 들렀다 가야 할 것 같습니다."

두 사람의 대화를 놓치지 않고 듣고 있던 바비 인형이 얼른 나섰다.

"제 사촌이 자동차 정비소를 운영하고 있어요. 원하신다면 당장 전화해드리죠."

가브리엘이 눈썹을 치켜떴다.

"사촌이 운영하는 자동차 정비소가 여기서 가까운 곳에 있습니까?"

"그린필드에 있어요."

바비 인형이 손가락으로 지도를 짚어 보이며 말했다. 한 시간 정도 거리였다.

"차가 구형 머스탱인데 정비가 가능할까요?"

"자동차 정비 기사가 차를 눈으로 봐야 판단할 수 있겠죠. 자, 얼른 사촌에게 전화해줘요."

마음이 다급해진 알리스가 끼어들었다.

바비 인형이 급히 전화기가 있는 곳으로 뛰어갔다.

그때 알리스의 식도에서 또다시 뜨거운 불길이 타올랐다. 이제까지 와는 달리 격렬한 불길이었다. 염산이 위 점막을 녹여버리는 듯한 느낌이었다. 그러다가 갑자기 구토가 일었고, 알리스는 서둘러 화장실로 뛰어갔다.

알리스는 변기에 고개를 처박다시피 몸을 숙였다. 식도가 불이 붙은 것처럼 화끈거려 배를 문질러봤지만 소용없었다. 이제는 마치 칼로 살점을 도려내는 듯 배가 쓰리고 아팠다.

알리스는 마사지를 계속하다가 몸을 일으켜 세면대에서 손을 씻었다. 거울에 비친 몰골이 말이 아니었다. 눈 아래에 반달 모양으로 자리한 다크서클, 살점이라고는 찾아볼 수 없을 만큼 움푹 파인 빰, 황달기가 도는 눈빛을 한 여자가 거울 속에 들어 있었다.

알리스는 차가운 물로 얼굴을 적신 다음 눈을 감았다.

오늘 아침 나는 어쩌다가 셔츠에 칼렙 던의 혈흔을 묻히고 잠에서 깨어나게 되었을까? 던의 정체는 뭘까? 에릭 보간의 살해 수법을 흉내 내는 모방범일까? 아니면 그놈이 바로 에릭 보간일까?

아버지가 아무리 상식을 초월하는 사고의 소유자라고 해도 그렇게 큰 거짓말을 꾸며낼 수 있을 만큼 무지막지한 사람은 아니었다. 아버지 말대로 프랑스에서 에릭 보간의 무자비한 살인 행각은 중지되었다. 지난 2년 동안 프랑스 최고의 형사들로 이루어진 중앙수사본부가 에릭 보간의 행방을 추적했지만 끝내 아무런 성과도 거두지 못했다.

아버지 말대로 에릭 보간은 이미 죽은 거야.

알리스는 자신을 설득하려 애써 보았다.

세이무르가 곧 확인해주겠지만 에릭 보간의 시신은 프랑스 동부의 폐허가 된 설탕공장 우물 속에서 썩어가고 있을 거야.

얼굴에 뿌린 물이 가슴팍으로 흘러들었다.

알리스는 휴지를 꺼내 목과 가슴을 닦았다.

바로 그 순간, 그 이물질이 눈에 들어왔다.

이물질이 쇄골에서 4, 5센티미터쯤 아래쪽 피부 안에 박혀 있었다. 알리스는 이물질을 꺼내기 위해 피부를 꾹 눌러보았다. 그러자 가로 세로가 각각 1, 2센티미터가량 되는 사각 물체의 둥그스름한 가장자리가 확연하게 드러났다.

맙소사! 도대체 누가 내 몸에 이런 걸 심어놨을까?

경악을 금할 수 없는 가운데 심장이 빠른 속도로 뛰기 시작했다. 알리스는 본능적으로 옷을 벗고 가슴, 몸통, 겨드랑이 등을 두루 만지고 눌러보았다. 몸 어딘가에 최근에 수술한 흔적이 남아 있는지 살펴봤지만 상처를 발견할 수 없었다.

이마에 땀이 송골송골 맺혔다.

나는 언제부터 이물질을 몸에 삽입하고 다녔을까?

누군가 내 몸에 이물질을 삽입해 얻고자 하는 효과는 뭘까?

17. 악마의 간계

운명은 면도기를 든 미친 사람처럼 우리를 뒤쫓는다.

_안드레이 타르코프스키

고속도로를 벗어난 쉘비는 로터리를 지나 도시의 중심부로 진입했다. 매사추세츠주와 뉴햄프셔주 경계 부근에 위치한 그린필드는 시간이 멈춰 버린 듯 고요한 마을이었다. 총 길이 2킬로미터쯤 되는 중심도로에 시청, 우체국, 법원, 뾰족한 첨탑이 솟은 교회, 도서관, 수많은 전구로 간판을 장식한 구식 영화관, 카페, 식당, 소규모 상점들이 오밀조밀 모여 있었다. 관공서 건물마다 오후의 햇빛을 받은 성조기가 바람에 펄럭였다.

"잠깐 차를 세워봐요."

알리스가 홀스터 멜빵을 조절하며 말했다.

"휴게소 식당 종업원 말로는 자동차 정비업소가 도시를 거의 벗어나는 지점에 있다고 했잖습니까?"

"자동차를 수리하는 동안 인터넷 카페에 가서 알아볼 게 있어요."

"뭘 알아보려고요?"

가브리엘이 의심스런 눈빛으로 말했다.

"에릭 보간에 대한 지나간 기사들을 살펴보려고요."

"이런 곳에 인터넷 카페는 없어요."

"인터넷 카페가 있는지 없는지는 내가 찾아볼 테니까 당신은 걱정할 필요 없잖아요."

가브리엘이 잠시 생각에 잠겼다.

"그 대신 총은 차에 놓아두고 다녀와야 합니다."

알리스는 총을 두고 내리려니까 마음이 내키지 않았지만 가브리엘과 입씨름이나 하고 있을 시간이 없었다. 그녀는 사물함을 열고 홀스터 총집에 들어 있는 글록 권총을 집어넣었다.

"볼일을 다 마치면 내가 알아서 자동차 정비업소로 찾아갈게요."

알리스가 차 문을 열고 내리며 말했다.

알리스는 반대편 인도로 올라가 시청까지 걸어갔다. 차를 타고 시내 중심도로를 지나는 동안 시청 앞 게시판에 있는 대형 시내 지도를 보아두었다. 지도를 살피던 알리스는 비로소 세컨드 스트리트에 있는 의료센터를 찾아냈다.

알리스는 몇백 미터를 걸어 병원 건물 앞에 도착했다. 최근에 새로 지은 듯 초현대식으로 꾸며놓은 건물 모습이 눈길을 끌었다. 자동문을 통해 병원 로비로 들어서자마자 접수창구로 가 직원에게 흉부 엑스선 촬영을 받으러 왔다고 말했다. 접수창구 직원이 예약확인서와 처방전, 사회보장번호 등을 요구했다.

알리스는 그중에서 단 한 가지 서류도 구비하고 있지 않아 순간적으로 머리에 떠오른 말을 둘러댔다.

"프랑스에서 온 관광객인데 신부전증 증세가 있어 엑스선 촬영을 받아보려고 왔습니다."

접수창구 직원은 의심스러운 눈길로 알리스를 쳐다보다가 예약 스케줄을 살피고는 고개를 가로저으며 난색을 표했다.

"오늘은 방사선과 예약 스케줄이 가득 잡혀 있습니다. 내일 방문해주시겠습니까?"

"내일 다시 방문할 시간이 없습니다. 게다가 잘 아시겠지만 신부전증은 치료가 늦어질 경우 고통이 심해서요."

"일단 진료가 가능한지 한번 알아보겠습니다."

접수창구 직원이 인터폰을 들며 말했다.

2분쯤 이야기를 나눈 직원이 알리스에게 말했다.

"미첼 박사님이 잠깐 틈을 내 만나주시겠답니다. 우선 신분증 좀 보여주시겠어요?"

"유감스럽게도 핸드백을 차에 두고 왔습니다. 남편이 병원에 올 텐데 그때 보여드리겠습니다."

"일단 알았으니까 얼른 올라가보세요. 방사선과 대기실은 5층입니다."

엘리베이터를 타고 5층에서 내리자 또다시 안내데스크가 나왔고, 복도를 지나자 방사선과 대기실이 있었다. 밝고 부드러운 색조로 꾸며진 방이었다. 한 할머니가 유명 인사들의 동향을 주로 다루는 잡지를 뒤적이며 차례를 기다리고 있었고, 그 앞에는 한쪽 다리에 깁스를 하고 눈에 시커멓게 멍든 청년이 소파의 대부분을 차지하고 앉아 아이패드에 열중해 있었다.

알리스는 젊은 남자 옆에 앉아 말을 걸었다.

"교통사고를 당했나봐요?"

"풋볼을 하다가 다쳤습니다. 지난 토요일에 알비니 팀과 격전을 치렀죠."

청년이 아이패드 화면에서 천천히 눈을 떼며 대답했다.

잘생긴 얼굴에 울트라브라이트 치약 선전에 나올 법한 환한 미소, 자신감 넘치는 눈빛을 보아하니 여학생들에게 제법 인기가 있을 것 같았다.

"그 아이패드에 인터넷이 연결되어 있죠?"

"당연하죠."

"내가 50달러를 줄 테니까 아이패드를 잠깐 쓸 수 있을까요?"

청년은 눈살을 찌푸렸다.

"백 달러를 내신다면 고려해보죠."

"대기하는 동안 잠깐만 쓰면 되는데 백 달러를 내라는 건 너무 심하지 않아요?"

청년이 할 수 없다는 듯 아이패드를 알리스에게 건넸다.

알리스는 《리베라시옹》, 《르몽드》, 《피가로》 같은 신문 사이트에 차례로 접속했다. 사실 알리스는 에릭 보간이 어떻게 생겼는지 한 번도 제대로 본 적이 없었다. 캄캄한 어둠 속에서 공격을 당한 데다 헬멧을 쓰고 있었기 때문이다. 알리스의 머릿속에는 오로지 검은 헬멧, 유체 공학적으로 설계된 헬멧의 통기구만이 뚜렷이 각인되어 있었다.

사건 후, 병원에서 심리 상담을 해주었던 신경정신과 의사는 말했다.

"한동안 사건 관련 기사를 보지 않는 게 좋습니다. 가뜩이나 심리적인 공황 상태에 빠져 있는데 사건 관련 기사를 보게 되면 불난 집에 기름을 들이붓는 격이 될 테니까요."

그 당시만 해도 알리스는 그 말에 흔쾌히 동의했다. 에릭 보간이 죽었다고 확신하고 있었기 때문에 딱히 언론 기사를 볼 필요가 없었다.

알리스는 신문에 실린 에릭 보간의 사진을 몇 장 찾아냈다. 나이는 서른다섯이었고, 특징이 없는 외모였다. 아무리 사진들을 여러 장 종합해봐도 결정적인 인상을 확정 짓기가 어려워 섬뜩했다.

알리스는 영화를 찍을 때마다 전혀 다른 캐릭터를 선보이는 카멜레온 같은 배우들이 떠올랐다. 휴 잭맨, 크리스찬 베일, 케빈 스페이시, 존 쿠삭 같은 배우들처럼 에릭 보간 역시 사진마다 전혀 다른 캐릭터를 선보이고 있었다.

주머니에서 칼렙 던의 사진이 인쇄된 팩스 용지를 꺼낸 알리스는 방금 찾아낸 언론의 사진들과 비교해보았다.

에릭 보간과 칼렙 던은 같은 인물일까?

처음에는 분명 다른 사람이라고 생각했는데, 자세히 살펴보니 동일 인물일 가능성을 배제하기 어려웠다. 요즘처럼 성형수술이 발달한 때에 얼굴을 조금 달라 보이게 만드는 정도는 얼마든지 가능할 테니까. 콧날 세우기, 매부리코 깎기, 턱뼈 깎기, 귀 모양 바로잡기, 광대뼈 높이기 등 얼굴에 변화를 줄 수 있는 방법은 무궁무진했다.

알리스가 아이패드를 돌려주려고 할 때 주머니에서 휴대폰이 진동했다.

§

"설탕공장에 도착했어?"

알리스는 이름을 보자마자 인사말을 생략하고 다짜고짜 물었다.

"이제 겨우 자르그민 램프를 빠져나왔습니다. 파리 일대의 교통량이 많아 길에서 시간을 다 허비했죠. 카스텔리가 설탕공장 위치를 알아내는 데에도 제법 시간이 걸렸습니다."

"당신 지금 어디에 있어?"

"내비게이션에 카스텔리가 찍어준 주소를 입력하고 가고 있는데 별안간 길 안내가 중지되었습니다. 내비게이션에 나오지 않는 길인가봐요. 아무튼 곧 찾아낼 테니까 걱정하지 마세요. 더 큰 문제는 날씨도 추운데 비가 억수처럼 쏟아지고 있다는 겁니다. 3미터 앞도 제대로 보이지 않을 만큼 세찬 비가 쏟아지고 있어요."

전화기 너머에서 와이퍼가 부지런히 오가는 소리와 라디오 소리가 섞여 들려왔다.

'리그 앙(프랑스프로축구 1부 리그)의 모든 순간을 RTL에서 만나보세요!'

"사비뇽과 카스텔리에게 팀장님이 어떤 상황에 처해 있는지 귀띔해주었습니다. 사정을 설명하지 않고는 도저히 도움을 청할 수가 없었거든요. 사비뇽과 카스텔리는 오늘 밤 우리에게 필요한 정보들을 정리해주기 위해 야근을 하겠다고 했습니다."

"네가 나 대신 고맙다고 전해줘."

"사비뇽과 방금 전 통화할 때 팀장님이 이야기한 글록22 권총에 대해 물어봤습니다."

알리스는 침을 꿀꺽 삼켰다. 그 건에 대해서는 잠시 잊고 있었기 때문이다.

"그래, 사비뇽이 그 권총에 대해 뭐라고 했어?"

"2년 전, 팀장님이 에릭 보간에게 기습당한 사건 직후 사비뇽이 그놈의 아파트를 압수 수색할 때 찾아낸 총이 있었답니다."

"그게 뭐 어쨌다는 거야?"

"사비뇽이 그 당시 증거물 보고서를 확인해보고 나더니 그때 압수했던 총이 바로 글록22 권총이었고, 일련번호도 일치한다는 걸 확인해주었습니다."

"잠깐! 그 총은 증거물 보관소에 봉인된 채 관리되고 있을 테니까 내가 휴대하고 있다는 게 말이 안 되잖아."

"사비뇽이 증거물 보관소로 가 확인해보았더니 총이 어디론가 사라지고 없더랍니다."

악몽은 계속되고 있었다.

"설마 팀장님께서 증거물 보관소에 있던 총을 빼간 건 아니죠?"

"내가 그럴 리 없다는 걸 잘 알잖아?"

"저도 뭐가 뭔지 감을 잡을 수 없으니까 하는 소리죠."

"증거물 보관소에 있던 물건이 사라진 게 처음은 아니야. 당신도 기억하겠지만 일 년 전 증거물 보관소 경비원이 압수해놓은 무기와 마약을 훔쳐내 팔아버린 사건이 있었잖아. 어쩌면 그때 그 경비원이 판매한 물건 중에 글록22 권총이 들어 있지 않았을까?"

"현재로서는 그럴 가능성도 배제할 수 없습니다. 경찰서 어디엔가 그때 그 경비원이 내다 판 도난품 목록이 있을 테니까 사비뇽에게 조사해보라고 하면 알 수 있겠네요."

"설사 내가 글록22 권총을 빼돌렸다고 하더라도 그 총을 휴대하고 미국행 비행기에 오를 수 있었겠나? 총을 휴대하고 출입국 심사대를 통과할 수 있는 사람은 없어."

전화기 반대편에서 세이무르가 한숨을 쉬는 소리가 들려왔다.

"저야 팀장님 말씀을 믿지만 정말이지 해괴한 일들뿐이라 어디서부터 문제를 풀어나가야 할지 난감합니다."

알리스는 직감적으로 세이무르가 뭔가 감추고 있다는 느낌을 받았다.

"권총 건 말고 해괴한 일이 또 있었나?"

"팀장님 차 말인데요."

"내 차가 어디에 있는지 찾아냈어?"

"샤를레티 견인 차량 보관소에 있더군요. 사비뇽이 교통과에 알아봤더니 어젯밤 시테 섬에서 견인했답니다."

"시테 섬 어디에서 발견되었다는 거야?"

세이무르는 길게 숨을 들이마셨다.

"새벽 4시쯤 팀장님의 아우디가 아르쉬베쉐 다리 한가운데에서 발견되었다더군요. 더 정확하게 말하자면 폴이 사고를 당했던 바로 그 지점입니다."

알리스는 소스라치게 놀라 하마터면 들고 있던 휴대폰을 떨어뜨릴 뻔했다.

그때 대기실 문이 열리더니 흰 가운을 입은 거구의 의사가 문틈 사이로 얼굴을 내밀었다.

"알리스 쉐페르 부인, 안으로 들어오시죠."

18. 어퍼컷

알려지지 않은 모든 위험은 끔찍하다.

_라틴어 경구

가운에 올리버 미첼이라는 이름표를 달고 있는 의사는 반쯤 벗겨진 머리, 유난히 짙은 눈썹, 상대를 압도하는 체구, 털북숭이 얼굴을 하고 있었지만 이제 막 의대를 졸업한 학생처럼 눈빛이 순수해 보였다. 어린 아이 같은 천진한 미소, 진바지에 낡은 농구화, 흰 가운 밖으로 빠져나온 티셔츠 자락만 봐도 대체로 소탈한 성격일 거라는 느낌이 들었다.

올리버 미첼이 방사선 촬영실로 알리스를 데리고 들어갔다.

알리스는 모든 걸 사실대로 털어놓고 도움을 요청하기로 마음먹었다.

"프랑스에서 오셨다고요?"

"네, 저는 파리경찰청 강력계 소속 형사입니다."

올리버 미첼의 얼굴에 호기심이 드리워졌다.

"오르페브르 36번지가 알리스 형사님의 근무처겠군요. 쥘 매그레 경감처럼 말입니다."

매사추세츠주 그린필드 의료센터에서 근무하는 방사선과 전문의가 조르주 심농의 소설에 나오는 주인공의 이름을 그토록 잘 알고 있을 줄은 몰랐다.

"사실은 제 아내가 하버드대학교 불문학 박사 과정에 있습니다. '조르주 심농의 소설에 등장하는 파리'가 아내의 박사 논문 주제라더군요."

"아, 그러시군요. 저도 조르주 심농의 열성 팬입니다."

"지난여름에 아내와 함께 파리 여행을 했습니다. 오르페브르 36번지와 도핀 광장에도 가보고, 〈카보 드 팔레〉 식당에서 오리 다리 조림과 사를라 식 감자 요리를 맛보기도 했죠."

올리버 미첼의 말에 장단을 맞춰주면서 협조를 이끌어낼 좋은 기회였다.

"다음번에 부인과 함께 프랑스에 오시면 제가 오르페브르 36번지에 있는 경찰청 내부를 구경시켜드리죠."

"그렇게 해주신다면 아내가 정말 기뻐하겠네요."

"그 대신 오늘은 박사님께서 저를 도와주셔야겠습니다."

알리스가 재킷과 스웨터, 티셔츠를 차례로 벗으며 말했다. 브래지어 차림이 된 알리스는 방사선과 전문의에게 다가서며 피부에 심어놓은 사각형 모양의 칩을 보여주었다.

"이게 도대체 뭐죠?"

올리버 미첼이 눈썹을 찡그리며 물었다.

"제가 알고 싶은 게 바로 그겁니다."

올리버 미첼이 항생제 용액으로 손을 닦고 나서 알리스의 가슴 위쪽 피부를 세게 눌러 모서리가 둥글게 다듬어진 문제의 사각형 칩을 만져보았다.

"아픕니까?"

"그다지 아프지는 않습니다."

"일종의 페이스메이커* 같군요. 혹시 심장에 문제가 있습니까?"

"솔직히 말씀드리자면 저는 누군가 이런 칩을 몸 안에 삽입해놓았다는 걸 전혀 몰랐습니다. 언제부터 내 몸 안에 칩이 들어 있었는지도 모르고요."

올리버 미첼이 방 왼쪽에 있는 촬영기기를 가리켰다.

"일단 엑스선 촬영을 해보는 게 좋겠습니다."

알리스는 의사의 지시에 따라 상의를 모두 탈의하고 나서 엑스선 촬영기를 마주 보고 섰다.

"조금만 더 촬영기기 가까이 붙어 서서 숨을 들이마신 다음 잠깐 동안 호흡을 멈추세요. 네 그렇죠."

흉부 엑스선 촬영이 끝났다.

"자, 혹시 모르니까 측면 사진도 한 장 찍겠습니다."

올리버 미첼은 측면 사진을 똑같은 방식으로 촬영하고 나서 알리스를 옆방으로 데려갔다. 의사가 디스플레이용 콘솔 앞에 앉아 화면을 켜고 방금 전 촬영한 사진을 출력하기 시작했다.

"시간이 오래 걸립니까?"

"아뇨, 곧 끝날 겁니다."

육면체처럼 생긴 기계가 서서히 움직이기 시작하더니 두 장의 사진을 뽑아냈다. 미첼은 출력된 영상을 벽에 마련된 광판에 끼웠다.

"저도 이런 칩은 처음 봅니다!"

올리버 미첼이 네모난 점을 가리키며 놀랍다는 투로 말했다.

"몸 안에서 어떤 역할을 하는 칩일까요?"

*Pacemaker 심장병 환자들이 몸 안에 삽입해 심장박동을 원활하게 도와주는 의료기기

"솔직히 말해 저는 뭔지 모르겠습니다."

올리버 미첼이 머리를 긁적이며 자신 없게 대답했다.

"저는 혹시 RFID* 칩이 아닐까 생각했습니다. 흔히 동물들에게 사용하는 칩 말입니다. 남미에서는 일부 돈 많은 사람들이 그런 종류의 칩을 몸 안에 삽입하고 다니기도 한다더군요. 납치당하게 된다면 위치 추적이 가능하도록 말입니다."

"군대에서도 전선으로 파병하는 군인들에게 종종 칩을 사용한다고 들었습니다. 칩에 병사의 건강과 관련된 모든 정보들을 저장해두는 거죠. 혹시 예기치 않은 사고가 발생할 경우 몸에 심어둔 칩을 스캔해보면 병력을 알 수 있도록 설계해놓는 겁니다. 하지만 그런 종류의 칩은 형사님의 몸 안에 삽입된 것보다 크기가 훨씬 작습니다. 기껏해야 쌀 한 톨 정도의 크기니까요. 이 경우는 그런 칩들에 비하면 훨씬 크기가 크다고 봐야죠."

"그럼 뭘까요?"

올리버 미첼이 알고 있는 지식을 총동원했다.

"최근 몇 년 사이, 영향력 있는 의학 잡지에 자동으로 일정한 양의 약을 투입해주는 전자 칩에 대한 연구 논문들이 다수 게재된 적이 있습니다. 실제로 그런 칩이 개발된다면 일부 질환에 매우 유용하게 쓰일 테니까요. 골다공증 치료에는 이미 그런 종류의 칩이 사용되고 있다고 들었습니다. 다만 그런 종류의 칩이라면 가슴 위쪽이 아니라 옆구리 부근에 심어놓는 경우가 대부분이죠. 크기도 이것보다는 더 커야 하고요."

"그렇다면 뭘까요?"

*Radio-Frequency Identification 무선주파수 탐지의 약자

알리스가 조바심을 쳤다.

"제가 생각하기에는 아까 말씀드렸던 일종의 페이스메이커 같습니다."

"이미 말씀드렸다시피 지금껏 제 심장에는 아무런 문제가 없었는데요."

올리버 미첼이 문제 부위를 확대한 사진을 출력해 광판에 걸었다.

"형사님의 몸에 삽입되어있는 칩은 타이타늄 재질이 확실해 보입니다."

알리스는 사진 가까이 다가갔다.

"제 동료 중에 페이스메이커를 몸에 삽입하고 다니는 사람이 있는데, 7년마다 한 번씩 배터리를 갈기 위해 수술을 받는다고 하더군요."

"대부분의 페이스메이커는 수명이 6년에서 10년쯤 되는 리튬배터리를 사용하고 있으니까요."

알리스는 방금 출력한 사진을 가리켰다.

"이 작은 칩에 어떻게 배터리가 들어갈 수 있죠?"

"육안으로는 보이지도 않을 만큼 작은 배터리를 사용하죠. 이상하게도 형사님의 몸 안에 삽입된 칩에는 배터리가 없습니다."

"배터리 없이 어떻게 작동이 가능하죠?"

"일종의 자가발전 체계를 갖출 수는 있습니다. 압전기 같은 게 칩에 내장되어있어 흉곽의 움직임을 전기로 바꾸어주는 방식 말입니다. 페이스메이커의 크기를 줄이기 위해 최근에 다양한 연구가 진행되고 있는데, 그중 한 가지 사례를 말씀드린 겁니다."

미첼은 콘솔 위에 굴러다니던 플라스틱 자를 집어 들고 사진의 한 부분을 가리켰다.

"끄트머리를 둥글게 처리한 모서리 부분이 보이시죠?"

알리스는 고개를 끄덕였다.

"제가 생각하기에는 바로 그 부분이 관을 통해 페이스메이커와 심장을 연결해주는 접합부 역할을 하는 것 같습니다."

"그렇다면 관이 연결되어 있어야 하잖아요?"

"저도 그 점이 이상합니다."

"관 말고는 페이스메이커 칩과 심장을 연결해주는 방법이 없습니까?"

"아직 다른 방법은 없는 것으로 알고 있습니다."

알리스가 여전히 의문이 가시지 않은 표정을 지으며 말했다.

"칩을 제 몸에서 꺼내주실 수 있습니까?"

"저는 할 수 없지만 제 동료라면 충분히 할 수 있겠죠. 다만 수술해 칩을 꺼내려면 여러 가지 사전 검사가 필요합니다."

"제가 아무리 살펴봐도 칩을 삽입한 흔적이 남아 있지 않더군요. 어떻게 아무런 흔적도 남기지 않고, 칩을 몸 안으로 삽입할 수 있었을까요?"

올리버 미첼이 고개를 갸웃거렸다.

"그렇다면 아주 오래전부터 형사님의 몸 안에 삽입돼 있었을 가능성이 있죠."

"그 경우라면 제가 칩이 몸 안에 들어 있다는 걸 몰랐을 리 없지 않을까요?"

"다른 곳을 통해 집어넣는 방법도 있습니다. 가령 눈에 잘 띄지 않는 신체 부위를 통해 칩을 삽입한 다음 위로 끌어올리는 방법도 있죠."

알리스는 벨트를 푼 다음 앵클부츠를 벗고 바지를 내렸다. 발목이며 다리, 무릎 등을 샅샅이 살피다보니 왼쪽 허벅지에 자그마한 투명 반창고를 붙여놓은 게 보였다. 반창고를 떼어보니 보일 듯 말 듯 절개한 자국이 드러났다.

"바로 그 부분을 통해 칩을 집어넣었군요. 크기가 매우 작으니까 그 부분을 통해 칩을 집어넣고, 카테터를 통해 몸 위쪽으로 올려보내는 게 가능하죠."

상처 자국을 면밀히 살펴본 의사가 말했다.

알리스는 당혹감을 감추지 못하며 다시 옷을 입었다. 이번 일은 갈수록 수수께끼처럼 꼬이고 있어 두렵기도 하고, 머리가 터질 만큼 복잡하기도 했다.

"그러니까 내 몸 안에 삽입된 칩은 일종의 페이스메이커인데 관이 신체 기관과 연결되어있지 않아 현재 아무런 역할도 하고 있지 않는 것으로 결론 내리면 될까요?"

"도저히 납득할 수 없는 일이지만 저 역시 그 결론에 동의할 수밖에 없군요."

올리버 미첼이 변명하듯 말꼬리를 내렸다.

"그렇다면 도대체 누가 왜 이런 칩을 내 몸 안에 삽입했을까요?"

"저 역시 궁금한 점이 바로 그 부분입니다."

올리버 미첼이 고개를 갸우뚱거리며 말했다.

19. 살아 있는 자들

상처를 받아 마음이 산산조각 난 사람에게 그런 고통을 받는 특권을 누릴 기회가 없었던 사람은 감히 다가 가려 하지 말기를……

_에밀리 디킨슨

어둠이 서서히 내려앉았다. 해는 밤이 찾아오기를 기다리며 단풍으로 물든 숲을 향해 마지막 빛을 뿌리고 있었다. 단풍나무, 물푸레나무, 자작나무, 낙엽송, 보리수나무가 화려한 색채감을 자랑하며 숲의 앞부분을 장식하고 있었다. 너도밤나무, 아메리카 참나무, 마가목이 숲의 중간 부분에 버티고 있었고, 좀 더 위쪽으로 쭉쭉 뻗어 오른 전나무들이 늠름한 자태를 뽐내고 있었다.

가브리엘은 그린필드의 자동차 정비소에서 기름을 가득 채우고, 엔진오일을 점검하고 예비 타이어도 새롭게 장만했다.

약속대로 자동차 정비소를 찾아간 알리스는 세이무르가 전해준 글록 권총과 아르쉬베쉐 다리 한가운데에서 발견된 아우디에 대한 이야기를 가브리엘에게 해주었다. 하지만 몸 안에 삽입되어있는 칩에 대해서는 함구했다. 누가 어떤 목적으로 몸 안에 칩을 삽입했는지 알기 전까지 비밀로 해두는 게 나을 것 같았기 때문이다.

그들은 다시 차에 올라 길을 떠났다. 브래틀보로 근처에서 연료를 가득 채운 탱크로리 한 대가 뒤집히는 바람에 소방 당국과 경찰은 91번 도로를 폐쇄하는 조치를 단행했다. 어쩔 수 없이 우회도로로 달리다보니 주행속도가 현저하게 떨어졌다. 두 사람은 처음에는 하나같이 짜증을 냈지만 차츰 수려한 주변 풍경에 매료돼 마음이 누그러졌다. 지역방송 라디오에서는 돈 맥클린의 〈아메리칸 파이〉, 조지 해리슨의 〈저스트 포 투데이〉, 닐 영의 〈하트 오브 골드〉 등이 연속으로 흘러나왔다. 그들은 지역 농부가 도로변에서 파는 사과주와 계피를 넣은 도넛을 구입해 먹으며 계속 달렸다. 두 사람은 거의 한 시간가량 아무 말도 하지 않고 각자 생각에 잠겨 있었다.

숲으로 난 오솔길과 지붕을 얹은 다리, 산골짜기를 흐르는 계곡물 등 저절로 시선을 끌어들이는 풍경들이 이어졌다. 간간이 지방도로를 따라 등장하는 마을들, 젖소들이 한가하게 풀을 뜯는 광활한 초지들도 아름답기 그지없었다.

알리스는 도로 주변 경치를 감상하는 동안 어린 시절 노르망디에서 보낸 휴가가 떠올랐다. 전통적인 시골 마을을 지날 때마다 두 사람은 백 년 전 과거로 돌아간 것 같은 기분에 사로잡혔다. 낡은 헛간, 지붕 밑 다락방이 있는 축사, 울긋불긋 화려하게 물든 단풍 등을 볼 때면 마치 뉴잉글랜드 지역 풍경을 담은 그림엽서 안에 들어와 있는 것 같은 느낌이 들기도 했다.

§

알리스는 멜빵 식 홀스터 총집에 들어 있는 총을 꺼내기 위해 사물함을 열었다. 신참내기 시절에만 해도 알리스는 근무 중이 아닐 때조차 총을 휴대하고 다니는 선배들이 이해되지 않았다. 알리스도 차츰 시간이 흐르는 동안 자연스럽게 선배들처럼 평상시에도 홀스터에 들어 있는 총의 무게를 느껴야만 마음이 놓였다.

홀스터 옆에 있는 어린이용 장난감 하나가 눈에 띄었다. 하얀 차체에 파란 줄이 그어져 있는 장난감 차였다. 그들이 지금 타고 있는 머스탱 쉘비와 생김새가 똑같은 복제품이었다.

"이 장난감 차는 뭐죠?"

가브리엘은 장난감 차를 힐끗 쳐다보았다.

"케니가 자기 차와 똑같은 모양의 장난감을 사두었겠죠."

"내가 총을 넣어둘 때만 해도 여기에 없었어요."

가브리엘은 버릇처럼 어깨를 으쓱했다.

"그때는 당신이 주의 깊게 보지 않았겠죠."

"내가 총을 집어넣을 때만 해도 사물함이 텅 비어 있었다니까요."

"아무튼 뭘 그리 예민하게 생각하십니까?"

"우린 서로에게 뭐든 숨기지 않기로 약속했잖아요?"

가브리엘이 한숨을 푹 쉬었다.

"바비 인형의 사촌이 선물로 주었습니다. 핫 휠즈*를 수집하는 게 취미라더군요. 지금까지 자동차 미니어처를 삼백 개 정도 모았답니다."

"진작 털어놓았으면 될 일을 왜 그렇게 뜸을 들였죠?"

*Hot Wheels 미국 장난감 상표로 미니어처 자동차로 특히 잘 알려져 있다.

"그게 그렇게 신경을 곤두세울 일은 아니잖아요."

"날 바보 취급하지 말아요. 자동차 미니어처를 모으는 게 취미인 사람이 처음 보는 뜨내기 고객한테 소장품을 선물로 넙죽 주었다는 말을 믿으라는 거예요? 게다가 포장지에 버젓이 가격표가 붙어 있잖아요."

가브리엘이 신경이 날카롭게 곤두선 눈으로 알리스를 뚫어지게 쳐다보다가 귀에 꽂아두었던 담배에 불을 붙였다. 그가 몇 모금 빨기 무섭게 차 안은 금세 담배 냄새와 연기로 가득 찼다.

알리스는 얼른 차창을 내리며 여전히 신경이 극도로 예민해져 있는 가브리엘의 얼굴을 살폈다.

"당신에게는 아들이 한 명 있어요."

알리스가 혼잣말하듯 중얼거렸다.

가브리엘은 굳은 표정으로 여전히 침묵을 지켰다.

알리스가 다시 말을 이었다.

"당신은 아들에게 주려고 이 장난감 차를 산 거예요. 내 말이 틀렸나요?"

가브리엘이 마침내 새카만 눈동자를 반짝이며 알리스 쪽으로 고개를 돌렸다.

"당신 말대로 나에게는 아들 녀석이 하나 있어요. 그 아이에게 선물로 주려고 장난감 차를 샀죠."

알리스가 부드러운 목소리로 물었다.

"그 아이 이름이 뭐죠?"

가브리엘은 라디오의 볼륨을 높이더니 고개를 절레절레 저었다.

"우리가 지금 내 아들 이야기나 하면서 시간을 보낼 만큼 한가한 사람들입니까?"

가브리엘의 얼굴에 어느덧 짙은 슬픔이 드리워져 있었다. 그는 몇 번 눈을 깜박이더니 결심한 듯 말했다.

"내 아들 녀석 이름은 테오이고, 나이는 여섯 살이죠."

가브리엘의 표정으로 미루어보아 아들에 대한 대화가 그를 고통스럽게 하고 있다는 느낌을 받았다.

"장난감이 어쩜 쉘비와 똑같이 생겼어요. 테오가 무척이나 좋아하겠어요."

알리스가 쉘비 미니어처를 집어 들고 요모조모 살피며 말했다.

가브리엘이 거칠게 장난감 차를 빼앗아 차창 밖으로 던져버렸다.

"모두가 부질없는 짓입니다. 난 다시는 그 아이를 볼 수 없으니까요."

"가브리엘, 어서 차를 멈춰 세워요."

알리스가 차를 세우도록 핸들을 움켜쥐었다. 화가 난 가브리엘이 급제동을 해 차를 갓길에 세우더니 밖으로 튀어나갔다.

알리스는 그가 저만치 걸어가는 모습을 지켜보았다. 그들은 지금 전망이 아름다운 구불구불한 산길에 있었다. 바위에 걸터앉는 가브리엘의 모습이 눈에 들어왔다. 그는 쓸쓸한 표정으로 담배 한 개비를 입에 물었다.

자동차에서 내린 알리스는 저만치에서 뒹구는 장난감 차를 들고 가브리엘에게로 다가갔다.

"괜한 이야기를 꺼내 미안해요."

"거기는 차가 다니는 길이라 그렇게 서 있으면 위험해요."

알리스는 발아래로 펼쳐진 호수를 내려다보았다. 가을 산의 화려한 색채가 호수의 수면 위에서 아른거렸다.

"당신은 왜 테오를 볼 수 없다는 거죠?"

"테오는 지금 아내와 함께 런던에 살고 있어요. 그렇게 된 사연을 다 이야기하자면 너무 길죠."

알리스는 그에게 담배를 한 개비 달라고 해 불을 붙여 물었다.

"사람은 누구나 다 가슴 아픈 사연을 간직하고 있군요."

"난 처음부터 FBI에서 일했던 게 아닙니다. FBI에 시험을 치고 들어오기 전까지 시카고에서 형사로 일했죠."

가브리엘이 지난 기억을 더듬어보는 듯 두 눈을 가느다랗게 떴다.

"난 시카고에서 태어났고, 거기서 아내를 만났습니다. 우린 둘 다 우크라이나 빌리지에서 어린 시절을 보냈죠. 우리가 살았던 우크라이나 빌리지는 동유럽에서 이민 온 사람들이 모여사는 동네였습니다. 시카고 북서쪽에 있는 동네로 비교적 조용한 곳이었죠."

"시카고에서 형사로 있을 때는 어떤 부서에서 일했는데요?"

"강력계에서 살인사건을 담당했습니다. 잉글우드라고 시카고에서 강력 범죄가 가장 빈번하게 벌어지는 곳이 내가 맡고 있던 구역이었죠."

가브리엘이 담배를 길게 한 모금 빨고는 이야기를 계속했다.

"잉글우드는 마피아들이 장악하고 있는 구역이었습니다. 경찰도 섣불리 손을 쓸 수 없을 만큼 온갖 강력 범죄가 횡행하는 곳이었죠. 지역 전체가 권총이며 기관 총질로 공포심을 조장하는 건달들의 영향권에 들어 있다시피 했습니다. 내 아내는 자주 나에게 말했죠. '당신은 주로 죽은 사람들을 만나며 시간을 보내고 있어. 하긴 당신 또한 산 사람이라고 볼 수 없을 것 같아. 언젠가는 당신도 그들처럼 피를 흘리며 죽어갈 테니까'라고요. 과히 틀린 말은 아니었습니다. 총격 사건이 벌어져 출동해보면 현장에는 언제나 피가 흥건한 시체들이 나뒹굴고 있었으니까요. 결국 나는 죽은 자들을 위해 일하는 사람이었죠. 죽은 자들을 위해 살인자들을 뒤쫓는 사람 말입니다."

"당신의 말은 틀렸어요. 우리는 죽은 사람들이 아니라 그들의 가족과 사랑하는 사람들을 위해 일하죠. 그들이 죽은 사람들을 편안하게 보내줄 수 있도록 살인자들을 체포하는 게 우리의 임무잖아요."

가브리엘은 반신반의하는 표정으로 이야기를 이어갔다.

"아내에게서 그런 말을 듣고 나서 나도 살아 있는 사람들을 도와야겠다고 마음먹었죠. 잉글우드에는 경찰을 돕는 자원봉사자 모임이 있었습니다. 주로 사회봉사 단체 회원들이나 손을 씻은 그 지역 출신 전과자들이 자원봉사자 모임에서 핵심적인 역할을 하고 있었죠. 그들이 경찰이 해결하지 못하는 일들을 도맡아 해주었어요. 가령 경찰이 주민들과 갈등을 빚을 때 중재자로 나서 격앙된 분위기를 진정시켜주는 역할도 하고, 동네에서 아직 가망이 있는 사람들을 구출해 다른 지역으로 보내주기도 했죠."

"가망이 있는 사람들이라면 누굴 말하는 거죠?"

"아직 마약 세계에 빠지지 않은 청소년들이 대부분이었죠. 나도 이따금 자원봉사자들을 도왔어요. 가짜 신분증을 만들어 나이 어린 매춘 여성들을 탈출시키는 일을 도와준 적도 있고, 마약 거래상들을 심문하는 과정에서 압수한 돈을 자원봉사자 모임에 건네주기도 했어요. 그곳을 탈출하고자 하는 청소년들에게 서부로 가는 기차표나 몸을 숨길만한 주소를 제공해주기도 하고, 일자리를 구해주기도 했죠."

폴도 그런 일을 했었지.

알리스는 자기도 모르게 폴을 떠올렸다.

"나는 모처럼 보람 있는 일을 찾았다는 생각에 빠져 위험이 가까이 다가온 걸 의식하지 못했어요. 내가 선량한 청소년들과 어린 매춘부들을 은밀히 빼돌리자 그 지역 마약상과 포주들이 은근히 위협을 가해오더군요. 나는 잉글우드의 큰손들이 운영하는 영업권을 건드릴 시 반드시 보복당한다는 사실을 망각하고 있었던 겁니다."

가브리엘은 잠시 입을 굳게 다물고 생각에 잠겼다가 다시 이야기를 이어갔다.

"2009년 1월에 처제가 생일을 자축하기 위해 친구들과 함께 스키장에 가기로 했다면서 내 사륜구동차를 빌려달라고 하더군요. 눈 쌓인 길에는 사륜구동차가 제격이라 별생각 없이 빌려주기로 했습니다. 베란다에 서서 스키장으로 출발하려는 처제에게 '조안나, 괜히 실력도 안 되면서 상급자 코스에 올라가면 위험하니까 조심해!'라고 소리치며 손을 흔들어주었던 기억이 아직도 생생하네요. 그날, 처제는 방울이 달린 털모자를 쓰고 있었어요. 날씨가 추워 볼이 새빨갛게 얼어 있었죠. 처제는 열여덟 살이라 한창 생기발랄할 때였죠. 처제가 사륜구동차 운전석에 앉아 시동을 걸었습니다. 그 순간, 차가 폭발했어요. 누군가 내 차에 폭탄을 설치해두었던 겁니다."

가브리엘은 새로 꺼낸 담배에 불을 붙이더니 말을 계속했다.

"아내는 나 때문에 처제가 죽었다고 원망을 퍼붓고는 테오를 데리고 런던으로 떠났어요. 런던에 아내의 가족들이 살고 있었죠. 아내가 고용한 변호사가 이혼 절차를 대신 진행했는데 가뜩이나 절망적인 상태에 빠져 있던 나를 불독처럼 물어뜯더군요. 변호사는 잉글우드의 큰손들과 결탁해 나를 부도덕한 형사로 몰아붙였습니다. 내가 어린 매춘부들을 악덕 포주들로부터 빼돌려 다른 지역으로 피신시킨 걸 문제 삼아 오히려 경찰 신분을 이용해 매춘 사업을 도운 것으로 매도했죠. 변호사의 주장은 터무니없는 모략에 불과했지만 잉글우드의 큰손들이 거짓 증인들을 동원해 증거를 조작하는 바람에 꼼짝없이 당할 수밖에 없었어요. 결국 난 얼마간의 재산과 양육권을 아내에게 넘겨주었죠."

가브리엘은 마지막으로 담배를 한 모금 빨고는 꽁초를 바위에 눌러 껐다.

"나에게는 일 년에 두 번만 테오를 만나볼 권리가 주어졌어요. 참다 못해 런던으로 아내를 만나러 갔습니다. 아내에게 테오를 만나볼 수 있게 해달라고 간청했지만 묵살당했죠. 아내는 법원에 접근금지를 신청했고, 결국 난 테오를 볼 수 없게 되었습니다."

밤이 되면서 바람이 거세지더니 기온도 급강하했다. 가브리엘은 회한에 휩싸여 우두커니 앉아 있었다. 알리스는 위로의 의미로 가브리엘의 어깨에 가볍게 손을 얹어놓았다. 그때 휴대폰이 울리면서 모처럼 형성된 두 사람의 친밀감을 여지없이 깨뜨려버렸다.

ϕ

"설탕공장을 찾아냈습니다. 정말이지 저절로 등골이 오싹해질 만큼 으스스한 곳이네요. 혹시 영화 〈이블 데드〉를 여기서 촬영한 것 아닙니까?"

"세이무르, 엄살이 너무 지나친 거 아냐?"

"천만에요, 정말이지 귀신들이 사는 집 같아요. 게다가 비가 억수처럼 쏟아지고 있는데 깜빡 잊고 우산을 챙겨오지 못했어요."

"우산은 깜박해도 상관없지만 내가 챙기라고 한 손전등, 펜치, 형광봉은 가져왔겠지?"

"제가 누굽니까? 팀장님이 말씀하신 공구 일체를 가방에 넣어왔습니다."

스피커폰을 통해 흘러나오는 세이무르의 지지직거리는 목소리가 산의 경사면에 부딪치며 울려 퍼졌다.

"방금 설탕공장 본체로 들어왔습니다. 잡초가 어른 키만큼 자라 있습니다."

알리스는 아버지가 이야기해준 곳을 기억해내기 위해 두 눈을 감았다.

"공장 본체 뒤쪽으로 나가면 물품 저장고가 있을 거야. 사일로처럼 생긴 건물이라고 했어."

몇 초가 지나자 세이무르의 목소리가 다시 들려왔다.

"담쟁이넝쿨로 뒤덮인 저장고가 보여요."

"저장고 주변에 우물 세 개가 있을 거야."

잠시 침묵이 이어졌다.

"네, 철책에 둘러쳐진 우물이 있습니다."

알리스는 점점 심장박동이 빨라지는 걸 느꼈다.

"철책을 펜치로 자르고 들어가 일단 가운데 우물을 살펴봐."

"다행히 철책에 녹이 슬어 쉽게 잘라낼 수 있네요. 우물에 주철로 된 뚜껑이 덮여 있는데요."

"뚜껑을 들어 올려봐."

"빌어먹을! 뚜껑이 생각보다 엄청나게 무거워 겨우 열었어요."

알리스는 깊이 숨을 들이마셨다.

"우물 안에 뭐가 있는지 살펴봐."

"아무것도 없는데요."

"손전등을 이리저리 비춰가며 자세히 살펴보란 말이야!"

"당연히 손전등을 비춰가며 보고 있는데 정말 아무것도 없다니까요!"

"형광봉도 켜봐!"

세이무르가 전화기 저편에서 구시렁거리는 소리가 들려왔다.

"빌어먹을! 형광봉을 켜고 안을 들여다보고 있지만 우물은 텅 비었어요. 물이 완전히 말랐다고요."

그럴 리가 없어!

"팀장님은 이 우물에 시체라도 들어 있었다고 생각합니까?"

"그래, 시체가 들어 있어야 해. 에릭 보간의 시체."

"팀장님, 지금 무슨 말씀을 하시는 겁니까? 여기에 에릭 보간의 시체가 있다뇨?"

"나머지 우물도 살펴봐!"

"팀장님, 아무래도 머리가 어떻게 된 게 아닙니까? 저는 지금 곧장 파리로 돌아가겠습니다."

무력감에 빠진 알리스는 화가 나 발을 동동 굴러봤지만 소용없었다.

세이무르가 잘못 본 거야. 분명 우물 안에 시체가 있어야 해.

그때 전화기 저편에서 거칠게 숨을 몰아쉬는 소리가 들려왔다.

"세이무르, 무슨 일이야?"

침묵.

알리스는 가브리엘과 불안한 눈빛을 교환했다.

"세이무르, 무슨 일이냐니까?"

알리스가 전화기에 대고 악을 써댔다.

제법 긴 침묵이 이어지다가 문을 여는 듯 삐걱거리는 소리가 들려왔다.

"팀장님 말씀대로 이곳에 시체가 한 구 있긴 하네요."

알리스는 그제야 안심하며 두 눈을 지그시 감았다.

"한데 우물 안이 아니라 다른 곳에 있습니다."

"우물 안이 아니라고?"

"낡은 적재기 운전석 안에 시체가 한 구 있습니다."

얼굴이 창백해진 알리스가 다급하게 물었다.

"에릭 보간의 시체야?"

"젊은 여자 시체입니다. 손발이 묶여 있고, 입에 재갈이 물려 있습니다. 젠장! 여자는 스타킹으로 목이 졸려 사망한 것 같습니다."

알리스는 냉정을 유지하려고 애썼지만 머리가 아득해져 왔다.

"시체의 부패 정도는?"

"어두운 데다 비까지 내리고 있어 정확하게 식별하기는 어렵지만 아무리 길어봐야 고작 며칠 지나지 않은 것으로 보입니다."

"며칠 정도밖에 안 됐단 말이야?"

"그렇다니까요."

가브리엘이 곤혹스러운 표정을 지으며 끼어들었다.

"당신들이 프랑스어로 통화하고 있어 도무지 못 알아듣겠으니 영어로 설명 좀 해봐요. 답답해 미칠 것 같아요."

알리스는 영어로 상황을 대략 설명해주었다.

"스타킹이 무슨 색깔인지 물어봐요. 엘리자베트 하디는 살해되던 날 핑크색 스타킹을 신고 있었습니다."

"세이무르, 스타킹이 무슨 색인지 확인해봐."

"빨간색 같기도 하고, 아니 핑크색에 가깝습니다. 저는 어서 지역 경찰에 지원을 요청해 사체를 수습해야겠습니다. 이만 전화 끊습니다."

세이무르가 전화를 끊었다.

알리스와 가브리엘은 망연자실한 눈으로 서로를 바라보았다. 악몽은 여전히 현재진행형이었다.

20. 집에서

사람들은 온갖 색상들이 별별 떨고 있는 허약한 정원에서 빛을 찾으려고 한다.

_장 타르디외

하늘에서는 파르스름한 달이 구름을 벗 삼아 떠 있었다. 날씨는 마치 극지방에 온 것처럼 추웠다. 차의 히터가 제대로 작동하지 않아 실내 온도가 매우 낮았다. 알리스는 시린 두 손을 스웨터 소매로 감싸고는 실내등을 켜고 무릎 위에 지도를 펼쳐놓았다.

가브리엘은 두 손으로 핸들을 꽉 잡고 운전 중이었다. 세이무르와 통화한 직후 그들은 세 시간 동안 계속 위쪽으로 높아지기만 하는 도로를 달리고 있었다. 화이트마운틴의 좁은 산길로 들어서고 나서 수 킬로미터를 달리는 동안 차를 단 한 대도 만나지 못했다.

이제 숲은 시커먼 한 덩어리로 보였고, 장엄하고도 위협적인 느낌을 주었다. 가을 단풍의 다채로운 색상들은 모두 사라지고, 어느덧 끝을 알 수 없는 어두운 심연만이 그 자리를 대신하고 있었다. 그들은 굽이진 산길을 올라가면서 가끔 검은 심연 속에 잠긴 골짜기에 눈길을 주었다. 짙은 어둠 속에서 아래로 떨어지는 폭포수의 자취가 어슴푸레하게 보였다. 마치 깎아지른 절벽에 은빛 층계참을 만들어놓은 듯했다.

알리스는 그동안 에릭 보간의 시체가 설탕공장에서 부패해가고 있다고 믿어왔기에 세이무르가 전한 소식은 굉장히 충격적이었다. 에릭 보간은 죽지 않았고, 여전히 끔찍한 살인 행각을 멈추지 않고 있었다. 얼마 전, 미국의 뉴잉글랜드에서 간호사를 무참하게 살해한 에릭 보간은 불과 며칠 후 프랑스로 돌아가 또다시 한 여자를 죽이고, 그 시체를 설탕공장에 유기했다.

아버지가 에릭 보간의 시체를 우물 속에 던져 넣었다고 한 바로 그 설탕공장에서 또 다른 희생자의 시신이 발견되었다는 게 과연 우연일까?

아무튼 에릭 보간은 단독범이 아닌 게 분명했다. 아무리 두뇌가 뛰어난 자라고 하더라도 여러 나라를 제집 드나들듯 들락거리며 살인 행각을 벌인다는 건 불가능했다. 어느 모로 보나 어마어마한 비용과 치밀한 사전 계획이 필요한데, 에릭 보간 혼자 복잡한 퍼즐을 꿰어 맞춰간다는 건 도저히 믿기 힘든 일이었다.

에릭 보간이 가브리엘과 나를 납치해 뉴욕에서 깨어나게 했을까? 만약 죽일 생각이었다면 손쉽게 해치울 수도 있었을 텐데 왜 굳이 살려서 뉴욕의 센트럴파크에서 깨어나게 했을까? 언젠가는 분명 자기에게 큰 위협이 될 텐데 과연 그렇게 한 목적이 무엇일까?

알리스는 점점 더 머리가 복잡해지기만 할 뿐 속 시원한 결론을 내리지 못했다.

아버지는 왜 나에게 에릭 보간을 죽였다고 거짓말을 했을까?

15킬로미터쯤 더 달리자 숲을 관통하는 길이 나타났다.

"바로 이 지점이에요."

알리스가 지도를 보며 소리쳤다.

커브를 튼 차는 전나무들이 늘어선 숲길로 접어들었다. 백여 미터쯤 전진하자 길이 좁아졌고, 가브리엘은 차의 속도를 줄여 나무들이 마치 터널처럼 둘러싼 길로 들어섰다. 침엽수의 뾰족한 잎사귀들이 차체를 긁어댔고, 나뭇가지들이 차창을 때렸다. 마치 울퉁불퉁한 노면과 침엽수들이 야금야금 차를 삼켜버리는 듯했다. 그때 어디선가 갑자기 나타난 짐승이 차 앞을 가로막았다. 가브리엘이 충돌을 피하기 위해 급히 브레이크 페달을 밟으며 핸들을 틀었다. 쉘비가 전나무에 부딪치며 사이드미러가 튕겨져나가고, 뒷좌석 오른쪽 유리가 깨졌다.

저게 바로 무스라는 놈인가?

알리스는 부채 모양 뿔을 가진 동물이 슬금슬금 눈치를 살피며 달아나는 것을 보았다.

"다친 데는 없어요?"

가브리엘이 물었다.

"괜찮아요. 당신은 어때요?"

"나도 괜찮아요."

가브리엘이 다시 시동을 켰다.

5백 미터쯤 더 달리자 농가가 나왔다. 가브리엘은 차를 농가 근처에 주차시킨 다음 헤드라이트를 껐다. 어슴푸레한 달빛이 농가를 비추고 있었다. 나무판자를 이어붙여 지은 사각형 집으로 향나무 널을 얹은 뾰족한 지붕을 머리에 이고 있었다. 지붕에 뚫어놓은 두 개의 천창 어딘가에서 누군가 그들을 내다보고 있는 것 같았다. 대문은 활짝 열려 있었지만 불빛이 전혀 없었다.

"불이 다 꺼져 있는 걸 보니 사람이 아무도 없나봐요."

가브리엘이 말했다.

"어쩌면 사람이 없는 것처럼 보이게 하려고, 일부러 불을 다 꺼놓았는지도 모르죠."

알리스가 천 가방의 끈을 바짝 묶은 다음 가방을 가브리엘에게 내밀었다.

"잠시 가방을 가지고 있어요."

알리스가 사물함에 넣어둔 홀스터 총집을 꺼내며 말했다.

홀스터 총집에서 총을 빼낸 알리스는 안전장치를 풀고 손가락을 방아쇠 끝에 올려놓았다.

"설마 무작정 집 안으로 뛰어 들어갈 생각은 아니죠?"

"다른 방법이 없잖아요."

"그러다가 누군가 숨어서 총을 쏘면 어쩌려고요?"

"에릭 보간이 우리를 죽일 생각이었다면 진작 그렇게 했을 거예요."

그들은 차에서 내려 농가를 향해 걸어갔다. 입에서 나온 허연 입김이 은빛 소용돌이를 일으키다가 이내 어둠 속으로 흩어졌다. 두 사람은 페인트칠이 갈라진 우편함 앞에서 걸음을 멈추었다. 우편함에 집주인의 이름이 적혀 있었다.

'칼렙 던.'

"우리가 집을 제대로 찾아온 것 같군요."

가브리엘이 우편함을 열며 중얼거렸다.

우편함은 텅 비어 있었다.

현관문까지 걸어간 그들은 신문을 한 부 발견했다.

"오늘 자 《USA 투데이》군요."

가브리엘이 신문에 나온 날짜를 확인하며 말했다. 그는 신문을 낡은 흔들의자 위에 내려놓았다.

"신문을 집 안으로 들여가지 않은 걸 보면 칼렙 던이 아직 돌아오지 않았나봐요."

알리스가 신문을 힐끗 보며 말했다.

가브리엘이 현관문 손잡이를 돌려보았지만 잠겨 있었다.

"우리가 이 문을 부수지 않고 집 안으로 들어갈 수 있는 방법이 있을까요?"

알리스는 권총을 다시 총집에 꽂은 다음 문고리 앞에서 무릎을 꿇고 앉았다.

"가방을 이리 줘봐요."

알리스는 가방을 열고 크라프트지 봉투를 꺼냈다. 그린필드에서 찍은 흉부 엑스선사진 두 장이 들어 있는 봉투였다.

"그 사진은 뭐죠?"

가브리엘이 엑스선사진을 보며 물었다.

"이 엑스선사진에 대해서는 나중에 설명해줄게요."

알리스는 엑스선사진을 문틈 사이로 집어넣었다가 빼기를 여러 차례 반복했지만 소용이 없었다. 하지만 알리스는 포기하지 않고 엑스선사진을 끈질기게 문틈 사이에 집어넣고 아래위로 휘저으며 문을 흔들어

됐다. 결국 자물쇠 빗장이 벗겨지며 문이 열렸다.

알리스는 다시 총집에서 총을 꺼냈다. 그들은 경계의 눈초리를 빛내며 농가 안으로 들어갔다.

$\oint$

집 안이 아직 따뜻한 걸 보면 칼렙 던이 집을 비운 시간이 그리 오래되지 않았다는 뜻이었다.

가브리엘은 전등 스위치를 찾아 불을 켰다. 불빛에 드러난 실내의 모습은 극히 소박했다. 나뭇결이 드러난 판자를 붙여놓은 벽, 장작 난로 등이 눈길을 끌었다. 귀퉁이가 해진 소파를 중심으로 꾸며진 거실에는 석재 벽난로가 설치돼 있었다. 벽난로 위 벽에는 노루 머리 박제가 걸려 있었다. 벽난로 바로 위 받침대에는 네 종류의 무기가 진열되어 있었다.

"멧비둘기나 자고새를 잡을 때 사용하는 사냥총들이군요."

원목 탁자 위에는 보스턴 레드삭스 깃발과 HD 화면 게임기, 노트북과 소형 프린터가 놓여 있었다. 그들은 거실을 둘러보고 나서 부엌으로 갔다. 부엌에 있는 가재도구라고는 가스레인지와 낡은 구리 냄비가 전부였다.

2층으로 올라가보니 복도 양옆으로 세 개의 침실이 있었다. 다시 아래층으로 내려온 그들은 옷장과 서랍장 등을 열어보고, 선반을 뒤져본 다음 소파에 놓인 쿠션이며 체크무늬 담요들을 이리저리 돌리며 살펴보았다. 유리병에 든 소량의 대마초를 빼고는 딱히 주목할 만한 물건은 없었다.

이 집이 과연 연쇄살인마가 사는 거처가 맞을까?

"집에 사진 한 장 보이지 않는 게 이상하지 않아요?"

가브리엘이 먼저 소감을 말했다.

알리스는 노트북을 부팅시키고 있었다. 비밀번호를 입력하지 않고도 곧바로 프로그램에 접속할 수 있었지만 딱히 시선을 끄는 게 없었다. 사진 프로그램도 없었고, 인터넷 검색 기록은 모두 삭제되어 있었다. 메신저 프로그램이 깔려 있긴 했지만 회원 가입도 하지 않은 상태였다.

가브리엘도 포기하지 않고 집 안 구석구석을 뒤지고 있었다. 부엌의 벽장 속에서 비닐 방수포와 절연테이프를 발견했다. 그는 차의 깨진 유리창을 붙이기 위해 절연테이프를 한쪽으로 치워두었다. 숲으로 난 내리닫이창을 열자 바람이 세차게 불어닥치며 그때까지 열어두었던 출입문이 쾅 소리를 내며 닫혔다. 깜짝 놀라 고개를 든 알리스의 얼굴에서 순간적으로 핏기가 가셨다.

의자에서 벌떡 일어선 알리스는 현관문으로 다가가다가 그 자리에 우뚝 멈춰 섰다. 현관문에 세 개의 사진이 걸려 있었다. 알리스가 늘 지갑 속에 갈무리하고 다녔던 사진들이었다.

이를 드러내고 환하게 웃는 폴의 사진은 아말피 해안에 갔을 때 라벨로의 언덕 꼭대기에 있는 정원에서 찍은 사진이었다. 초음파 사진은 그녀가 임신 5개월째에 접어들었을 때 찍은 사진이었다.

알리스는 두 눈을 꼭 감았다. 초음파 사진을 보는 순간 한시도 잊지 못하는 기억들이 플래시 터지듯 이어졌다. 뱃속 아이의 희미한 얼굴 윤곽, 눈, 코, 앙증맞은 손, 손가락 등 모든 게 또렷하게 떠올랐다.

알리스는 감았던 눈을 뜨고 세 번째 사진을 응시했다. 삼색기가 들어

252

간 그녀의 경찰 신분증 사진이었다. 심장이 두방망이질해대는 소리가 아련한 기억 속에만 남아 있는 아기의 심장 뛰는 소리와 합해졌다. 문득 방이 빙빙 도는 느낌이 들었다. 후끈한 열기가 몸을 감싸는가 싶더니 이내 구토가 치밀었다.

알리스가 정신을 잃고 쓰러지는 순간 누군가 뒤에서 잡아주는 느낌을 받았다.

∫

갑자기 천둥번개가 요란하게 치며 유리창이 흔들렸다. 알리스는 곧 의식을 되찾았지만 유령처럼 안색이 창백했다.

"칼렙 던이 이 집에 다시 나타난다는 보장은 없어요. 우린 한시바삐 칼렙 던을 찾아내야만 해요."

그들은 거실 탁자 위에 지도를 펼쳤다.

"현재로선 칼렙 던과 에릭 보간이 동일 인물일 가능성을 배제할 수 없습니다. 설령 동일 인물이 아니라고 해도 두 사람이 서로를 돕는 관계인 것만은 분명합니다."

알리스도 정신을 집중하기 위해 두 눈을 질끈 감았다. 셔츠에 묻은 혈흔이 칼렙 던의 것이라는 게 밝혀졌다. 그렇다면 칼렙 던은 최근에 부상을 입은 게 분명했다. 부상을 입은 시간은 어젯밤이거나 오늘 이른 새벽일 것이다. 칼렙 던이 집을 비운 걸 보면 상처가 제법 깊을 수도 있었다.

그렇다면 칼렙 던은 지금 어디에 있을까?

은신처에 숨어 있거나 병원에 있을 확률이 컸다.

가브리엘이 마치 알리스의 생각을 읽기라도 하듯 입을 열었다.

"칼렙 던이 자기가 일하는 병원에서 치료를 받고 있을 수도 있겠네요."

"병원에 전화해서 확인해보면 알 수 있겠군요."

알리스가 컴퓨터 자판을 빠르게 두드리며 제안했다. 인터넷에 접속한 그녀는 세바고 코티지 병원의 연락처를 금세 찾아냈다.

병원 주소와 전화번호를 적은 알리스는 지도에서 위치를 확인했다.

"병원은 여기서부터 60킬로미터 거리에 있어요."

"산길을 내려가자면 적어도 두 시간이 넘게 걸린다는 게 문제입니다."

"일단 병원에 전화해 현재 칼렙 던이 있는지 물어보는 게 좋겠어요."

가브리엘이 고개를 저었다.

"전화를 받은 사람이 칼렙 던에게 귀띔을 해줄 경우 우린 낭패를 볼 수도 있어요."

"그렇다고 무작정 병원으로 갔다가는 칼렙 던과 길이 엇갈릴 수도 있잖아요."

"나에게 좋은 생각이 있으니까 그 휴대폰을 이리 줘봐요."

가브리엘은 병원 교환원이 연결되자 곧장 경비실로 연결해달라고 말했다.

"경비실입니다."

심드렁한 목소리가 전화를 받았다.

"저는 칼렙 던의 친구인데 바꿔주시겠습니까?"

"던은 지금 여기에 없습니다. 그 친구가 총을 맞아 병원에 입원했다더군요."

"세바고 코티지 병원에 입원한 게 맞습니까?"

"캐서린 쾰러 부원장이 그렇게 말했어요."

"혹시 누가 총을 쐈는지 아십니까?"

"그건 나도 모릅니다."

가브리엘은 경비원에게 고맙다고 인사하고 전화를 끊었다.

"자, 당장 병원으로 달려갑시다."

가브리엘이 급하다는 듯 서둘렀다.

"일 분만 기다려봐요."

알리스는 인터넷으로 메일을 확인했다. 교통 담당 책임자인 프랑크와 통화한 지 벌써 다섯 시간이 지나 있었다. 프랑크가 프랭클린 루즈벨트 주차장 CCTV에 잡힌 차의 동영상을 확인하고도 남을 시간이었다.

역시 프랑크가 보낸 메일이 들어와 있었다.

받는 사람 : 알리스 쉐페르

보낸 사람 : 프랑크 마레샬

제목 : CCTV 뱅시/FDR

당신이 요청한 CCTV 영상이야. 비디오 영상을 압축할 수 없어 메일로 보내자니 용량이 너무 커서 불가능했어. 어쩔 수 없이 동영상 화면을 캡처해서 보낼게.

프랑크

메일에 네 장의 캡처 사진이 첨부되어 있었다.

20시 12분 : 아우디가 주차장 안으로 들어서는 모습을 캡처한 두 장의 사진이었다. 사진 상태는 세이무르가 말했던 것보다는 좋았다. 앞 유리창을 통해 운전대를 잡고 있는 그녀의 얼굴을 또렷하게 알아볼 수 있었다.

0시 17분 : 나머지 두 장의 사진은 아우디가 주차장을 나서는 장면을 담고 있었다. 이번에는 동행이 있었고, 운전대를 잡은 사람은 알리스가 아니었다. 그녀는 쓰러지다시피 조수석에 앉아 있었다. 핸들을 잡고 있는 사람은 웬 남자였다. 첫 번째 사진에서는 남자의 얼굴이 또렷하게 보이지 않았는데, 두 번째 사진에서는 좀 더 확실하게 보였다.

알리스는 사진을 크게 확대하는 순간 마치 피가 얼어붙는 것 같았다. 아우디의 핸들을 잡고 있는 사람은 의심의 여지없이 세이무르였다.

21. 진주 빛깔 베일

늘 혼자 지내다가 넘어졌는데 일으켜줄 사람이 한 명도 없는 사람은 불행하다.
_전도서 4장 10절

쉘비는 어둠을 뚫고 달렸다. 비를 동반하고 있는 바람 때문에 차가 중심을 잃을 정도로 기우뚱거렸다. 거센 빗줄기가 차창을 두들기며 요란한 소리를 냈다. 현기증이 날 만큼 심하게 구불거리는 길인 데다 빗물 때문에 몹시 미끄러웠다.

알리스는 몇 번이나 세이무르에게 전화를 걸었지만 그때마다 번번이 음성메시지를 남기라는 소리만 흘러나왔다. 두 눈을 내리깐 알리스는 휴대폰의 희미한 불빛에 의지해 손에 쥔 사진을 거듭 들여다보았다. 사진으로 봤을 때 그녀가 술에 취해 기진맥진한 상태라는 건 분명하지만 의식을 잃은 것 같지는 않았다.

나는 어째서 어젯밤 일을 아무것도 기억하지 못할까?

알리스는 기억을 떠올리기 위해 거듭 애써보았지만 번번이 실패했다.

"빌어먹을! 연료등에 불이 들어왔어요. 병원까지 가기에는 연료가 부족할 것 같아요. 겨우 백 킬로미터를 가는데 기름을 20리터씩이나 써대는 차는 처음 봐요."

"지금부터 얼마나 더 달릴 수 있을까요?"

"길어야 50킬로미터 정도 더 갈 수 있을 겁니다."

알리스는 휴대폰 불빛으로 지도를 비췄다.

"가는 길에 주유소를 겸하는 잡화점이 있어요."

가브리엘은 주유소의 위치를 파악하기 위해 두 눈을 가느다랗게 뜨고 지도를 살폈다.

"어쨌거나 다른 방법이 없으니까 일단 가봅시다."

여전히 차를 삼켜버릴 것처럼 강한 빗줄기가 쏟아지고 있었다.

가브리엘이 전방을 주시하며 말했다.

"난 세이무르라는 사람이 진작부터 좀 수상하다고 생각했어요. 그자가 우리에게 넘긴 정보는 죄다 거짓일 확률이 높습니다."

가브리엘은 도로를 노려보며 셔츠 주머니에 넣어둔 담배를 꺼내 불을 붙였다.

"당신 아버지도 믿을 수 없긴 마찬가지입니다."

"아빠가 나에게 거짓말을 했다면 분명 이유가 있었을 거예요."

가브리엘이 담배를 몇 모금 빨자 차 안은 금세 연기로 가득 찼다.

"당신의 주변 사람들은 하나같이 당신을 위험에 빠뜨리고 있어요."

트럭 한 대가 헤드라이트를 환하게 밝히고 반대편에서 다가오고 있었다.

"그런데도 당신은 여전히 그런 사람들을 변호하는데 여념이 없군요."

가브리엘이 계속 투덜거렸다.

"세이무르와 아버지가 없었다면 나는 지금 이 자리에 앉아 있지 못했을 거예요. 나는 출산을 앞둔 아기와 사랑하는 남편을 같은 날에 잃었고, 배를 수없이 난자당해 죽기 일보 직전까지 갔었어요. 당신이라면 그렇게 끔찍한 일을 당하고도 아무 일 없었다는 듯이 살아갈 수 있을 거라고 생각해요?"

가브리엘은 변명하려 했지만 알리스가 틈을 주지 않고 몰아붙였다.

"남편과 아기는 내 삶을 지탱해주는 버팀목이었어요. 그들 없이 세상을 살아간다는 건 생각만으로도 너무나 끔찍한 고통이었죠."

가브리엘은 머쓱해진 표정으로 입을 굳게 다물었다.

알리스는 크게 한숨을 내쉬고는 창문 쪽으로 고개를 돌렸다. 여전히 굵은 빗줄기가 기관총처럼 유리창을 때리고 있었고, 그날의 암담한 기억이 그녀의 머릿속에 집중포화를 퍼부어댔다.

나는 기억한다……

2011년 12월~2013년 7월

내 절망에는 출구가 없다. 나는 결국 모든 걸 끝내리라 다짐한다.
집으로 돌아가면 곧장 총구를 입에 넣고 방아쇠를 당기리라.
나는 병원 침상에 누워 머릿속으로 그 장면만을 수없이 떠올려본다.
총구를 입 안에 집어넣었을 때의 서늘한 감촉을 상상해본다. 모든 걸
한 방에 끝내기 위해서는 총구가 위쪽을 향하게 해야 한다고 생각한다.
나는 잠을 이루지 못하는 가운데 끊임없이 방아쇠를 당기는 내 손가락
과 머리가 박살 난 채 쓰러져 있는 내 시신을 떠올린다.

ʃ

병원에 있을 때 수없이 떠올렸던 그 장면은 뜻하지 않은 장벽에 가로
막힌다.

"퇴원하면 당분간 우리와 함께 지내자."

병원으로 나를 데리러 온 아버지가 느닷없이 계획을 털어놓는다.

"'우리'라니요? 아버지 말고 누가 더 있죠?"

"너의 동료이자 낙천적인 동성애자인 세이무르가 우리와 함께 지내기로 했다."

아버지는 나에게 아무런 귀띔도 하지 않고 스콰르 몽수리 가에 큰 마당이 딸린 넓은 집을 빌려놓았다. 이전에는 화가의 작업실로 사용했던 아틀리에로 파리 14구에 자리 잡은 녹색의 장원이다. 아버지는 오랜 연인과 애정 전선에 이상기류가 생긴 세이무르를 설득해 집에 데려오는 데 성공한다. 파리오페라단 소속 무용수이자 안무가인 세이무르의 오랜 연인은 직업적인 이유로 파리를 떠나 미국으로 가게 되었고, 눈에서 멀어진 두 사람은 결국 마음마저도 멀어지게 된다.

우리는 2년 동안 함께 산다. 도저히 어울릴 것 같지 않은 조합이지만 우리는 예상과 달리 문제없이 살아간다. 아버지와 세이무르는 세상에 둘도 없는 친구 사이가 된다. 두 사람은 상대에게 매료된다.

세이무르는 아버지의 예리한 직감, 뛰어난 언변, 자신의 신념을 관철시키는 추진력에 감탄한다. 아버지는 형사로는 보기 드물게 풍부한 문화적 소양을 갖추고 있으면서도 어느 누구보다 민첩한 동작과 날랜 주먹을 자랑하고 밤새 위스키를 마시고도 끄떡없는 세이무르를 새로운 시각으로 바라보게 된다.

두 남자는 내가 수없이 그려본 장면을 실현할 기회를 주지 않는다. 아버지는 내가 병원에서 퇴원하자마자 이탈리아와 포르투갈 여행을 시켜준다. 봄이 시작될 무렵, 세이무르는 휴가를 내 나에게 로스앤젤레스와 샌프란시스코를 구경시켜준다. 두 남자의 눈물겨운 헌신으로 내 결심은 차츰 무뎌진다.

나는 다시 일을 시작한다. 경찰 수뇌부는 복직 후 6개월 동안 나를 현장에 나가지 못하게 한다. 세이무르가 강력계 팀장 역할을 대신하고, 나는 행정 업무를 담당한다. 일 년 동안 나는 외상 후 스트레스 치료를 전문으로 하는 신경정신과 의사를 만나 '근접 심리치료'에 몰두한다.

그러다보니 강력계에서 날이 갈수록 내 위치가 애매해진다. 에릭 보간에 대한 수사가 지지부진하자 마틸드는 나를 아무런 도움도 안 되는 눈엣가시로 여긴다. 그 무렵, 《파리 마치》는 무려 4쪽을 할애해 나의 실패담을 상세히 다룬다. 그 기사는 생명의 위험을 무릅쓰고 연쇄살인범의 처소에 단독으로 뛰어든 나를 파리 버전 클라리스 스털링(영화〈양들의 침묵〉에서 조디 포스터가 연기한 FBI 요원)으로 묘사한다. 급기야 내무부 장관은 비록 범인을 체포하지는 못했지만 나의 용기와 희생정신은 프랑스 경찰의 본보기가 될 만하다는 이유를 들어 훈장을 수여한다. 언론이 실패담을 각색해 만들어낸 영웅담과 내무부 장관 표창은 동료 형사들의 원성을 사긴 했지만 내가 일을 계속할 수 있는 방패막이가 되어준다.

세상에는 아무리 노력해도 극복할 수 없는 시련이 존재한다. 나는 시련을 다 극복하지는 못했지만 살아남는다. 과거의 상처가 여전히 나를 질식시키고 있었지만 나를 바닥으로 가라앉지 않도록 지켜주는 사람들 덕분에 죽지 않고 살아남는다.

폴과 아기가 죽고 나서 내가 다른 남자를 사랑한다는 건 더 이상 기대할 수 없는 일이 된다. 그 대신 막연하긴 해도 아직 삶이 나에게 원하는 게 남아 있을지도 모른다는 느낌이 자주 든다. 내 마음 깊은 곳에서 서서히 다시 살아야겠다는 생각이 움트기 시작한다. 나는 매일이다시피 햇살 가득한 숲을 산책하고, 한 시간 동안 강변을 달린다. 아버지와 자주 대화를 나누고, 전처럼 세이무르와 농담을 하며 키득거리기도 한다. 테라스에서 보르도산 레드와인 생쥘리앵을 마시며 봄을 알리는 새순을 감상하기도 한다. 주말에 대학 동창들을 만나 즐기기도 하고, 고서적상에서 발견한 영국 극작가이자 소설가인 윌리엄 콜린스의 소설을 읽기도 한다. 인상파 화가들의 그림 소재 같은 평범한 일상을 통해 나는 점점 현실감각을 회복해간다.

2012년 9월, 나는 다시금 강력계의 팀장으로 복귀한다. 나는 예전처럼 일에 대한 열정, 수사에 대한 집념을 불태운다. 내가 복귀하고 나서 일 년 동안 강력계는 눈에 띌 만큼 혁혁한 성과를 거두고, 그 중심에 항상 내가 있다.

인생의 수레바퀴는 점점 빨리 돌아간다. 2013년 여름이 시작될 무렵 나는 완벽하게 이전 모습을 되찾는다. 나는 넘치는 자신감과 강력한 리더십으로 강력계를 이끌고, 그러는 사이 팀원들의 파트너십도 한껏 고취된다.

그 무렵 나는 다시 한번 아직 삶이 나에게 바라는 게 남아 있을지도 모른다는 느낌을 강하게 받는다. 그 당시만 해도 나는 또 다른 시련이 내 삶을 옥죄리라고는 꿈에도 생각하지 못한다.

22. 에릭 보간

오라 밤이여, 울려라 시간을 알리는 종이여.
_기욤 아폴리네르

절연테이프가 강력한 비바람의 공격을 받아 떨어지면서 쉘비의 뒤편 오른쪽 차창에 커다란 구멍이 뚫렸다. 비바람이 기세등등하게 들이치며 차에 물이 흥건했다.

"이제 거의 다 왔어요!"

알리스가 요란한 비바람 소리를 뚫고 소리쳤다. 알리스의 무릎에 올려놓은 지도가 빗물에 젖어 흐물흐물 찢어져 가고 있었다.

가브리엘은 차의 속도를 줄여 조심스럽게 교차로를 통과했다. 폭우 탓인 듯 신호등이 아예 꺼져 있었다. 교차로를 지난 직후 제너럴 스토어라는 간판을 발견한 두 사람은 비로소 안도했다.

가브리엘은 주유기 앞에 차를 멈춰 세운 다음 여러 차례 클랙슨을 눌러댔다. 나이가 지긋한 직원이 달려 나와 차창 쪽으로 몸을 굽혔다.

"차에 기름을 가득 채워요."

"뒷좌석 창도 손을 보아야겠군요."

"창을 고칠 수 있을까요? 유리를 갈아 끼울 수 없다면 임시방편으로 천 조각을 대고 테이프로 붙여도 괜찮을 것 같은데요."

"제가 어떤 방법이 좋을지 생각해보겠습니다. 그동안 상점 안으로 들어가 잠시 몸을 녹이고 계십시오."

그들은 차에서 내려 상점 안으로 들어갔다. 상점은 공간을 둘로 나누어 사용하고 있는 곳이었다. 마룻바닥이 삐걱거리는 오른쪽 공간은 잼, 메이플시럽, 꿀, 브라우니, 우피파이, 단호박 치즈케이크, 캐러멜 바등 지역에서 생산된 농산품으로 만든 식품들을 취급하는 곳이었다. 왼쪽 공간은 간이식당으로 오믈렛, 베이컨을 곁들인 계란 요리, 하이라이스 등을 수제 맥주와 함께 팔고 있었다.

손님들이 맥주잔을 앞에 놓고 앉아 이야기에 열중하고 있었다. 식당의 벽면 곳곳에는 록 콘서트를 알리는 1950년대 포스터들이 붙어 있었다. 식당 분위기가 워낙 복고적이라서인지 척 노리스, 빌 헤일리 앤 더 코밋츠, 버디 홀리 같은 1950년대 뮤지션들이 이번 주말에 공연을 열 것 같은 착각을 불러일으켰다.

알리스와 가브리엘은 구석에 놓인 등받이 없는 가죽 의자에 앉았다.

"어머나, 가엾어라. 옷이 흠뻑 젖었네요. 감기에 걸리지 않게 조심해야겠어요."

가게 주인이 그들이 앉은 자리로 걸어오더니 말했다.

"차 유리가 깨지는 바람에 비를 쫄딱 맞았습니다."

가브리엘이 걱정해줘서 고맙다는 뜻으로 웃으며 말을 받았다.

"무얼 드시겠습니까?"

가게 주인이 비닐로 코팅한 메뉴판 두 개를 내밀며 물었다.

딱히 배가 고프지는 않았지만 아무것도 먹지 않고 자리를 차지하고 앉아 있는 것도 부담스러웠다. 가브리엘은 토스트 빵으로 만든 샌드위치, 알리스는 조개 수프를 주문했다.

가게 주인이 커다란 컵에 물을 따라주고는 냅킨이 들어 있는 금속 케이스를 그들 앞으로 밀어주었다.

그들은 음식이 나오기를 기다리며 휴지를 뭉쳐 얼굴과 목을 타고 흐르는 물기를 닦았다.

"그럼 맛있게 드세요! 위스키는 제가 드리는 선물입니다. 위스키를 한 잔씩 마시면 몸이 따뜻해질 겁니다."

가게 주인이 샌드위치와 조개 수프에 이어 위스키를 내려놓으며 말했다.

"잘 마시겠습니다."

가브리엘이 반색을 하며 위스키를 한 모금 마셨다. 그가 샌드위치를 한 입 크게 베어 물며 알리스의 눈을 응시했다.

"여기서 15킬로미터만 더 가면 병원입니다. 도착하기 전에 잠깐 이야기 좀 나눌까요?"

"무슨 이야긴지 스스럼없이 해보세요."

"에릭 보간이 당신을 큰 고통 속으로 몰아넣었다는 걸 잘 압니다. 다만 우리는 한 가지 명심해야 할 게 있습니다. 당신이나 나는 경찰이고, 사적인 복수를 위해 에릭 보간을 추격하고 있는 게 아니라는 점을 분명히 해두고 싶습니다. 만약 병원에서 에릭 보간을 체포하게 된다면 우리는 즉시 그놈을 FBI 보스턴 지부로 호송해야 합니다. 이를테면 사사로운 감정을 앞세워 그놈을 총으로 쏴 죽이면 안 된다는 뜻입니다. 어디까지나 우리는 법의 테두리 안에서 그놈을 다스려야 하니까요."

알리스는 위스키로 목을 축였다. 발효 보리를 증류해 만든 라이 위스키에서 살구와 자두 향이 배어 나왔다.

"우리가 지금은 같은 배를 타고 있는 건 분명하지만 각자 이루고자 하는 목적은 다르지 않나요?"

"내가 우려하는 점이 바로 그 부분입니다. 아무튼 여기는 미국 땅이고, FBI에 수사의 우선권이 부여된다는 점을 알려드리고 싶군요. 나는 내 책임을 다해야만 합니다. 권총을 나에게 맡기세요. 권총을 주지 않는다면 나는 이 자리에서 단 한 발짝도 움직이지 않겠습니다."

"권총은 처음부터 내 주머니에 들어 있었어요. 당신에게 권총을 맡길 의무는 없지 않나요?"

"괜한 고집을 부려봐야 소용없습니다."

알리스는 잠깐 망설이다가 할 수 없다는 듯 글록 권총을 홀스터 총집에서 꺼내 가브리엘에게 건넸다.

"잘 선택했습니다. 당신도 권총을 휴대하고 있지 않는 게 홀가분할 겁니다."

가브리엘이 권총을 허리춤에 차며 말했다.

알리스는 어깨를 으쓱하고는 위스키 잔을 마저 비웠다. 술을 마실 때 처음 몇 잔은 언제나 더할 나위 없이 기분 좋은 느낌을 안겨주었다. 아드레날린이 솟고 감각이 놀라울 정도로 예민해졌다. 몸이 나른해지면서 아찔하고 감미로운 느낌이 들기도 했다.

알리스의 두 눈이 문득 가브리엘의 위스키 잔에서 멈췄다. 그녀의 시선은 최면이라도 걸린 듯한 자리에 고정된 채 꼼짝하지 않았다. 알리스의 시선은 잔에 담긴 불그레한 액체 속에서 흩어졌다. 그제야 알리스는 자신이 주시하고 있던 게 위스키가 아니라 술잔을 감싸 쥐고 있는 가브리엘의 손이었다는 걸 깨달았다. 그중에서도 규칙적으로 술잔을 톡톡 두드리고 있는 한 개의 손가락이었다. 마치 돋보기를 통해 사물을 볼 때처럼 그 손가락이 아주 또렷하게 시야에 들어왔다.

알리스는 가브리엘의 손가락에 잡힌 주름, 그가 잔을 만지작거릴 때마다 거의 알아보기 힘들 정도로 자그마하게 남는 오른손 검지의 십자가 형태 상처 자국을 놓치지 않고 확인했다. 가령 오피넬 칼을 난생처음 소유하게 된 아이가 조심성 없이 칼을 접다가 생긴 상처를 봉합한 자국은 평생 지워지지 않고 남아 있는 경우가 많았다.

그때 정비업자가 그들이 앉은 테이블로 다가와 텁수룩한 머리를 들이밀었다.

"제가 나름 머리를 굴려 유리창을 손봤는데 마음에 드시는지 한번 봐주시죠."

가브리엘이 자리에서 일어났다.

"내가 가서 확인해볼 테니까 당신은 잠시 여기에 앉아 있어요."

멀어져 가는 가브리엘의 뒷모습을 바라보는 동안 심장이 제멋대로 두방망이질 치기 시작했다.

"위스키를 한 잔 더 줄까요?"

알리스는 가게 주인이 따라준 위스키를 단숨에 비웠다. 알코올이 복잡한 머리를 명쾌하게 정리해줄 거라 믿고 싶었다. 아니, 적어도 용기를 부여해줄 수 있기를 바랐다.

알리스는 천 가방을 열고, 지문 확인 도구를 꺼냈다. 종이 냅킨을 이용해 가브리엘이 마시던 술잔을 가져와 주사기 때와 똑같은 작업을 했다. 자석 붓을 이용해 검은 가루를 입혀 검지의 지문이 드러나게 한 다음 스카치테이프로 지문을 뜨고, 컵 받침에 여전히 붙어 있는 주사기 지문 옆에 나란히 붙였다.

알리스의 작업은 기계처럼 정확하게 이루어졌다. 컵 받침을 가까이 가져와 두 개의 지문을 비교하려 할 때였다. 상점 출입문에 달린 차임벨 소리가 경쾌하게 울려 퍼졌다. 알리스의 눈에 이쪽을 향해 걸어오고 있는 가브리엘의 모습이 보였다.

"이제 출발해도 될 것 같아요."

가브리엘이 가까이 다가오며 큰 소리로 외쳤다.

알리스의 등줄기에서 식은땀이 흘러내렸다.

"이제 완벽하게 빗물을 차단할 수 있게 되었습니다."

"당신이 먼저 차에 타고 엔진을 덥히고 있어요. 난 계산을 하고 나서 차로 갈 테니까."

알리스는 그가 순순히 말을 들어주기를 바라며 말했다.

"그럴 필요 없이 내가 당장 계산할게요."

주인이 우람한 팔로 가브리엘을 붙잡았다.

"위스키 한 잔 더 할래요? 내가 직접 증류해 만든 진인데 꿀맛과 노간주나무 열매 맛이 섞여 나죠. 한잔하고 나서 맛이 어떤지 감상을 들려 줘요."

"고맙습니다만 저는 차를 운전해야 하기 때문에 더 이상 술을 마실 수 없습니다."

알리스는 두 사람이 설왕설래하는 틈을 이용해 재빨리 지문 채취 도구를 가방에 쑤셔 넣었다. 그런 다음 10달러짜리 지폐 세 장을 꺼내 카운터에 내려놓았다.

"그럼 이제 출발할까요?"

알리스는 태연한 척 가장하며 가브리엘을 뒤따랐다. 밖에는 여전히 장대 같은 비가 주룩주룩 내리고 있었다.

"내가 차를 가지고 올 테니까 차양 밑에서 기다려요."

가브리엘이 쉘비를 세워둔 곳까지 뛰어가는 동안 알리스는 주차장을 등지고 서서 컵 받침을 가방에서 꺼냈다. 제너럴 스토어 간판 불빛 아래에서 두 개의 지문을 비교해보았다. 그냥 육안으로 보기에도 동일한 지문이 분명했다. 일단 두 지문에서 공통적으로 아치 모양 융선 형태가 보였다. 십자가 모양 작은 상처 자국 때문에 지문이 중간에서 끊긴 것까지 똑같았다.

가브리엘이 처음부터 거짓말을 했다는 걸 깨달았다. 컵 받침에서 눈을 뗀 알리스는 뒤쪽에서 차가 멈춰 서는 느낌을 받았다.

가브리엘이 차 문을 열어주었고, 알리스는 차 안으로 들어가 안전띠를 맸다.

"왜 그래요? 마치 얼빠진 사람 얼굴 같아요."

"몸을 오들오들 떨다가 위스키를 두 잔이나 마셨더니 취기가 올라서 그런가봐요."

알리스는 그렇게 둘러대고 나서 굵은 빗줄기가 사정없이 할퀴어대는 창밖으로 고개를 돌렸다.

가브리엘이 운전하는 쉘비는 어둠 속에서 묵묵히 달려가고 있었다. 차창에 머리를 기댄 알리스는 가브리엘과 에릭 보간이 동일 인물이라는 사실을 받아들일 수 있을 때까지 몇 초간의 고민이 더 필요했다.

4부

봉합이 풀어진 여자

23. 과감하게 행동에 나설 것인가, 죽을 것인가?

당신은 어떻게 해서 내가 미쳤다는 걸 알았죠? 앨리스가 물었다.
당신은 미친 사람이라고 믿어야 해요. 고양이가 대답했다.
만일 미치지 않았다면 당신은 이곳에 올 까닭이 없으니까요.

_루이스 캐럴

천둥이 쉴 새 없이 우르릉거렸다. 번개가 몰아치면서 전나무들이 늘어선 길이 강력한 섬광 아래에 잠깐 드러났다가 사라졌다. 세바고 코티지 병원은 작은 반도의 끝에 자리 잡고 있었다. 호수 한가운데에 침엽수들이 풍성하게 늘어선 반도까지의 거리는 불과 15킬로미터 정도 남아 있었다.

가브리엘은 운전에 신경을 집중하면서 과속으로 질주했다. 바람에 꺾여 떨어진 나뭇가지들과 쓰레기들이 즐비한 도로에서의 과속 주행은 위험했다. 거세게 포효하는 바람 앞에서 나무들이 부러질 듯 휘어졌다. 그럴 때면 자동차도 심하게 흔들렸다.

앨리스는 두려움에 떨지 않기 위해 이를 악물었다. 일단 시간을 벌어야 했다. 가브리엘이 자신의 정체가 드러난 걸 알아차리지 못한 이상 당분간 잠자코 앉아 기다릴 필요가 있었다. 인적이 없는 도로상에서 무기도 없이 섣불리 행동에 나서는 건 위험했다. 사람들의 왕래가 빈번한 병원에 도착하면 기회를 포착할 수 있을 듯했다. 병원에는 CCTV도 설치돼 있고, 지켜보는 눈도 많아 아무리 에릭 보간이라 해도 도주하기 쉽지 않으리라.

에릭 보간에 대한 증오심이 두려움을 누르고 있었다.

사랑하는 폴과 아기를 죽인 살인마 옆에 앉아 있다는 게 견딜 수 없이 괴로웠다. 불과 몇 센티미터밖에 떨어져 있지 않은 곳에 한시도 잊지 못한 악마가 버티고 있었다.

살인마에게 깊은 속마음을 털어놓다니? 살인마의 거짓말에 마음이 찡해지다니? 아무것도 모르고 살인마의 술책에 놀아나다니?

알리스는 깊게 숨을 들이마셨다. 여전히 의문으로 남아 있는 문제들이 있었다.

에릭 보간은 어떤 계획을 숨기고 있는 걸까? 왜 그는 완전 무방비 상태인 나를 죽이지 않았을까?

§

거센 빗줄기를 뚫고 거침없이 달려가던 쉘비가 갑자기 멈춰 섰다. 도로변에 인접해 서 있던 거대한 백송 위로 벼락이 떨어진 듯했다. 불길이 타오르지는 않았지만 두 동강 난 나무에서 연기가 피어오르고 있었다.

부러진 백송에서 떨어져 나온 나무토막과 가지들이 도로에 흩어져 있어 통행이 불가능해 보였다.

"빌어먹을!"

가브리엘이 기어를 바꾸고 속도를 올렸지만 굵은 나무토막이 길을 막고 있어 계속 헛바퀴만 돌았다.

"내가 밖으로 나가 나무토막을 치워야겠어요."

가브리엘이 사이드브레이크를 올리며 말했다.

마음만 먹으면 가브리엘이 나무토막을 치우는 즉시 운전석으로 옮겨 앉아 재빨리 도망칠 수도 있는 상황이었지만 알리스는 놈의 손아귀에서 빠져나가는 게 목적이 아니었다. 아무리 두렵고 힘든 상황이라도 반드시 놈의 말로를 보고 싶었다. 결국 목적을 달성하기 위해서는 끝까지 가보는 수밖에 없었다.

알리스는 휴대폰을 힐끗 쳐다보았다. 안테나 막대기가 두 개밖에 안 되는 걸 보니 시그널은 약하지만 통화가 불가능하지는 않을 듯했다.

911에 신고할까?

상황을 설명하자면 시간이 너무 오래 걸려서 곤란해.

아버지? 세이무르?

지금은 그 두 사람마저도 믿을 수 없어.

카스텔리? 사비뇽?

그 두 사람의 전화번호를 기억해내려고 했지만 생각나지 않았다. 휴대폰에 저장된 단축번호를 누르는 데에만 익숙해진 탓이었다.

알리스는 정신을 집중하기 위해 두 눈을 감았다. 머릿속에서 기억난 유일한 번호는 팀의 막내 올리비에 크뤼시의 전화번호였다. 알리스는 밖에서 보이지 않게 좌석 높이로 휴대폰을 들고 급히 전화번호를 눌렀다.

가브리엘이 차를 향해 눈길을 주었지만 상황을 눈치채지 못한 듯했다. 알리스는 휴대폰의 스피커 모드를 작동시켰다. 첫 번째 신호음이 울리더니 곧 음성메시지로 넘어갔다.

전화를 끊으려던 알리스의 머릿속에서 한 가지 괜찮은 아이디어가 떠올랐다. 알리스는 발밑에 던져둔 천 가방을 뒤져 보우어리의 카페에서 집어 온 칼을 찾아냈다. 칼날은 그리 예리하지 않았지만 칼끝은 그런대로 날카로웠다.

가브리엘이 곧 자동차로 돌아왔다. 알리스는 오른쪽 소매에 칼을 숨겼다.

"자, 길을 치웠으니 다시 출발합시다!"

§

세바고 코티지 병원
안전지대
속도를 줄이시오

속도를 줄이라는 경고판 뒤로 백색광을 밝히고 있는 병원의 경비실이 보였다. 칠흑 같은 어둠 속으로 흘러나오는 희뿌연 형광등 불빛이 마치 뉴잉글랜드의 월귤 밭에 내려앉은 우주선의 자취처럼 신비하게 보였다.

가브리엘이 차단기 앞에 멈춰 서며 차창을 내렸다.

"아무도 없어요?"

가브리엘이 큰 소리로 외쳤지만 경비실 안에서는 아무런 반응이 없었다. 결국 차에서 내린 그가 경비실로 다가갔다. 문틈 사이로 고개를 들이밀고 안을 살피던 가브리엘이 아예 경비실 안으로 들어갔지만 경비원이 자리를 비운 듯했다.

가브리엘은 CCTV 화면으로 도배된 경비실 벽면을 쳐다보다가 여러 개의 버튼과 스위치들을 주의 깊게 살폈다. 그가 겨우 차단기 작동 버튼을 찾아 누르고 나서 다시 차로 돌아왔다.

"경비가 없는 걸 보면 병원 안에서 무슨 일이 일어난 게 분명해요."

가브리엘이 차의 시동을 걸며 또다시 담배에 불을 붙였다. 쉘비는 가장자리에 전나무들이 빼곡하게 늘어선 길을 따라 달리다가 마침내 자갈이 깔린 병원 주차장으로 들어섰다.

호숫가에 세워진 병원 건물은 매우 독창적이고 웅장했다. 억수처럼 쏟아지는 빗속에서 환하게 불을 밝히고 있는 고딕식 창문들과 하늘을 뒤덮고 있는 먹구름 장막이 뚜렷한 대비를 이루고 있었다. 갈색 벽돌로 지은 본관 건물은 과거의 흔적을 고스란히 간직하고 있었고, 그 주변에 푸르스름한 빛깔을 머금고 있는 신관 건물이 새롭게 들어서 있었다. 마치 깨진 조각품처럼 보이는 기하학적 형태의 지붕을 머리에 이고 있는 두 개의 거대한 타워가 검은 구름을 뚫고 낮게 내려앉은 하늘과 맞닿아 있었다. 유리로 만든 구름다리가 아슬아슬한 모습으로 세 개의 건물을 연결하고 있는 모습은 마치 과거와 현대의 만남을 의미하는 듯했다. 본관 건물 입구의 알루미늄 돛대에 부착된 전광판에서는 실시간으로 각종 정보를 알려주고 있었다.

안녕하십니까, 오늘은 2013년 10월 15일 화요일입니다.

지금 시각은 23시 57분입니다.

병실 방문 가능 시간 : 10시~18시

방문객 주차장 : P1~P2

직원 주차장 : P3

가브리엘은 차를 세울 곳을 찾느라 차의 속도를 늦추었다. 알리스는 소매에 숨겨둔 칼을 손에 쥐었다.

지금 아니면 기회가 없을지도 몰라.

알리스는 심장이 쿵쿵 뛰는 소리를 느꼈다. 갑자기 치솟은 아드레날린이 온몸을 전율하게 했다. 머릿속에서는 서로 상반되는 생각이 충돌을 일으켰다.

에릭 보간을 체포하는 것만으로는 만족할 수 없어. 난 반드시 놈을 죽여야 해.

알리스는 세상에서 연쇄살인마들을 일소하는 유일한 해결책은 죽음으로 단죄하는 것뿐이라고 생각했다. 폴과 아기의 죽음에 대한 복수도 살인마의 숨통을 끊는 순간 완성된다고 믿었다. 식도에서 무언가가 울컥 치밀었고, 뜨거운 눈물이 뺨을 타고 흘러내렸다.

지금 아니면 기회는 없어.

알리스는 칼을 가브리엘의 대흉근에 단단히 꽂아 넣기 위해 온 힘을 그러모았다. 예리한 칼끝이 가브리엘의 대흉근을 파고드는 순간 근육이 찢어지는 게 느껴졌다. 가브리엘이 짐승처럼 울부짖으며 핸들을 잡고 있던 손을 놓았다. 자갈길에서 벗어난 차가 지그재그로 달려가다가

벽을 들이받으며 멈춰 섰다. 가브리엘이 차를 세울 곳을 찾기 위해 속도를 늦춘 탓에 충격은 그리 크지 않았다.

알리스는 혼란스런 순간을 틈타 가브리엘이 허리춤에 꽂아두고 있던 글록 권총을 손에 넣는 데 성공했다.

"움직이지 마!"

알리스가 가브리엘을 향해 총을 들이대며 소리쳤다.

자동차에서 내린 알리스는 권총의 안전장치를 풀고 양손으로 총신을 움켜쥐었다. 여차하는 순간 총을 그대로 발사할 생각이었다.

"차에서 내려!"

가브리엘은 몸을 움찔하더니 차 안에 그대로 앉아 있었다.

"당장 손을 들고 차에서 내려!"

알리스가 거듭 소리쳤다.

가브리엘이 차 밖으로 나오며 한 손으로 어깨에 그대로 박혀 있는 칼을 잡아 **빼냈다**. 그의 스웨터가 흥건하게 흘러나오는 피로 물들어가고 있었다.

"에릭 보간, 이제 다 끝났어."

가브리엘의 눈이 어둠 속에서도 밝게 빛났다.

아직 에릭 보간의 숨통을 끊어버릴 수는 없었다. 그가 어떤 계획을 숨기고 있었는지 모든 해답을 듣고 나서 죽여도 늦지 않았다.

그때 마침 알리스의 재킷 주머니 안에서 휴대폰이 부르르 떠는 게 느껴졌다. 알리스는 살인마를 겨누고 있는 자세를 그대로 유지하고 휴대폰을 꺼냈다. 휴대폰 화면에 올리비에 크뤼시의 전화번호가 떠 있었다.

"올리비에, 알리스 팀장이야."

"팀장님이 이렇게 늦은 밤에 웬일이십니까?"

올리비에가 잠이 덜 깬 목소리로 물었다.

"올리비에, 지금 세이무르가 어디 있는지 알고 있지?"

"저야 당연히 모르죠. 일주일 전부터 브르타뉴 처가에 와서 휴가를 보내고 있으니까요."

"올리비에, 지금 무슨 소리를 하는 거야? 우린 어제도 36번지에서 만났잖아."

"우리가 어제 만났다고요? 팀장님도 방금 하신 말이 얼마나 불합리한지 잘 아시죠?"

"내 말이 불합리하다니, 무슨 뜻이야?"

"팀장님, 제발 정신 좀 차리세요."

"당신이야말로 정신 차려!"

알리스가 버럭 소리를 질렀다.

얼마간 침묵이 흐르고 나서 올리비에의 슬픈 목소리가 들려왔다.

"팀장님은 3개월 전부터 병가 중이시잖아요. 지난 3개월 동안 팀장님은 강력계에 한 번도 발을 들여놓은 적이 없는데 어떻게 저를 만났다는 거죠?"

그 말을 듣는 순간 알리스는 온몸의 피가 거꾸로 역류하는 것 같은 전율을 느꼈다.

알리스는 빗물에 젖은 바닥에 휴대폰을 던져버렸다.

올리비에가 미친 건가?

그때 알리스의 눈에 병원 본관 건물의 전광판이 들어왔다.

안녕하십니까? 오늘은 2013년 10월 15일 화요일입니다.

지금 시각은 23시 59분입니다.

알리스는 뭔가 잘못 본 거라고 생각하며 다시 한번 전광판에 나와 있는 날짜 정보를 읽었다.

오늘은 분명 10월 8일 화요일인데 15일이라니?

알리스는 몹시 충격을 받은 표정으로 뺨을 타고 흘러내리는 빗물을 닦았다. 양쪽 귀에서 윙 하는 소리가 났다. 그녀의 머릿속에서 경고의 의미라도 되듯 빨간 불길이 치솟아 올랐다. 다음 순간 일련의 즉석 사진들이 뇌리에서 이어졌다.

가장 먼저 아침에 차이나타운에서 만난 전당포 청년이 떠올랐다. 청년이 손목시계의 태엽을 감는 모습이었다. 그가 숫자 8을 15로 바꾸며 '날짜와 시간을 바로잡는 중'이라고 말한 게 떠올랐다.

다음으로는 칼렙 던의 집 앞에서 힐끗 본 《USA 투데이》가 떠올랐다. 그 신문에도 역시 10월 15일이라고 찍혀 있었다. 프랑크 마레샬이 보낸 메일도 10월 15일에 도착한 것으로 되어 있었다.

어째서 날짜가 바뀐 걸 보고도 아무런 의혹을 품지 않았을까? 도대체 어떻게 해서 이런 일이 있을 수 있을까?

그제야 알리스는 깨달았다. 기억장치에 생긴 구멍은 단지 오늘 하루에 국한된 게 아니었다. 적어도 일주일은 혼돈스런 기억과 함께했다.

알리스의 얼굴에서 흘러내린 눈물이 빗물과 뒤엉켰다. 그녀는 여전히 에릭 보간을 향해 총구를 겨누고 있는 중이었지만 흐느낌이 일며 몸이 심하게 떨려왔다. 잠시 휘청했던 알리스는 몸의 중심을 잡기 위해 안간힘을 썼다.

무지갯빛을 반사하는 진주 빛깔 장막이 다시금 머릿속에 등장했다. 알리스는 장막의 끝자락을 붙잡기 위해 팔을 길게 뻗었다. 그러자 베일이 벗겨지면서 온갖 기억들이 표면으로 흘러나왔다. 너덜너덜 조각난 기억의 편린들이 서서히 하나로 합쳐졌다.

번쩍이는 섬광이 어둠을 갈랐다. 번개가 치는 순간 알리스는 무의식적으로 고개를 돌렸다. 한순간의 부주의가 그녀에게는 치명적인 위험을 초래했다. 가브리엘이 그녀를 덮치며 쉘비의 보닛 위로 거칠게 밀어붙였다.

알리스는 순간적으로 방아쇠를 당겼지만 총알은 여지없이 빗나갔다. 가브리엘은 왼팔 하나만으로 알리스를 꼼짝 못 하게 제압했다. 다시 섬광이 어둠을 사르며 주변을 환하게 밝혔다.

알리스는 두 눈을 치켜떴다. 가브리엘의 손에 주사기가 들려 있었다. 주사기가 몸으로 삽입되는 순간 시야가 흐려지며 입 안에서 쇠를 씹는 것 같은 맛이 느껴졌다. 알리스는 주삿바늘이 서서히 목 부위에 삽입되는 광경을 지켜보고 있었지만 저항할 힘이 남아 있지 않았다.

가브리엘이 주사기의 피스톤을 끝까지 밀어 넣었다. 통증이 온몸을 파고들며 돌연 자물쇠로 굳게 채워져 있던 기억의 빗장이 풀렸다. 다시 백색 섬광 때문에 눈이 부셨고, 그 순간 얼핏 본 사실이 그녀를 두려움으로 몰아넣었다.

알리스는 곧 정신을 잃었다.

나는 기억한다……

3개월 전
2013년 7월 12일

파리는 테러 분위기로 흉흉하다. 일주일 전, 사람들이 퇴근하는 시간에 자살폭탄테러가 파리 시내를 피로 물들인다. 폭탄을 허리에 두른 테러범이 생라자르 가에서 버스를 탔고, 결과는 참담했다. 피해자들은 모두 합해 열아홉 명이나 된다. 사망 여덟 명에 부상 열한 명…….

같은 날, 가스병을 가득 넣은 배낭이 지하철 4호선 몽파르나스비앵브뉘역에서 발견된다. 다행히 희생자가 발생하기 전에 폭발물 제거반이 폭탄을 제거했지만 파리는 온통 공포 분위기에 휩싸인다.

'테러리즘의 귀환'이라는 타이틀이 언론을 도배하고, TV 뉴스는 매번 테러 소식을 가장 비중 있게 다룬다. 파리경찰청 강력계의 테러전담반은 연일 여론의 질타에 시달린다. 그들은 이슬람 원리주의자들이나 무정부주의 단체, 극좌파들을 중심으로 검문검색과 소환을 확대한다.

테러전담반의 일은 나와는 무관하다. 적어도 테러전담반의 부책임자 앙투안 드 푸코가 나에게 용의자 심문에 참석해달라고 요청하기 전까지는 그랬다. 그 용의자의 자백을 받아내기 위해 감치를 세 번이나 연장했고, 이제 마지막 연장 시간이 끝나가고 있다.

1970년대, 그러니까 이제 막 신참 형사로 경력을 쌓아가기 시작할 무렵 앙투안은 내 아버지와 다년간 함께 일한다. 그 후 두 사람은 서로 다른 분야에서 일하게 되었지만 앙투안은 아버지와의 인연을 잊지 않고 나를 키워준 선배이다.

"알리스, 자네가 나를 좀 도와줘야겠어."

"제가 뭘 도와드리면 될까요?"

"벌써 사흘째 용의자가 입을 꾹 다물고 아무것도 자백하지 않고 있어. 자네라면 용의자의 입을 열게 할 수 있을 거야."

"제가 여자 형사이기 때문에 용의자가 수월하게 입을 열 거라고 생각하십니까?"

"아니, 자네가 파리 경찰청에서 용의자 신문을 가장 날카롭게 하는 것으로 알려져 있기 때문이지."

보통 때 같았으면 우쭐한 마음으로 그 제안을 받아들였겠지만 이번에는 왠지 아드레날린이 솟구치지 않는다. 나는 감당하기 힘든 피로감에 젖어 어서 집으로 돌아가고 싶은 마음뿐이다. 아침부터 극심한 두통 때문에 머리가 쿡쿡 쑤신다. 후텁지근한 여름밤의 공기 탓인지도 모른다. 파리는 옷을 달라붙게 만들 만큼 끈적끈적한 더위와 가뜩이나 심해진 오염 속에서 신음하고 있다.

사람을 기진맥진하게 만드는 하루가 저물어가고 있다. 오르페브르 36번지는 그야말로 찜통이다. 에어컨도 없는 사무실에서 나는 셔츠가 등짝에 달라붙는 걸 느낀다. 차가운 콜라를 마시고 싶지만 하필이면 오늘따라 자동판매기까지 고장이다.

"테러전담반 팀원들도 실패한 일인데 제가 나선다고 도움이 될까요?"

"난 자네가 일하는 모습을 가까이서 지켜봤기 때문에 누구보다 잘 알아. 자네라면 용의자의 입을 열게 할 수 있을 거야."

"게다가 저는 아직 사건 내용을 제대로 파악하고 있지도 않은데요."

"내가 사건에 대한 윤곽은 대략 말해주지. 이미 마틸드도 허락한 일이야. 자네는 그저 용의자의 입에서 이름 하나만 튀어나오게 하면 돼. 그다음에는 우리가 알아서 처리할게."

나는 여전히 망설이면서 나에게 과연 선택의 여지가 있을지 의심한다.

앙투안과 나는 선풍기가 미지근한 바람을 날리는 방에서 마주 앉는다. 한 시간가량 테러전담반 팀원들이 나에게 용의자에 대해 설명해준다. 용의자의 이름은 브라힘 라흐마니로 '대포' 또는 '불꽃 제조업자'라는 별명으로 불리는 사람이다. 브라힘은 이미 오래전부터 테러전담반의 블랙리스트에 올라 있던 사람으로 생라자르 가의 버스 테러 사건을 주도한 테러단체에 폭약을 공급한 혐의를 받고 있다.

테러전담반의 압수수색 당시 브라힘의 집에서는 소량의 C4, PEP500, 플라스틱 빵, 뇌관으로 변형된 전화기 등이 발견된다. 그 밖에도 다양한 무기들이 발견된 그의 집은 소규모 병기창이나 다름없다. 사흘 동안 감치 상태로 신문을 계속했지만 브라힘은 완강하게 입을 다물고 있을 뿌이다. 그의 집 컴퓨터의 하드디스크나 최근 몇 달 사이에 주고받은 메일 분석 결과는 혐의를 입증할 만한 증거가 되지 못한다.

끈적끈적한 더위 때문에 나는 정신을 집중할 수가 없다. 그저 테러전 담반 형사 두 사람이 속사포처럼 쏟아내는 말을 받아 적기에 바쁘다. 나는 대체로 기억력이 좋은 편이지만 그들이 하는 말을 하나라도 놓치지 않고 수첩에 모두 받아 적느라 진땀을 뺀다.

브리핑을 마친 테러전담반 형사들이 나를 용의자 조사실이 있는 아래 층으로 데려간다. 앙투안과 마틸드를 비롯한 강력계 수뇌부들이 조사실의 유리창 뒤에 모여 내가 브라힘을 어떻게 다루는지 보기 위해 조바심을 치고 있다.

나는 문을 열고 조사실로 들어간다.

조사실은 마치 한증막처럼 덥다. 나는 수갑을 찬 브라힘과 마주 앉는다. 우리 사이에는 초등학교 교실에 비치된 책상과 비슷한 크기의 탁자가 놓여 있다. 브라힘은 고개를 푹 숙이고 땀을 뻘뻘 흘리고 있다. 내가 그의 앞에 앉을 때까지 한 번도 고개를 들어 나를 쳐다보지 않는다.

나는 셔츠 소매를 걷어 올린 다음 얼굴에 송골송골 맺힌 땀을 닦는다. 나는 조사실로 들어갈 때 지참해온 생수를 용의자에게 권하는 대신 혼자 꿀꺽꿀꺽 들이켠다.

생수를 마시고 나자 그나마 기분이 나아지지만 나는 갑자기 당황하며 어찌할 바를 모른다. 나는 별안간 현기증이 일며 정신을 차리기 위해 벽에 몸을 기댄다. 두 눈을 뜨자 방향감각을 완전히 상실한 느낌이다. 머릿속이 마치 커다란 백지장처럼 텅 비어 있다. 이내 끔찍한 불안감이 밀려오는 한편 갑자기 낯선 곳으로 이동한 것 같은 당혹감이 밀려온다.

나는 쓰러질 듯 휘청거리다가 브라힘의 맞은편에 놓인 의자에 앉으며 묻는다.

"당신은 누구죠? 내가 여기서 무얼 하고 있는 거죠?"

나는 모든 것을 기억한다……

일주일 전
2013년 10월 8일 화요일
오후 6시 파리

지평선에 걸린 태양이 파리를 온통 붉게 물들인다. 건물들의 창, 강물의 수면, 차의 앞 유리 등에도 햇빛이 반사되고 있고, 거리에도 황금빛 물결이 쏟아진다. 사람들은 눈이 부셔 손으로 차양을 만들며 걷고 있다.

내가 운전하는 아우디는 앙드레 시트로앵 공원 근처 병목구간을 빠져나와 마리퀴리 병원으로 연결되는 도로로 접어든다. 마리퀴리 병원은 마치 유람선을 닮아 있다. 병원 건물의 유리창이 광장에서 자라는 산사나무들을 비추는 거울이 되어준다.

나는 마리퀴리 병원의 가장 꼭대기 층에 있는 국립기억연구소의 에바리스트 클루조 교수와 면담을 약속했다. 클루조 교수는 알츠하이머병에 관한 한 프랑스에서 첫손가락을 꼽는 권위자다.

3년 전, 나는 클루조 교수의 쌍둥이 형제인 장바티스트를 수사하면서 처음 만난다. 장바티스트는 마리퀴리 병원에서 심혈관센터 책임자로 일하는 의사다. 쌍둥이 형제는 서로에 대해 지독한 원한을 품고 있는 사이다. 장바티스트는 자신이 췌장암에 걸린 사실을 알고 음모를 꾸민다. 그는 마치 클루조 교수에게 살해당한 것처럼 의심되는 정황을 만들어놓고 자살을 결행한다.

클루조 교수는 우리 팀이 진실을 밝혀내기 전까지 동생을 살해한 형이라는 비난을 면치 못하며 잠시 감방 신세를 진다. 그는 감옥에서 풀려난 후 우리에게 죽을 때까지 은혜를 잊지 않을 거라며 진심으로 감사를 표한다.

내가 면담을 위해 일주일 전에 전화했을 때, 클루조 교수는 선뜻 내 요청을 받아들인다. 브라힘에 대한 신문을 엉망으로 만든 직후 나는 곧 정신을 차리고 기억을 회복한다. 내가 기억을 잃은 시간은 불과 3분이 넘지 않았지만 강력계 수뇌부들과 테러전담반 동료들이 눈을 부릅뜨고 주시하는 가운데 일어난 게 문제다.

마틸드는 가차 없이 나에게 병가를 내라고 강요하며 정신과 의사의 소견서를 받아오라고 한다. 나의 복귀를 원천 봉쇄하려는 속셈이 눈에 보이지만 나는 꼼짝없이 정신과 의사를 만나 심층검사를 받지 않을 수 없는 위기에 처한다. 결국 나는 내 의지와 상관없이 질병으로 인한 장기 휴직 상태로 들어간다.

사실 그리 놀랍지 않은 결정이다. 마틸드는 벌써 몇 년째 나를 강력계에서 쫓아내고 싶은 마음을 감추지 않는다. 에릭 보간 사건 때가 좋은 기회였지만 의외의 장벽에 부딪혀 놓쳐버리고 잔뜩 실망했기에 다시 찾아온 기회를 놓칠 리 없다.

그렇지만 마냥 손을 놓고 당할 내가 아니다. 나는 일단 경찰노조에 마틸드의 부당한 행위를 알리고, 노동법 전문 변호사를 찾아가 조언을 구한다. 나는 변호사의 충고에 따라 여러 의사들을 만나 내 건강 상태에 전혀 문제가 없다는 것을 증언해주는 의료증명서를 받아낸다.

나는 반드시 내 자리를 되찾겠다는 의지를 불태운다. 물론 그날 일시적인 기억상실 증상을 보인 건 분명한 사실이다. 이전에도 가끔 일시적인 기억상실 증상을 보여온 것도 엄연한 사실이다. 나는 그때마다 스트레스와 과로 혹은 더위 탓으로 돌리곤 한다.

내가 만나본 의사들도 내 증상을 그리 심각하게 여기지 않는다. 다만 한 사람만이 신경 계통 질병 가능성이 있으니 정밀검사를 받아보라고 권유한다. 내가 신경 계통 질병의 일인자인 클루조 교수를 만난 이유다.

나는 지난 일주일 동안 MRI, PET, 혈액 검사를 비롯해 기억력 테스트 등 온갖 검사를 받으며 병원에서 꼼짝없이 갇혀 지낸다. 클루조 교수는 검사 결과를 알려주기 위해 오늘 나를 병원으로 부른 것이다.

나는 하루라도 빨리 업무에 복귀하고 싶어 안달이 나 있다. 오늘 저녁, 나는 대학 동창들인 카린과 말리카 그리고 사미아를 만나 미리 복귀 결정을 자축할 작정이다. 모처럼 샹젤리제에 나가 칵테일을 마시며 즐거운 시간을 보낼 계획이다.

"클루조 교수님께서 들어오시랍니다."

클루조 교수의 비서가 나를 센 강이 내려다보이는 진료실로 들여보낸다. 클루조 교수는 진료실 탁자 앞에 앉아 노트북 자판을 두드리고 있다. 겉모습만 보자면 그는 저명한 의사의 행색이 아니다. 늘 까치집을 짓고 있는 머리, 창백한 안색, 초췌한 얼굴, 제대로 면도를 하지 않아 덥수룩하게 자란 턱수염이 그의 외모를 결정짓는 특징이다. 그는 의사라기보다는 싱글 몰트위스키를 연거푸 마셔대며 밤새도록 포커 게임을 하다가 온 사람 같다. 단추를 채우다가 만 가운 안쪽으로 꼬질꼬질한 체크무늬 셔츠와 실밥이 군데군데 터진 스웨터가 빠져나와 있다.

클루조 교수는 외모에는 전혀 신경을 쓰지 않는 스타일이지만 환자들에게 전폭적인 신뢰를 받고 있고, 학계에서도 권위를 인정해주고 있다. 클루조 교수는 최근 몇 년 동안 알츠하이머병을 진단하는 새로운 기준을 확립하는 데 공헌을 하고, 그가 이끄는 국립기억센터는 다양한 연구를 통해 알츠하이머병에 관한 한 가장 신뢰를 받는 기관으로 명성을 쌓는다. 신문이나 텔레비전 방송에서 알츠하이머병을 다루는 다큐멘터리나 특집 기사를 게재할 때면 가장 먼저 자문을 구하는 사람이 바로 클루조 교수다.

"안녕하세요, 알리스 형사님."

방 안에는 어느새 어둑어둑한 기운이 감돈다. 클루조 교수는 뿔테안경을 벗더니 부엉이 같은 눈으로 나를 바라보다가 주석으로 제작된 반투명 램프를 켠다. 그가 노트북의 키보드를 눌러 벽에 걸린 평면 스크린에 접속한다.

"솔직히 말씀드리자면 검사 결과가 무척이나 걱정스럽습니다."

나는 잠자코 앉아 아무 말도 하지 않는다. 클루조 교수가 자리에서 일어나더니 내가 알아들을 수 있도록 설명을 시작한다.

"현재 스크린에 나와 있는 사진이 MRI로 찍은 뇌 사진입니다. 좀 더 정확하게 말씀드리자면 당신의 해마를 찍은 사진이죠. 해마는 기억과 공간 지각력에서 중요한 역할을 하죠."

클루조 교수가 쥐고 있던 펜으로 스크린 화면의 한 부분을 가리킨다.

"바로 이 부분에서 가벼운 수축 현상이 관찰되고 있는데 정상적인 경우와 차이가 있습니다."

클루조 교수는 내게 생각할 수 있는 시간을 주려는 듯 잠시 말을 멈추었다가 다음 사진으로 넘어간다.

"지난주에 당신은 양자 방사를 통한 단층촬영 검사를 받았습니다. 당신 몸에 방사성 원소를 결합한 추적자를 투여해 뇌로 보내고 당염 신진 대사가 위축되는 현상이 나타나는지 관찰하는 검사죠."

나는 도대체 의사가 무슨 말을 하는지 한마디도 못 알아듣는다. 의사는 좀 더 쉽게 풀어서 설명한다.

"PET 스캔이라는 장비는 그러니까 뇌의 서로 다른 부위의 활동을 시각화해주어 보여주죠."

"그 결과 뭘 얻을 수 있죠?"

"이를테면 뇌의 어느 부분에서 손상이 나타났을 경우 감지해내는 검사입니다."

클루조 교수는 스크린 앞으로 다가가더니 펜으로 의학 영상의 한 부분을 가리킨다.

"여기 이 빨간 얼룩들이 보이죠? 이 얼룩들은 뉴런 사이에 달라붙은 아밀로이드 반점들입니다."

"아밀로이드 반점이라고요?"

"다시 말하자면 신경퇴화 관련 질병의 원인이 되는 단백질 덩어리죠."

어려운 의학용어들이 정신을 혼란하게 만들지만 나는 대략 무슨 말인지 알아듣는다.

클루조 교수는 다른 파일로 넘어간다. 이번에는 숫자로 가득 찬 파일이다.

"스크린에서 보듯이 아밀로이드 단백질이 이렇게 집중되어 있다는 게 요추 천자를 통해 채취한 뇌척수액 분석에서도 다시 한번 확인되고 있습니다. 검사 결과 병을 일으키는 타우 단백질이 관찰되었습니다. 이를테면 당신이 알츠하이머병을 앓고 있다는 걸 확인해주는 증거들입니다."

진료실에는 무거운 침묵이 감돈다. 나는 너무나 큰 충격을 받아 벌어진 입을 다물 수가 없다.

"내가 치매란 말입니까? 이제 겨우 서른여덟 살인데 도저히 있을 수 없는 일입니다."

"아주 드문 일이긴 하지만 간혹 그런 경우가 없지는 않습니다."

"그럴 리 없어요. 선생님이 잘못 보신 겁니다."

나는 클루조 교수가 내린 진단을 인정하지 않으려 한다. 치매의 경우 치료법이 없다는 걸 잘 알고 있다. 기적을 일으키는 약도 수술도 없다.

"당신이 얼마나 큰 충격을 받았을지 충분히 이해합니다. 그렇다고 너무 흥분하거나 좌절할 필요는 없습니다. 시간을 두고 천천히 치료법을 생각해보는 게 좋습니다."

"도저히 받아들일 수 없는 결과입니다."

"견디기 어려운 소식이라는 건 나도 잘 압니다. 하지만 당신은 젊고 병은 이제 막 시작되었을 뿐입니다. 최근 새로운 치료법들이 다양하게 연구되고 있습니다. 앞으로 획기적인 치료법이 개발될 수도 있으니까 미리부터 좌절할 필요는 없습니다."

나는 클루조 교수의 말이 더 이상 귀에 들어오지 않는다. 자리에서 벌떡 일어선 나는 뒤도 돌아보지 않고 진료실을 도망치듯 나선다.

§

엘리베이터의 문이 열리고 중앙정원이 나타난다. 콘크리트 미로를 통과해 주차장으로 가 아우디에 오른 나는 차창을 모두 연다. 나는 머리카락을 바람에 날리며 라디오 볼륨을 최대한 높이고 주차장을 출발한다. 조니 윈터가 기타로 연주하는 〈퍼더 업 온 더 로드〉가 흘러나온다.

음악을 들으며 달리는 동안 기분이 좀 나아진다. 내 인생은 앞으로도 창창하게 남아 있고, 미리 암울한 생각을 가질 필요는 없다고 나 자신을 다독거린다. 나는 속도를 높여 앞차를 추월한다. 센 강변을 따라 그르넬, 브랑리, 오르세를 차례로 지난다. 나는 검사 결과를 부정하며 아직 내 기억력은 최상급이라고 자위한다. 학창 시절 내내 기억력이 좋다는 소리를 들어왔고, 형사가 되어서도 마찬가지다. 나는 한 번 본 얼굴을 절대로 잊어버리지 않고, 아무리 사소한 단서라도 내 눈을 피해 가지 못한다. 나는 수십 쪽짜리 보고서도 줄줄이 암기할 수 있다.

나는 모든 걸 기억한다.

나의 뇌는 컴퓨터처럼 모든 정보를 효과적으로 처리하며 백 퍼센트 가동 중이다. 기억력이 아직 건재하다는 걸 나 자신에게 입증하듯 나는 머릿속에 떠오르는 내용을 소리 내어 읊조린다.

6 곱하기 7은 42, 8 곱하기 9는 72, 파키스탄의 수도는 이슬라마바드, 마다가스카르의 수도는 안타나나리보, 스탈린은 1953년 3월 5일에 사망하고, 베를린 장벽은 1961년 8월 12일에서 13일로 넘어가는 밤에 세워진다.

나는 모든 걸 기억한다.

할머니가 쓰던 향수 이름은 수아르 드 파리인데 베르가모트와 재스민 향이 난다. 아폴로 11호는 1969년 7월 20일에 달에 착륙하고, 톰 소여의 여자 친구 이름은 베키 대처다. 오늘 점심에 나는 도미 타르트를 먹었고, 세이무르는 피시 앤 칩스를 먹는다. 우리는 카페에서 커피를 마셨고, 계산서에 찍힌 금액은 79유로 83상팀이다.

나는 모든 걸 기억한다.

비틀스의 화이트 앨범에 수록된 곡 〈와일 마이 기타 젠틀리 윕스〉에서 기타를 연주한 사람은 에릭 클랩튼이다. '나는 당신에게 감사한다'라고 해야지 '나는 당신에 대해 감사한다'라고 하면 맞춤법의 오류다. 오늘 아침에 나는 뮈라 대로에 있는 BP주유소에서 기름을 넣었고, 리터당 가격이 1.684유로였고, 67유로를 지불했다. 〈북북서로 진로를 돌려라〉에서 알프레드 히치콕 감독은 첫머리 자막이 올라간 직후 등장한다. 문이 닫히면서 버스에 올라타지 못한 그가 인도로 내려서는 장면이다.

　나는 모든 걸 기억한다.

　코난 도일 소설에서 셜록 홈스는 절대로 '이건 기초네, 친애하는 왓슨'이라고 말하지 않는다. 내 신용카드의 비밀번호는 9728, 카드번호는 0573 5233 375461, 암호문은 793이다. 스탠리 큐브릭 감독의 데뷔작은 〈킬러스 키스〉가 아니라 〈공포와 욕망〉이다. 1990년, 벤피카와 마르세유의 시합에서 바타의 핸드볼 파울을 골로 인정한 심판의 이름은 마르셀 반 랑게노프다. 아버지는 그날 얼마나 분했는지 눈물을 흘렸다. 파라과이의 화폐는 과라니, 할아버지가 타던 오토바이 모델은 가와사키 H1, 아버지가 스무 살 때 처음 샀다는 차는 프렌치 블루 색상의 '르노8 고르디니'다.

　나는 모든 걸 기억한다.

　내가 사는 건물 출입구 비밀번호는 6507B, 엘리베이터 비밀번호는 1321A, 중학교 1학년 때 음악 선생님 이름은 M. 피게다. 그 선생님은 우리에게 롤링스톤스의 〈쉬즈 라이크 어 레인보우〉를 리코더로 연주하게 했다. 나는 1991년 고교 2학년 시절 최초로 CD 두 장을 구입한다. 누아르 데지르의 〈뒤 방 당 레 플렌〉과 도이치 그라모폰에서 크리스티안 짐머만의 연주로 녹음한 슈베르트의 〈즉흥곡〉이다. 나는 바칼로레아 시험을 칠 때 철학 과목에서 20점 만점에 16점을 받는다. 논술 주제는 '정념은 항상 자아에 대한 인식을 방해하는가?'다. 나는 고교 마지막 학년 때 C3 반이고, 목요일에는 강의실 207호에서 세 시간 동안 수업을 받는다. 나는 세 번째 줄, 스테파니 뮈라토르 옆에 앉고, 수업이 끝나면 그 아이가 푸조ST 스쿠터에 나를 태우고 집에 데려다준다. 그 스쿠터는 오르막길에서는 좀처럼 힘을 쓰지 못한다.

나는 모든 걸 기억한다.

폴리오판으로 나온 〈벨 뒤 세뇌르〉는 총 1,109쪽이고, 영화 〈베로니카의 이중생활〉의 주제곡을 작곡한 사람은 즈비그니에프 프레스네르다. 대학 시절 내 기숙사 방 번호는 308호이고, 화요일의 학생 식당 메뉴는 라자냐다. 영화 〈이웃집 여인〉에서 화니 아르당이 연기한 인물은 마틸드 보샤르다. 나는 처음으로 구입한 아이팟으로 〈댓츠 마이 피플〉을 몇 번이고 반복해서 들으며 느꼈던 전율을 기억하고 있다. 그 곡에서 NTM은 쇼팽의 서곡을 변형해 사용한 것이다. 나는 2001년 9월 11일에 내가 어디에 있었는지 기억한다. 마드리드의 한 호텔 방에서 나보다 훨씬 연상인 남자와 휴가를 즐긴다. 내 아버지를 닮은 유부남 고위 경찰이다. 그날 미국에서는 쌍둥이 빌딩이 무너져내린다. 나는 내 마음이 복잡하게 꼬여 있던 그 시기의 독버섯 같은 남자들을 기억한다. 나는 그 무렵 자기 자신을 사랑해야 다른 사람도 사랑할 수 있다는 사실을 미처 깨닫지 못한다.

§

나는 앵발리드 다리를 건너 프랭클린 루즈벨트 대로로 진입한 다음 지하 주차장으로 내려가는 통로로 들어선다. 차를 파킹한 나는 대학 동창들과 만나기로 약속한 샹젤리제 롱푸앵의 모토 빌라주로 걸어간다.

"여기야, 알리스!"

친구들은 〈피아트〉 카페의 테라스에 앉아 스투찌치니를 먹고 있다. 나는 친구들이 앉은 자리에 합류해 샴페인을 넣은 스프리츠를 시켜 단숨에 마신다. 우리는 술을 마시고 수다를 떨며 꼴 보기 싫은 세상을 갈아엎고, 제멋대로 새 세상을 세운다. 깔깔거리고 웃어 대며 최근에 화제가 되는 패션이나 음악, 영화에 대한 이야기를 비롯해 남자와 직장에 대한 시시콜콜한 이야기들을 주고받는다. 핑크 마티니를 마시며 영원한 우정을 위해 건배한 우리는 〈문라이트〉, 〈트레지엠 에타지〉, 〈런던 데리〉로 옮겨 다니며 점점 취해간다.

모처럼 찾은 나이트클럽에서 춤을 출 때 남자들이 더러 접근해 작업을 걸기도 하고, 몸을 슬쩍 만지기도 한다. 나는 불치병 환자가 아니라 여전히 남자들을 설레게 만드는 매력적인 여자라며 자신을 위로한다.

나는 시들어버린 꽃이 아니야. 나는 아직 죽지 않았어.

아무리 피하려고 해도 알츠하이머병이라는 단어가 불길한 징표인 양 바카르디 모히토, 보라색 샴페인, 봄베이 토닉 따위의 술을 마시는 동안에도 내 머릿속에서 사라지지 않는다. 나는 초점 없는 눈을 허공에 향하고, 과일 죽이나 먹으며 일찍 생을 마감하고 싶지 않다.

취기가 오르면서 온통 눈에 보이는 사물과 사람들이 회전목마처럼 빙빙 맴돈다. 시간은 흘러 자정이 지난다. 친구들과 작별의 포옹을 끝으로 지하 주차장을 향해 출발한다. 차를 세워놓은 주차장 지하 3층은 마치 영안실처럼 우울한 분위기를 풍긴다. 내 하이힐 굽이 콘크리트 바닥에 닿을 때마다 또각또각 소리를 낸다. 갑자기 속이 불편해지는가 싶더니 구토가 치밀어 오르며 나도 모르게 몸을 비틀거린다.

친구들과 어울릴 때만 해도 더없이 유쾌했던 기분이 점점 침울하게 변해간다. 목에 뭔가 걸린 것처럼 답답한 느낌이 이어진다. 주차장의 희미한 불빛이 깜박거리며 귀뚜라미 소리를 낸다. 나는 주머니에서 키를 꺼내 차 문을 연 다음 무너지듯 운전석의 핸들 앞에 앉는다. 눈물이 솟아오르는 가운데 왠지 오싹한 기분이 든다.

뒷좌석에 누군가 있다!

나는 갑자기 고개를 뒤로 돌린다. 누군가 어둠 속에서 그림자처럼 얼굴을 든다.

"세이무르, 잔뜩 겁먹었잖아. 내 차에서 뭐 하는 거야?"

"팀장님이 친구들과 헤어져 혼자가 되기를 기다리며 뒤를 졸졸 따라다녔죠. 사실은 클루조 교수가 전화해 팀장님이 걱정된다고 하더군요."

"클루조 교수가 걱정의 말과 함께 진료 비밀을 죄다 털어놓았겠지?"

"사실 클루조 교수의 말을 들을 필요도 없었습니다. 아버님과 저는 이미 석 달 전부터 우려해왔으니까요."

나는 세이무르의 얼굴을 좀 더 잘 보기 위해 실내등을 켠다. 그의 눈에 눈물이 그렁그렁해 있다. 그는 얼른 눈물을 닦고 나서 애써 목소리를 밝게 꾸민다.

"결정은 팀장님이 내려야 하지만 빨리 서두르는 게 좋을 것 같습니다. 팀장님은 오늘 할 일을 내일로 미루지 않는 스타일이잖아요. 가장 먼저 현장으로 달려나가고, 언제나 다른 사람들보다 한발 앞서 결정적인 단서를 찾아내고, 범인 검거에도 남달리 부지런한 자세로 임했죠."

나는 룸미러를 통해 세이무르가 서류철을 여는 걸 물끄러미 지켜본다. 그의 손에 항공권과 병원을 소개하는 브로슈어가 들려져 있다. 호숫가에 세워진 커다란 병원 사진이 브로슈어의 표지를 장식하고 있다.

　"엄마가 이 병원 이야기를 해주었습니다. 메인주에 있는 세바고 코티지 병원인데 알츠하이머병 치료에 관한 한 가장 획기적인 수술 성과를 축적하고 있는 병원이랍니다."

　"당신 어머니가 언제부터 알츠하이머병에 대해 그토록 관심이 많으셨지?"

　"팀장님도 아시다시피 엄마는 파킨슨병을 앓았잖아요. 2년 전만 해도 몸이 떨리는 증세가 심해 매일이다시피 지옥 같은 나날들을 보냈죠. 어느 날, 담당 의사가 새로운 치료법을 제안했어요. 두 개의 전도체를 뇌에 심은 다음 쇄골 아래쪽에 삽입한 동력장치에 연결시키는 치료법이죠. 말하자면 전도체 두 개가 심장에 삽입하는 페이스메이커 같은 역할을 하는 거죠."

　"당신이 전에도 그 이야기를 한 적이 있잖아. 그 이야기를 할 때 현대의학이 새롭게 개발한 첨단 치료법도 결국 파킨슨병의 진행을 완벽하게 차단하지는 못했다고 하지 않았나?"

　"무엇보다 중요한 건 엄마의 건강이 이전에 비해 눈에 띄게 좋아졌다는 겁니다. 물론 지금도 완벽하게 치료됐다고 보긴 어렵지만 이전처럼 심하게 손발을 떨지도 않고, 가까운 거리는 직접 걸어서 오갈 만큼 운동 능력이 좋아졌죠."

　"알츠하이머병은 파킨슨병과는 달라."

세이무르가 병원 브로슈어를 내밀며 말했다.

"물론 다르다는 걸 알고 있지만 세바고 코티지 병원은 파킨슨병뿐만 아니라 알츠하이머병 치료에서도 첫손을 꼽는 사람이 많습니다. 이 브로슈어에도 나와 있지만 알츠하이머병 치료에 전기 뇌 자극법을 사용해 좋은 성과를 거두고 있다고 합니다. 전기 뇌 자극법에 대한 연구가 축적되면 괄목할 만한 치료법이 나오게 될 거라 예상하더군요. 세바고 코티지 병원에서 기획하고 있는 알츠하이머병 프로젝트에 참가할 수 있는 자리를 얻어두었습니다. 기회를 놓치지 않으려면 내일 당장 떠나야 합니다. 제가 보스턴까지 가는 비행기표도 예약해두었습니다."

나는 고개를 젓는다.

"세이무르, 당신이 나를 위해 애써주는 건 정말 고맙지만 다 부질없는 일이야. 병원 브로슈어에 나와 있는 말들은 죄다 환자들의 환심을 사기 위해 준비한 과장된 홍보일 뿐이야. 당장 내일부터 치매가 심각해진다고 해도 난 그냥 여기서 이렇게 살다가 죽을래. 구차하게 기적을 바라고 미국 땅까지 날아가고 싶지는 않아."

"제발 다시 한번 진지하게 생각해보세요. 아무튼 오늘은 제가 집에까지 모셔다드릴게요. 팀장님은 너무 취해 운전대를 잡을 만한 상태가 아니니까요."

기진맥진해진 나는 반박할 생각도 하지 않고, 세이무르에게 운전대를 맡기고 조수석으로 옮겨 앉는다.

CCTV가 주차장을 떠나는 우리를 찍은 시각은 자정하고도 17분이 지났을 때다.

24. 0장

위험이 배가 될 경우 구조 방법도 진일보한다.

_프리드리히 횔덜린

트라이베카
새벽 4시 50분
알리스와 가브리엘이 처음으로 만나기 세 시간 전

그리니치 호텔 308호실 전화벨이 여섯 번이나 울리고 나서야 투숙객은 비로소 수화기를 들었다.

"여보세요?"

투숙객은 아직 깊은 잠 속에서 완벽하게 깨지 않은 목소리로 전화를 받았다.

"주무시는데 방해해 죄송합니다만 토마스 크리그라는 분이 급한 일이라며 손님과 통화하길 원하십니다."

"지금 대관절 몇 시나 되었죠?"

"새벽 5시입니다만 굉장히 급한 일이라며 반드시 통화할 수 있게 해 달라고 간청하시더군요."

"무슨 일인데 그럴까요? 아무튼 전화를 연결해주세요."

가브리엘은 몸을 일으켜 침대 가장자리에 앉았다. 방은 아직 어둠 속에 잠겨 있었지만 알람 라디오에서 나오는 빛 때문에 잔뜩 어질러진 실내 풍경이 한눈에 들어왔다. 양탄자를 깐 바닥에는 미니바에 들어있던 술병들과 아무렇게나 벗어던진 옷가지들이 뒤죽박죽 널려 있었다.

옆에서 잠을 자고 있는 여자는 전화벨 소리가 몇 번이나 울렸음에도 눈을 뜰 생각을 하지 않았다. 몇 초간 기억을 더듬어 겨우 여자의 이름을 기억해냈다. 여자의 이름은 엘레나 사바티니로 플로리다에서 온 의사다. 두 사람은 전날 그리니치 호텔 라운지에서 우연히 만났다. 마티니 몇 잔을 나눠 마시고 나서 함께 방으로 왔고, 미니바의 술을 거의 다 비울 만큼 마셨다.

가브리엘은 아직 잠이 덜 깬 듯 눈두덩을 비비며 한숨을 푹 쉬었다. 아내가 런던으로 떠난 후 생활이 엉망이 되었다. 그는 걷잡을 수 없이 빠르게 추락하고 있는 자신의 모습을 뻔히 알면서도 제동을 걸지 못하고 있었다.

'인생의 미로에서 길을 잃고 숨이 꺼져가는 사람을 만나는 것보다 더 비극적인 일은 없다.'

마틴 루터 킹 목사가 한 말이 뇌리에 떠올랐다. 사춘기 청소년처럼 방황하는 영혼으로 전락한 그에게 너무나도 잘 어울리는 말이었다.

"가브리엘?"

전화기 저편에서 그를 찾는 목소리가 들려왔다.

전화기를 귀에 바짝 댄 가브리엘은 침대에서 일어나 거실과 침실을 분리해주는 미닫이문을 닫았다.

"토마스, 자네가 이른 새벽부터 웬일인가?"

"자네하고 통화하기 위해 아스토리아의 집으로도 전화를 걸어보고 휴대폰으로도 걸어봤지만 소용없었어."

"휴대폰 배터리가 다 닳았나봐. 내가 이 호텔에 와 있다는 건 어떻게 알았나?"

"신경정신과학회 연례 총회 주간이라는 걸 기억해냈지. 총회 행사를 주관하는 사무국에 전화했더니 자네가 그리니치 호텔에 투숙하고 있다고 알려주더군."

"무슨 일인데 나를 그토록 애타게 찾은 거야?"

"어제 자네가 학회에서 발표한 '알츠하이머병 질환이 지니고 있는 정신 병리학적인 문제'라는 논문이 대단한 관심을 촉발시켰다는 이야기를 들었어."

"그게 뭘 어쨌다는 거야? 서론은 그만하면 됐으니까 어서 용건을 말해봐."

"우리 병원을 찾아온 여자 환자가 한 명 있는데 자네의 치료를 필요로 한다네."

"새벽 5시에 잠을 깨우더니 일 이야기를 하자는 거야? 토마스, 이제 우린 더 이상 동업자가 아니잖아. 새삼 자네한테 그 사실을 상기시켜줘야겠나?"

"우리는 어느 누구보다도 잘 어울리는 동업자였잖아. 서로에게 부족한 부분을 완벽하게 보완해주는 환상의 파트너였지."

"그래, 지난날 우린 서로에게 큰 도움이 되는 파트너였어. 하지만 자네도 알다시피 이젠 다 끝난 이야기야. 내가 가지고 있던 병원 지분을 자네에게 모두 넘겼잖아."

"자네는 일생일대의 실수를 한 거야."

가브리엘은 슬슬 역정이 나기 시작했다.

"자네는 내가 왜 그런 결정을 내렸는지 이유를 잘 알고 있잖아?"

"자네는 병원 지분을 넘겨서라도 아들 녀석에 대한 공동 양육권을 얻겠다고 런던으로 떠났지. 그 결정을 내리고 나서 자네가 얻은 게 도대체 뭔가? 법원의 접근금지명령 처분을 받고 다시 미국으로 강제 추방당한 게 전부였어."

가브리엘은 지난날 동업자이자 친구인 토마스가 쏟아놓는 비난의 말을 듣는 동안 눈두덩이 뜨거워져 연신 관자놀이 근처를 꾹꾹 눌렀다.

"제발 부탁인데 나를 찾아온 환자의 기록을 한번 살펴봐줘. 조발성 알츠하이머병을 앓고 있는 환자인데 어떤 내용인지 알게 되면 자네의 눈이 확 뜨일 만큼 관심을 갖게 될 거라고 장담하네. 자, 내가 메일로 보낼 테니까 20분 후에 다시 통화하지."

"토마스, 그렇게 얼렁뚱땅 나에게 일을 시킬 생각은 하지 마. 나는 지난밤 숙취 때문에 잠을 좀 더 자야 해. 그러니까 다시는 전화하지 말게."

말을 마친 가브리엘은 단호하게 전화를 끊었다.

통유리 창에는 숙취에 찌들어 있는 남자, 피곤에 지친 남자, 면도를 하지 않아 얼굴이 초췌한 남자, 어딘가 모르게 우울증 증세가 보이는 남자가 비치고 있었다.

가브리엘은 양탄자 위에 떨어진 스마트폰을 집어 들었다. 배터리가 바닥난 휴대폰을 충전기에 꽂았다. 욕실로 들어간 그는 무력감을 떨쳐 버리기 위해 10분 동안이나 샤워기 아래에서 멍하니 서 있었다. 가운을 걸쳐 입고 욕실을 나온 그는 거실로 걸어갔다.

가브리엘은 거실에 비치되어있는 커피 추출용 기계에서 더블 에스프레소를 뽑아 들고 창문으로 다가가 허드슨 강의 수면이 새벽 햇살을 받아 반짝이는 광경을 물끄러미 바라보며 커피를 마셨다. 내친김에 에스프레소를 한 잔 더 뽑은 그는 노트북을 켰다.

집요한 성격의 토마스가 보낸 메일이 그가 어서 읽어주기만을 기다리고 있었다.

이런 고집불통 같으니!

토마스가 말한 대로 여자 환자의 진료기록은 가브리엘의 눈을 번쩍 뜨이게 할 만큼 관심을 끌었다. 갑자기 환자를 진찰해보고 싶은 호기심이 저항할 수 없을 만큼 강하게 솟구쳤다. 적어도 그 부분만큼은 토마스의 예상이 빗나가지 않았다.

토마스가 보낸 PDF 파일에 여자 환자의 사진과 이름, 나이가 적혀 있었다.

알리스 쉐페르(38세).

반듯한 이목구비에 밝고 화사한 피부를 가진 프랑스 미녀였다. 뒤로 묶어 올린 쪽머리에서 금발 머리카락 몇 가닥이 삐져나와 있었다.

가브리엘은 사진에 나와 있는 여자의 눈을 똑바로 마주 보았다. 강렬하면서 동시에 허약해 보이는 눈동자, 도무지 속마음을 알 수 없을 것 같은 신비로운 분위기가 묻어나는 눈이었다.

이토록 매력적인 젊은 여자가 알츠하이머병을 앓고 있다니 말도 안 돼.

가브리엘은 한숨을 푹 쉬었다. 알츠하이머병은 나날이 젊은 사람들에게로 확산되는 추세였다. 가브리엘은 손가락으로 터치스크린을 조작해 파일을 읽어 내려갔다. MRI, PET, 요추 천자 등의 다양한 검사 결과와 뇌 사진들이 파일의 첫머리 수십 쪽을 차지하고 있었다. 검사 결과 조발성 알츠하이머병이라는 확진 판단을 내린 클루조 교수의 서명이 첨부되어 있었다.

가브리엘은 한 번도 직접 만난 적은 없지만 클루조 교수의 명성에 대해 익히 잘 알고 있었다. 신경과 분야에서는 최정상급 의사로 알려져 있는 사람이었다.

파일의 두 번째 항목은 세바고 코티지 병원 입원 허가에 필요한 서류들로 채워져 있었다. 세바고 코티지 병원은 가브리엘이 토마스를 비롯한 다른 두 명의 전문의와 함께 설립한 기억 장애 전문병원이었다. 알츠하이머병에 관한 한 단연 최첨단이라 할 수 있는 연구기관이기도 했다.

알리스는 세바고 코티지 병원의 '특화 요법'이라고 할 수 있는 심층적 전기 뇌 자극 치료를 받을 예정으로 엿새 전인 9일에 병원에 입원했다. 11일에는 상시적인 뇌 자극을 촉발하는 전기 뇌신경 자극 장치를 환자의 몸에 삽입했다. 알기 쉽게 말해 '뇌 페이스메이커'라고 부르는 장치였다. 그다음에는 진료기록이 없었다.

병원의 약속된 프로그램대로 하자면 다음 날 세 개의 전도체를 여자의 몸 안에 삽입했어야 마땅한데 아무리 생각해도 납득이 되지 않는 일이었다. 전도체를 몸 안에 삽입하지 않을 시 전기 뇌신경 자극장치는 무용지물이나 다름없기 때문이었다.

가브리엘이 남은 커피를 마저 마셨을 때 탁자 위에 놓여 있던 휴대폰이 부르르 떨었다.

"가브리엘, 내가 보낸 파일을 읽어봤지?"

토마스가 전화를 받자마자 다짜고짜 물었다.

"그렇잖아도 자네가 보낸 파일을 읽어보고 있는 중이야. 토마스, 나에게 기대하는 게 정확하게 뭔지 이야기해봐."

"아무리 생각해도 나를 도와줄 수 있는 사람은 자네밖에 없을 것 같아. 알리스 쉐페르가 어젯밤 병원에서 도망을 쳤다네."

"병원에서 도망을 치다니, 그게 무슨 말이야?"

"말 그대로 도망을 쳤다니까. 환자의 직업이 형사니까 병실을 몰래 나와 도주하는 것쯤은 식은 죽 먹기였겠지. 환자는 아무한테도 말하지 않고 병실을 몰래 빠져나갔어. 도망치는 걸 막으려던 칼렙 던에게 부상까지 입혔지."

"칼렙 던이라면, 경비원?"

"그래, 칼렙 던이 총을 빼들고 환자를 위협하면서 수갑을 채우려 들다가 오히려 된통 당했어. 서로 뒤엉켜 격투를 벌이던 와중에 총알이 한 발 발사되었고, 환자가 총과 수갑을 탈취해 도주했어."

"칼렙 던은 중상인가?"

"총알이 허벅지 지방 속에 박혔는데 완치될 수 있는 정도의 부상이야. 칼렙 던은 현재 병원에 입원해 치료를 받고 있는데 10만 달러를 주면 경찰에 알리지 않고 조용히 넘어가겠다고 하더군."

"자네는 입원해 있던 환자가 경비원에게 부상을 입히고 무기까지 탈취해 뺑소니를 쳤는데 경찰에 알리지도 않고 넘어가겠다는 거야? 토마스, 자네 감방 신세를 지고 싶어 환장했어?"

"경찰에 신고하면 당연히 언론에도 그 사실이 알려질 테고, 지금껏 힘겹게 쌓아 올린 병원의 명성이 바닥으로 추락하게 되는 건 시간문제야. 지난날 자네도 그랬지만 나 역시 밤잠을 설쳐가며 기억 장애 연구에 매진해왔어. 평생 헌신적으로 노력해 축적해온 병원의 명성을 하루아침에 추락하게 내버려둘 수는 없지 않은가? 가브리엘, 자네가 제발 그 여자 환자를 찾아서 병원으로 데려와주게."

"내가 무슨 재주로 환자를 찾아낼 수 있단 말인가?"

"앨리스는 현재 뉴욕에 있어. 마침 자네도 뉴욕에 가 있잖아. 앨리스는 어젯밤 9시에 택시를 타고 포틀랜드에 도착했고, 거기서부터 기차를 타고 뉴욕으로 갔어. 기차에서 내린 다음에는 다시 버스를 타고 맨해튼으로 가 오늘 아침 5시 20분에 버스터미널에 내렸어."

"자넨 그 여자의 도주 경로를 어떻게 그리 잘 알지?"

"환자의 신발 바닥에 설치해둔 GPS 수신기 덕분이지. 우리 병원 애플리케이션에서 앨리스의 위치를 실시간으로 확인할 수 있어."

"그 여자가 어디 있는지 그렇게 잘 알면 자네가 직접 데리러 가지 그러나?"

"병원 분위기가 워낙 뒤숭숭한 상황이라 난 자리를 비울 수 없어. 내 비서인 아가사가 지금 뉴욕행 비행기를 탔으니까 두 시간 후쯤 맨해튼에 도착할 거야. 난 자네라면 앨리스를 설득해 데려다줄 수 있을 거라 믿어. 자네에게는 사람을 합리적으로 생각하게 만드는 비상한 재주가 있으니까. 자네는 상대가 누구든 결국 공감하게 만들지."

"마음에도 없는 칭찬은 그만하게. 지금 알리스라는 여자는 어디에 있나?"

"알리스는 지금 센트럴파크 한가운데에 있어. 사람들이 램블이라고 부르는 숲이야. 이상하게도 30분 전부터 꼼짝도 하지 않고 있어. 그러니까 그 여자가 죽었거나 잠이 들었거나 신발을 벗어던졌거나 셋 중 하나겠지. 가브리엘, 제발 부탁하네. 경찰보다 우리가 먼저 알리스를 찾아내야 해!"

가브리엘은 잠시 생각에 잠겼다.

"가브리엘, 아직 듣고 있지?"

토마스가 잔뜩 근심스러운 목소리로 물었다.

"그 여자에 대해 좀 더 자세하게 이야기해봐. 난 자네가 나흘 전, 그 여자의 몸에 뇌 페이스메이커를 삽입했다는 기록을 읽었네."

"가장 최근에 개발한 뇌 페이스메이커를 몸 안에 삽입했지. 심카드 정도 크기로 아주 작아. 아마 자네도 보게 되면 깜짝 놀랄 거야."

"그다음 순서로 전도체를 삽입하기도 전에 여자가 도망을 친 건가?"

"자네 말 대로야. 알리스는 엎친 데 덮친 격으로 전행성 기억상실증에 걸려 있어. 흔히 자기 자신이 앓고 있는 질환을 완강하게 거부할 때 나타나는 기억상실증이지. 알리스는 조발성 알츠하이머병 확정 진단 이후 새롭게 뇌로 들어온 모든 정보들을 저장하려 하지 않고 밖으로 내보내고 있어. 그러니까 클루조 교수가 확정 진단을 내린 그날 저녁 이후로는 전혀 기억이 없다네. 매일 아침, 잠에서 깨어날 때마다 기억이 제로에서 시작되는 거야. 알리스는 전날 샹젤리제에서 친구들을 만나 신나게 놀았던 것만 기억할 뿐 조발성 알츠하이머병을 앓고 있다는 걸 전혀 모르고 있어. 게다가 석 달 전부터 병가 중이라는 사실도 까마득히 잊고 있지."

가브리엘은 그 문제를 상대화해보려 시도했다.

"병을 부정하고 기억이 역방향으로 사라져가는 건 조발성 알츠하이머병의 전형적인 특징으로 알려져 있으니까 그리 이상하게 볼 일은 아니잖아."

"대개의 조발성 알츠하이머병 환자들과 달리 알리스는 겉으로 보기에는 전혀 아픈 사람 같아 보이지 않는다는 게 다른 점이야. 지적 능력이나 감각적인 면에서 보통 사람들에 비해 조금도 뒤처지지 않지. 아무튼 굉장히 보기 드문 케이스라고 할 수 있어."

가브리엘은 체념한 듯 길게 한숨을 내쉬었다. 토마스보다 그의 호기심을 자극하는 방법을 잘 아는 사람은 없었다. 토마스의 설명을 듣고 있다보니 알리스를 만나 수수께끼를 풀어보고 싶다는 생각이 간절해지고 있었다.

"내가 센트럴파크 일대를 한번 둘러보겠네."

"잘 생각했네. 역시 자네는 내 믿음을 져버리지 않는군."

"최선을 다해보겠지만 나를 너무 믿지는 마. 지금으로서는 아무것도 장담할 수 없는 상황이니까."

가브리엘이 분명하게 선을 그었다.

"난 자네가 반드시 그 일을 성공적으로 처리해주리라 믿어 의심치 않아. 자네 휴대폰으로 알리스가 있는 위치를 정확하게 알려줄게. 새로운 소식이 있으면 곧바로 전화하게."

가브리엘은 전화를 끊으며 왠지 토마스에게 낚인 것 같다는 생각에 기분이 그다지 유쾌하지 않았다. 그는 런던에서 쫓겨나 뉴욕으로 돌아오고 나서 아스토리아에서 독자적인 의료서비스를 시작했다. 정신과 응급환자를 위한 왕진 서비스였다. 그는 비서에게 대체 의사에게 진료를 대신 맡기라는 문자메시지를 보냈다.

가브리엘은 바닥에 널브러져 있는 옷을 서둘러 입기 시작했다. 검은색 청바지, 하늘색 셔츠, 검정 재킷, 베이지색 트렌치코트, 캔버스 운동화를 차례로 챙긴 그는 왕진 가방을 넣어둔 옷장 문을 열었다. 왕진 가방에서 강력 마취제를 채워 넣은 주사기를 꺼내 가죽 케이스에 넣었다. 알리스가 총을 휴대하고 있는 이상 위험에 대비해야 할 필요가 있었다.

가브리엘은 가죽 케이스를 서류 가방에 집어넣고 곧 호텔방을 나섰다. 엘리베이터를 타고 호텔 로비로 내려온 그는 도어맨에게 택시를 불러달라고 요청했다. 그러다가 곧 서류 가방을 여는 원격조정장치를 방에 두고 나왔다는 사실을 깨달았다. 그가 수신기로부터 25미터 이상 떨어져 있게 될 경우 자동으로 가방에서 경보음이 흘러나오면서 정전기가 흐르도록 설계되어 있었다.

가브리엘은 도어맨이 부른 택시가 마침 도착해 있는 것을 발견했다. 그는 급한 마음에 방에 올라가는 걸 단념하고, 가방을 호텔 짐 보관소에 맡겼다. 가방을 인수한 직원이 그에게 127이라는 숫자가 적힌 짐표를 내밀었다. 짐표에는 G와 H가 적당히 뒤엉켜 있는 호텔 로고가 보일 듯 말 듯 새겨져 있었다.

25. 바로 직전

그 여자의 눈꺼풀이 처음으로 깜빡일 때부터 나는 알아보았다.
바로 그 여자였다. 내가 기다리지 않았으면서 기다린 여자…….

_알베르 코엔

맨해튼

아침 7시 15분

알리스와 가브리엘이 처음으로 만나기 45분 전

발랄한 재즈 선율이 택시 안에 울려 퍼졌다. 빌 에반스가 부르는 콜
포터의 〈올 오브 유〉로 1961년 빌리지 뱅가드에서 발매한 음반이었다.
가브리엘은 대학 시절 시카고의 클럽에서 재즈를 처음 접했을 때의 감
흥을 다시 맛보고 싶어지면 언제든지 망설이지 않고 재즈 공연장을 찾
곤 했다.

해리슨 인근에서의 공사 때문에 택시는 허드슨 스트리트로 진입하기
위해 우회했다. 가브리엘은 뒷좌석에 앉아 휴대폰 화면으로 알리스의
진료기록을 살폈다. 진료기록의 마지막 부분은 병원에 소속된 심리학
자가 기록한 환자의 라이프 스토리가 적혀 있었다. 프랑스 언론에 게재
되었던 알리스 관련 사건 기사들에 대한 영어 번역도 첨부되어 있었다.

프랑스 언론은 2011년 파리를 공포로 몰아넣었던 에릭 보간 연쇄 살인 사건을 집중 보도하는 가운데 알리스를 언급하고 있었다.

가브리엘은 처음 들어보는 사건이었다. 흔들리는 차 안에서 휴대폰의 작은 화면으로는 읽기가 수월하지 않았다. 신문 기사를 대충 훑어본 결과 알리스는 그가 장거리 여행을 할 때마다 비행기 안에서 흠뻑 빠져들었던 스릴러 소설의 줄거리를 상기시키는 수사를 맡고 있었다는 사실을 알게 되었다.

다음 장에는 알리스의 비극을 집중 조명한 《파리 마치》의 네 페이지 짜리 기획 기사가 들어 있었다. 알리스가 살인마를 추적하는 데까지는 성공했지만 끝내 비극으로 마무리된 사건을 비교적 자세하게 다루고 있었다.

가브리엘은 기사를 읽는 동안 등줄기에서 식은땀이 흘러내렸다. 에릭 보간의 칼이 알리스의 배를 난자하는 동안 출산을 앞두고 있던 뱃속의 아기가 희생되었고, 그녀 역시 과다출혈로 목숨을 위협받았다는 내용이었다. 불행은 거기서 끝나지 않고 병원으로 실려간 아내를 보기 위해 달려오던 남편이 불의의 교통사고를 당해 사망한 사연도 실려 있었다.

가브리엘은 구토가 일며 방금 전 호텔에서 마신 에스프레소를 토해버릴 것 같은 위기를 가까스로 참아야 했다. 택시가 8번가를 달리는 동안 그는 얼굴을 차창에 대고 꼼짝도 하지 않았다.

그토록 참담한 비극을 겪었는데 또다시 알츠하이머병이라는 끔찍한 불치병을 앓게 되다니? 이제 겨우 서른여덟 살인 여자가 받아들이기에는 너무나 가혹한 운명이 아닌가?

$

아침 햇살이 맨해튼의 마천루 사이를 뚫고 택시 안으로 밀려들어왔
다. 센트럴파크웨스트를 거슬러 올라간 택시는 72번가와 만나는 공원
의 서쪽 입구에 가브리엘을 내려주었다.

가브리엘은 택시 기사에게 지폐를 한 장 내밀고는 차에서 내렸다. 공
기는 쌀쌀했지만 구름 한 점 없이 맑은 가을 하늘이 드넓게 펼쳐져 있었
다. 교통량이 서서히 늘어가고 있었다. 인도는 아침 일찍부터 프레첼과
핫도그를 파는 노점상들이 점령하고 있었다. 다코타 빌딩을 마주 보는
자리에 판매대를 설치한 노점상이 존 레논의 얼굴을 박아 넣은 티셔츠
와 잡동사니 기념품들을 진열하고 있는 중이었다.

가브리엘은 센트럴파크 안으로 들어갔다. 삼각형 형태로 된 스트로
베리 필즈를 지난 그는 물길을 따라 걸어 화강암으로 만들어진 돔형 체
리힐 분수대가 있는 곳까지 내려갔다. 분수대 주변에는 이미 많은 사람
들이 나와 있었다. 조깅하는 사람, 롤러스케이트를 타는 사람, 자전거
를 타는 사람, 개를 산책시키는 사람들이 스쳐 지나가며 상당히 활기차
고 역동적인 풍경을 자아냈다.

트렌치코트 주머니에 넣어둔 휴대폰이 진동했다. 토마스가 문자메시
지로 전송한 캡처 화면이었다. 알리스의 정확한 위치를 알려주는 지도
였다. 그녀는 여전히 호수를 가로지르는 다리 반대편에서 꼼짝도 하지
않고 있었다.

가브리엘은 등 뒤쪽의 산레모트윈스 타워, 앞쪽의 베세스다 테라스

와 분수대 그리고 왼쪽의 아라베스크 문양을 가미해 주물로 제작한 보우 브리지를 통해 자신의 현재 위치를 확인했다. 그는 호수를 가로지르는 크림색 다리를 건너 램블 지역으로 들어갔다.

가브리엘은 센트럴파크의 야생적인 숲에 발을 들여놓았다. 키 작은 관목들과 소규모 숲을 지나자 키 큰 나무들이 울창한 거대한 숲이 모습을 드러냈다.

가브리엘은 느릅나무, 참나무 등이 우거진 숲과 푸른 이끼로 뒤덮인 거대한 바위들 사이에서 방향을 잃지 않기 위해 휴대폰의 지도에서 눈을 떼지 않고 앞으로 걸어갔다. 사람들의 왕래가 빈번한 지역에서 불과 몇백 미터 떨어진 곳에 이처럼 울창한 숲이 조성돼 있다는 사실이 눈으로 뻔히 보고 있으면서도 믿어지지 않았다. 야생식물의 밀도가 높아질수록 도시의 소음이 점점 옅어지다가 나중에는 거의 들리지 않을 정도로 잦아들었다. 가브리엘의 귀에 새들이 지저귀는 소리와 나뭇잎들이 부스럭거리는 소리만이 들려왔다.

가브리엘은 차가운 손을 녹이기 위해 입김을 호호 불며 다시금 휴대폰의 지도를 들여다보았다. 지금 그가 서 있는 자리는 사람의 발길이 전혀 닿지 않은 듯 낙엽이 수북하게 쌓여 있었다. 거대한 느릅나무 잎사귀들이 만들어낸 황금빛 돔이 야생의 숲을 사람들의 발길로부터 안전하게 지켜주고 있는 듯했다. 키 큰 나무들 틈새를 비집고 쏟아지는 햇빛이 마치 금빛 날개를 단 나비들이 하늘에서 날개를 파닥거리는 것처럼 보였다. 바람이 불자 나뭇잎들이 허공으로 날아올랐고, 젖은 흙과 썩어가는 낙엽이 뒤섞여 오묘한 냄새를 만들어냈다.

마침내 가브리엘은 빈터 한가운데의 벤치에 누워 잠든 알리스를 발견했다.

$\oint$

가브리엘은 조심스럽게 알리스에게로 다가갔다. 몸을 잔뜩 웅크리고 잠든 알리스의 가죽점퍼 밑으로 삐져나온 셔츠 자락에 혈흔이 선명하게 묻어 있었다. 가브리엘은 가슴이 철렁 내려앉으며 혹시 부상당한 건 아닌지 우려됐지만 셔츠를 자세히 살펴본 결과 병원 경비원 칼렙 던과 격투를 벌일 때 셔츠에 묻은 혈흔이라는 것을 미루어 짐작할 수 있었다.

가브리엘은 누운 여자와 머리카락을 스칠 정도로 가까이 몸을 숙이고 가지런한 호흡 소리를 들었다. 그는 여자의 금빛 머리에 닿은 햇살이 만들어내는 여러 가지 이미지를 바라보며 하얀 얼굴과 말라붙은 입술을 살폈다. 살짝 벌어진 여자의 입술 사이로 가느다란 입김이 새어 나오고 있었다.

바로 그 순간 가브리엘의 마음 깊은 곳에서 전혀 예기치 않은 동요가 일었다. 숲의 한가운데서 무방비 상태로 누워 있는 여자의 몸에서 배어 나오는 고독감이 그의 마음속에서 고통스러운 메아리로 울려 퍼졌다. 그 순간 그는 운명의 종이 세 번 울리는 소리를 들었다. 그는 이 여자를 위해서라면 기꺼이 무슨 일이든 할 수 있으리란 걸 깨닫기까지 불과 2초도 걸리지 않았다.

가브리엘은 조심스럽게 알리스의 가죽점퍼 주머니를 뒤져 지갑과 수갑, 총을 찾아냈다. 총은 원래 들어 있던 자리에 다시 넣어두고, 수갑과 지갑은 꺼냈다. 지갑에 든 내용물을 살피던 그는 경찰 신분증과 금발의 남자 사진 한 장, 아기의 초음파 사진 한 장을 발견했다.

가브리엘은 택시를 타고 오는 동안 한 가지 시나리오를 만들어두었다. 라디오에서 흘러나오는 재즈 연주를 들으며 읽은 연쇄살인 관련 기사들과 알리스가 알츠하이머병 확정 진단을 받아들이길 거부한다는 토마스의 이야기를 적절히 가미해 떠올린 구상이었다.

'매일 아침, 잠에서 깨어날 때마다 기억이 제로에서 시작되는 거야. 전날 샹젤리제에서 친구들을 만나 신나게 놀았던 것만 기억할 뿐 알츠하이머병을 앓고 있다는 걸 전혀 모르고 있어.'

가브리엘은 주머니에 든 내용물을 점검했다. 지갑, 휴대폰, 옻칠한 볼펜 한 자루, 스위스 칼, 호텔을 떠날 때 가방을 맡기면서 받은 짐표 따위가 들어 있었다.

퍼즐 조각들이 머릿속에서 전광석화 같은 속도로 맞추어지기 시작했다. 그는 불과 몇 초 만에 앞으로 어떻게 할 것인지 계획을 수립했다.

가브리엘은 우선 볼펜으로 휴대폰에 저장된 그리니치 호텔의 전화번호를 알리스의 손바닥에 적었다. 그는 알리스가 누워 있는 벤치를 벗어나 50미터쯤 북쪽으로 걸어갔다. 연못이 있었고, 연못을 가로지르는 작은 나무다리가 보였다. 나뭇가지에 매달아 놓은 새집이 많이 보이는 것으로 미루어보아 이 지역은 조류학자들이 마련해놓은 일종의 조류 관측소가 분명했다.

가브리엘은 트렌치코트를 벗고 안감을 뜯어 임시방편으로 사용할 붕대를 만들었다. 재킷을 벗고 셔츠 소매를 걷어 올린 그는 스위스 칼로 팔뚝에 141197이라는 여섯 개의 숫자를 새겼다. 호텔에 맡긴 서류 가방에 설치한 두 개의 잠금장치를 푸는 비밀번호였다. 칼날이 살갗을 파고드는 동안 인상이 저절로 찌푸려질 만큼 쓰라렸다.

가브리엘은 피가 흐르는 팔뚝을 임시방편으로 만든 붕대로 둘둘 감았다. 걷어 올렸던 셔츠 소매를 내린 그는 재킷을 입고 트렌치코트를 가방처럼 만들어 그 안에 알리스와 자신의 지갑, 스위스 칼, 손목시계, 만년필 등을 집어넣었다.

사전 준비 작업을 마친 가브리엘은 토마스에게 전화를 걸었다.

"가브리엘, 알리스를 찾았나?"

토마스가 다급한 음성으로 물었다.

"그 여자는 지금 센트럴파크의 숲에 있는 벤치에 누워 잠이 들어 있어."

"여자를 깨웠나?"

"그냥 자게 내버려두었어."

"칼렙 던의 총은 찾았겠지?"

"그 총은 여자의 점퍼 주머니에 들어 있어. 토마스, 나는 여자를 병원으로 데리고 가기 위해 최선을 다할 생각이라네. 그 대신 내가 계획한 방법대로 할 테니까 나에게 이래라저래라 지시하지 말게."

"그래, 난 자네만 믿고 있겠네."

"토마스, 자네가 보기에 그 여자가 잠에서 깨어나면 누구에게 가장 먼저 연락할 것 같은가?"

"틀림없이 세이무르를 찾을 거야. 우리 병원을 알리스에게 소개하고 치료비를 지불한 친구가 바로 세이무르라네. 알리스와 가장 친한 친구이자 동료 형사야."

"자네가 세이무르에게 전화를 걸어 미리 사정 이야기를 해두게. 알리스가 무슨 말을 하든지 알츠하이머병에 대해서는 입도 뻥긋하지 않도록 단단히 일러두어야 하네. 그에게 현재 상황을 자세하게 이야기해주고 나서 내가 진행하는 방식대로 따라주어야만 좋은 결과를 얻게 될 거라고 말해두게."

"가브리엘, 잘해낼 자신이 있지?"

"지금은 뭐라고 단언할 수 없네. 나에게 맡기는 게 불안하면 자네가 직접 여기에 와서 여자를 데려가게."

전화기 반대편에서 토마스가 한숨을 내쉬는 소리가 들려왔다.

"자네 비서 아가사는 뉴욕에 도착했나?"

"2분 전에 JFK공항에 도착했다더군."

"아가사에게 즉시 센트럴파크로 오라고 하게. 램블 북쪽으로 오다보면 작은 연못이 나오고, 그 연못을 가로지르는 다리 근처에 새들을 위해 매달아놓은 새집들이 여러 개 보일 거야. 그중에서 가장 큰 새집에 알리스와 내 소지품들을 넣어두겠네. 아가사에게 그 물건들을 꼭 챙겨달라고 말하고, 내가 전화하면 신속하게 도와줄 수 있도록 센트럴파크 근처에서 잠시도 떠나서는 안 된다고 일러두게."

"아가사에게 자네 말을 그대로 전하지. 우린 또 언제 다시 통화할 수 있을까?"

"내 휴대폰은 없애버릴 테니까 전화해봐야 소용없을 거야. 필요할 경우 내가 전화할 테니까 자네는 답답하더라도 잠자코 기다리고 있게."

"가브리엘, 행운을 빌겠네."

"마지막으로 한 가지만 더 질문하지. 알리스에게 현재 만나는 남자 친구가 있나?"

"내가 알기로 남자 친구는 없어."

"세이무르라는 작자는 알리스의 연인이 아닌가?"

"내가 알기로 세이무르는 동성애자야. 갑자기 그건 왜 묻는 건가?"

"그냥 궁금해서 물어봤어."

$

전화를 끊자 가브리엘은 휴대폰을 가방처럼 만든 트렌치코트에 집어넣고, 가장 큰 새집 안으로 깊숙이 밀어 넣었다.

벤치로 돌아온 가브리엘은 알리스가 여전히 꼼짝도 하지 않고 잠들어 있는 것을 확인하고 안심했다.

가브리엘은 마지막으로 앞으로 실천할 세부 계획들을 꼼꼼하게 점검해보았다. 우선 주머니에서 가방을 맡긴 짐표를 꺼내 알리스가 입고 있는 청바지의 라이터용 주머니에 집어넣었다. 그다음에는 알리스가 손목에 차고 있는 시계의 태엽을 돌려 날짜를 일주일 전으로 바꿔놓았다. 파텍 시계 숫자판의 날짜는 이제 10월 15일이 아니라 10월 8일 화요일로 바뀌었다.

가브리엘은 마지막으로 알리스의 오른쪽 손목과 자신의 왼쪽 손목에 수갑을 채웠다. 이제 두 사람은 좋든 싫든 운명을 같이할 수밖에 없게 되었다. 가브리엘은 수갑 열쇠를 가시덤불을 향해 던져버리고 알리스의 옆구리 쪽에 기대 누우며 짐짓 두 눈을 감았다.

알리스는 남자의 몸무게가 가해지자 움찔 놀라며 잠에서 깨어났다.

아침 8시였다.

이제 끝을 알 수 없는 모험이 시작되려 하고 있었다.

26. 거울들

사람들은 수표책이나 끔찍한 범행을 고백하는 편지 따위를
아무 곳에나 던져놓아서는 안 되는 것처럼 벽에 함부로 거울을 달아서는 안 된다.

_버지니아 울프

나는 두 눈을 뜬다.

나는 방을 알아본다. 티끌 하나 없이 하얀 벽, 페인트칠한 나무 옷장, 자그마한 책상, 비스듬히 빛을 통과시키는 덧문이 눈에 들어온다. 병실이라기보다는 차라리 안락한 호텔을 연상시키는 실내장식이다.

나는 내가 있는 곳이 어디인지 완벽하게 파악하고 있다. 메인주 포틀랜드 근처에 위치한 세바고 코티지 병원의 6호 병실이다. 내가 왜 이곳에 와 있는지도 안다.

나는 몸을 일으킨다. 나는 감각적으로 노 맨스 랜드, 그러니까 오래전에 꺼져버렸으면서도 여전히 빛을 발산하는 별처럼 불확실한 지대에 와 있는 느낌이다. 차츰차츰 나는 의식을 회복해가고 있는 중이다. 충분한 휴식을 취한 나의 몸은 내 의식을 채우고 있던 무거운 짐 하나를 내려놓았다. 마치 지옥문을 지키는 케르베로스와 한바탕 일전을 치러 때려눕히고 비로소 기나긴 악몽에서 깨어나 환한 지상으로 돌아온 듯한 느낌이다.

나는 맨발로 통유리 창까지 걸어간다. 통유리 창을 열자 쌀쌀한 공기가 방 안으로 들어오며 정신이 번쩍 들게 한다. 내 눈앞에 펼쳐지는 장엄한 파노라마에 숨이 멎을 것만 같다. 내 눈에 깎아지른 듯 가파른 경사면에 빼곡하게 들어선 전나무 숲으로 둘러싸인 세바고 호수의 코발트색 수면이 수 킬로미터나 이어져 있는 게 보인다. 정말이지 침엽수들 한가운데에 자리 잡은 푸른 보석함 같다. 요새 형상을 한 거대한 바위들이 호수의 잔물결 위에서 위엄 있는 자태를 드러낸다. 물결 위로 통나무로 만든 선착장도 보인다.

"안녕하세요, 알리스."

깜짝 놀란 나는 얼른 몸을 돌린다. 아시아 출신 간호사가 몇 분 전부터 말없이 나를 관찰 중이었는데 미처 인지하지 못했다.

"오늘따라 기분이 좋아 보여요. 아까부터 가브리엘 박사님이 호숫가에서 기다리고 계세요."

"가브리엘 박사님?"

"박사님이 저에게 알리스 씨가 잠에서 깨어나는 즉시 호숫가에서 기다리고 있다는 말을 전하라고 하셨죠."

간호사는 창가로 다가가더니 손가락으로 호숫가 한 지점을 가리킨다. 내 눈에 비로소 가브리엘의 모습이 보인다. 쉘비 자동차의 보닛을 열고, 뭔가 작업에 열중하고 있다. 가브리엘이 멀리서 나를 손짓해 부른다. 어서 오라는 초대의 손짓이다. 벽장 속에는 내가 가져온 트렁크가 들어 있다. 나는 청바지와 여러 가지 색상이 혼합된 스웨터, 점퍼, 묵직한 등산용 구두를 신고 밖으로 나간다.

§

나는 세바고 호수의 파란 빛에 취한 듯 일렁이는 물결을 말없이 바라본다. 이제 내 머릿속은 명쾌하다. 비로소 제 자리를 찾은 기억들이 내 머릿속의 서류철 속에 가지런히 정리되어 있다. 클루조 교수의 확정 진단, 세이무르가 소개해준 세바고 코티지 병원, 미국으로의 출발, 병원에서 보낸 불안한 며칠, 뇌 페이스메이커 삽입과 그에 따른 공포, 알츠하이머병에 대한 완강한 부정, 병원 탈출, 경비원과의 결투, 뉴욕 센트럴파크 벤치까지의 도주……

그다음, 믿을 수 없는 하루의 험난한 여정을 함께 해준 가브리엘과의 만남이 이어진다. 그 과정에서 내 마음 깊은 곳에 도사리고 있던 공포심이 표면화된다. 에릭 보간, 아기를 잃은 충격, 폴을 잃은 슬픔, 아버지와 세이무르가 나를 속였을지도 모른다는 의혹, 나의 병을 인정하지 않으려는 맹목적 거부감이 나를 지배한다. 오죽했으면 이미 일주일이라는 시간이 흘렀음에도 여전히 10월 8일 아침에 잠에서 깨어났다고 믿고 싶었을까?

"안녕, 알리스. 간밤에는 잘 잤어요?"

가브리엘이 쉘비의 보닛을 닫으며 나에게 인사를 건넨다. 그는 주머니가 많이 달린 카고 팬츠에 굵은 허리띠, 꽈배기 무늬가 들어간 스웨터 차림이다. 턱수염이 무성하고, 머리는 심하게 헝클어져 있다. 퀭한 눈 주위에 다크서클이 선연하게 잡혀 있지만 눈동자만큼은 반짝이는 빛을 발산하고 있다. 얼굴에 군데군데 묻은 기름 자국 때문에 그는 의사라기보다는 자동차 정비소 기사 같은 분위기를 풍긴다.

"목에 마취제가 들어 있는 주삿바늘을 꽂을 때 많이 고통스러웠죠? 당신을 잠의 여신에게로 데려가는 유일한 방법이었기 때문에 어쩔 수 없었어요."

가브리엘은 귀에 꽂아두었던 담배를 입에 물고 불을 붙인다. 나는 잠깐이지만 이 남자를 에릭 보간으로 오해했다.

그렇다면 이 남자는 도대체 누구인가?

가브리엘이 내 생각을 고스란히 읽은 듯 기름때가 번들거리는 손을 내밀어 악수를 청한다.

"내 이름은 가브리엘 케인이고, 신경정신과 의사입니다."

가브리엘이 정식으로 예의를 갖춰 자신을 소개한다.

나는 그의 손을 마주 잡기를 거부한다.

"당신은 처음에는 재즈 피아니스트였다가 마술사, FBI 요원이 되더니 이제는 신경정신과 의사인가요? 당신은 정말이지 대단한 거짓말쟁이군요."

가브리엘이 얼굴을 찡그리며 애써 미소를 지어 보인다.

"당신이 화를 낼 수밖에 없는 심정이라는 걸 충분히 이해합니다. 하지만 이번만큼은 절대로 거짓말이 아닙니다."

나는 직업적인 본능이 꿈틀거리며 가브리엘에게 까다로운 질문 공세를 시작한다. 나는 결국 세바고 코티지 병원 원장인 토마스가 가브리엘에게 뉴욕으로 도망친 나를 찾아 데려와달라고 부탁한 사건의 전말을 비로소 이해하게 된다.

"당신이 나를 처음 만났을 때 왜 하필이면 재즈 피아니스트 행세를 했죠? 더블린 이야기는 왜 꺼낸 거죠? 수갑이며 짐표, 내 손바닥에 쓴 숫자들은 다 뭐죠? 왜 그런 코미디극을 꾸몄는지 이야기해봐요."

가브리엘이 담배 연기를 길게 빨아들인다.

"당신을 병원으로 데려오기 위해 황급히 구상한 시나리오였습니다."

"그런 시나리오가 왜 필요했는데요?"

"일종의 정신분석적 역할극이었다고 하면 좀 더 쉽게 이해할 수 있겠네요."

여전히 황당해하는 나를 보며 가브리엘은 약간의 보충 설명이 필요하다는 걸 깨닫는다.

"당신이 스스로 병을 앓고 있다는 사실을 인정하게 만들 필요가 있었죠. 당신을 끊임없이 괴롭히는 환영들로부터 벗어나게 해줄 필요도 있었습니다. 그런 과정을 거쳐야만 당신의 흐트러진 정신이 다시금 질서를 잡게 될 테니까요."

"당신의 이야기를 들어도 여전히 이해가 가지 않는 부분이 많아요."

"당신의 논리체계와 사고방식 속으로 깊이 들어가 보기 위해 어쩔 수 없이 택한 방법이었죠. 환자가 처해 있는 상태를 정확하게 이해하려면 그 방법이 가장 효과적일 거라 생각했습니다. 나는 당신이 스스로 자기 이야기를 털어놓고, 어떤 결정을 내리는지 주시하면서 상황에 맞춰 즉흥적으로 내 역할을 조절해나갔습니다."

나는 여전히 고개를 가로젓는다. 내 머릿속에서는 전날 하루가 퀵 모션으로 빠르게 돌아간다. 그러다가 어느 순간 이미지들이 멈춰 서며 다시 한번 폭포수처럼 질문이 쏟아진다.

"당신 팔뚝의 피투성이 숫자는 누가 새겨 넣었죠?"

"내가 스위스 칼로 직접 새겼습니다."

나는 방금 내 귀로 들은 말을 믿기 어렵다.

"그리니치 호텔 짐표는?"

"내가 학회 일 때문에 그리니치 호텔에 묵고 있다가 가방을 맡긴 짐표였죠."

"가방의 전기장치는 어떻게 된 거죠?"

"내 가방에 프로그래밍되어있는 장치였죠. 가방으로부터 25미터 이상 떨어지게 되면 경보음이 울리고, 전류가 흐르도록 설계된 가방입니다."

"내 구두 밑창의 GPS 추적 장치는 어떻게 된 거죠?"

"이 병원에 입원한 환자는 누구나 구두 밑창에 GPS 추적 장치를 부착해야 합니다. 기억 장애 환자들을 수용하는 미국 병원에서는 점점 보편화되고 있는 조치죠."

"당신의 신발에도 GPS 추적 장치가 부착돼 있었잖아요?"

그 장면이 내 머릿속에서 뚜렷하게 떠오른다. 헌 옷 가게 앞에서 가브리엘이 신고 있던 캔버스 운동화를 쓰레기 컨테이너에 던진 게 기억난다.

"내 캔버스 운동화에 GPS 추적 장치가 부착되어있는 걸 찾아냈다고 말했을 때 당신이 눈으로 직접 확인했나요? 그때 당신은 내 말을 곧이곧대로 믿었을 뿐이죠."

가브리엘이 트렁크를 열어 렌치와 스패너를 꺼내더니 쉘비의 펑크 난 타이어 교체 작업에 착수한다. 나는 그처럼 쉽게 속아 넘어간 사실이 믿어지지 않는다.

"당신이 에릭 보간과 관련해 이야기한 건 다 뭐죠?"

"나는 당신과 함께 뉴욕을 벗어나기 위해 공통의 목표를 찾아야만 했습니다."

가브리엘이 펑크 난 타이어에서 휠을 분리하기 위해 몸을 구부리며 말을 잇는다.

"난 당신의 진료기록을 검토해보면서 에릭 보간이 당신에게 무슨 짓을 가했는지 알게 되었습니다. 에릭 보간의 궤적을 추적하는 방식으로 상황을 만든다면 당신이 그 어디든지 따라올 거라고 짐작했죠."

나는 가브리엘에게 달려들어 전후 사정 볼 것 없이 흠씬 패주고 싶다. 우선 그러기 전에 전말을 제대로 이해하는 것이 순서라고 생각한다.

"주사기에 묻어 있는 지문은 분명 당신의 것이었죠? 에릭 보간은 이미 오래전에 죽었으니까요."

"그래요, 나는 당신 아버지의 말을 신뢰합니다. 의심할 이유가 없기 때문이죠. 나는 그 비밀을 누설하지 않을 겁니다. 나는 일반적으로 복수 행위를 인정하지 않지만 그런 경우라면 정상참작의 여지가 충분하다고 생각합니다. 어느 누가 당신의 아버지를 비난할 수 있겠습니까?"

"그럼 세이무르는요?"

"토마스가 그에게 전화해 우리 일에 협조해달라고 부탁했습니다. 나도 직접 그에게 전화해 당신을 병원으로 데려올 수 있도록 거짓 정보를 흘려달라고 요청했죠."

"우리는 언제나 함께 있었지만 난 당신이 세이무르에게 전화하는 걸

한 번도 본 적이 없어요."

가브리엘이 나를 바라보며 고개를 젓는다.

"언제나 함께 있었던 건 아니죠. 차이나타운 전당포에서 당신이 먼저 나갔을 때 주인에게 전화 한 통만 쓰게 해달라고 부탁했습니다. 헬스 키친 공동 정원 앞에서도 당신은 자동차에 혼자 남아 있었죠. 그때 당신은 물론 내가 공중전화 부스에서 케니에게 전화하는 중이라고 생각했겠지요."

가브리엘은 십자 스패너로 바퀴를 조이고 있는 나사를 풀며 계속 설명을 잇는다.

"역에서 표를 사는 동안에도 상냥한 할머니 한 분이 휴대폰을 빌려준 덕분에 통화를 할 수 있었죠. 아스토리아에서 당신이 목욕하는 동안에는 〈시샤〉 바에 앉아 실컷 전화를 사용할 수 있었고요. 도로상에 있는 〈그릴91〉 식당에 들어갔을 때에도 난 적어도 당신이 10분 정도 바비 인형과 이야기를 나누도록 내버려두었습니다. 물론 담배를 사러 간다는 구실을 댔지만 말입니다."

"그럴 때마다 당신은 세이무르와 통화했다는 말인가요?"

"내가 FBI 요원 역할을 그럴듯하게 해낼 수 있게 조언을 해준 사람이 바로 세이무르입니다. 그가 기대 이상으로 나에게 큰 도움을 주었죠. 물론 그는 설탕공장에는 가지도 않았습니다. 설탕공장에서 희생자의 시신을 발견했다고 꾸며댄 건 순전히 그의 독창적인 아이디어였습니다."

"제멋대로 나를 엿 먹이다니? 세이무르, 너도 가만두지 않겠어."

"세이무르는 당신을 몹시 아끼고 사랑합니다. 내가 굳이 말하지 않아도 당신이 더 잘 알겠지만요. 누구나 그처럼 좋은 친구를 옆에 두는 행운을 누리지는 못합니다."

가브리엘은 차를 바닥에서 몇 센티미터쯤 들어올리기 위해 잭을 빙빙 돌린다. 심한 통증 때문에 그의 얼굴이 심하게 일그러지는 걸 보며 내가 전날 그의 대흉근에 칼을 꽂았던 기억이 떠오른다. 그는 어깨에 필시 깊은 상처가 났겠지만 나는 지금 사과할 기분이 아니다.

"우리 아빠도 당신 편으로 끌어들였나요?"

"사실은 그 부분이 가장 큰 걱정거리였습니다. 당신 아버지가 내가 쓴 시나리오 역할극에 선뜻 협조해줄지 자신할 수 없었으니까요. 생각다 못해 세이무르에게 부탁해 당신 아버지의 휴대폰을 슬쩍 빼돌리게 했습니다."

나는 코너로 몰린 복싱선수처럼 가브리엘이 날리는 소나기 펀치를 계속 얻어맞기만 한다.

"아스토리아에 있는 아파트는 어떻게 된 거죠? 당신 친구라고 이야기한 케니 포레스트의 집이 맞나요?"

"케니 포레스트라는 인물은 존재하지 않습니다. 내가 재즈를 좋아해 가상의 재즈 뮤지션을 한 사람 등장시켰을 뿐이죠. 사실 그 아파트는 내 집입니다. 이제야 생각났지만 당신은 나한테 로마네 콩티 라 타쉬 1999 한 병을 빚졌습니다. 내가 정말 기뻐할 일이 있을 때 마시려고 아껴두었던 와인이죠."

나사를 완전히 풀고 펑크 난 타이어를 빼낸 그가 다시 설명을 이어간다.

"사실은 토마스의 비서 아가사에게 우리보다 조금 앞서 아파트에 다녀가도록 부탁해놓았죠. 아가사가 내 사진이며 서류철, 영수증 등 내 정체가 탄로 날 만한 것들을 미리 치워놓았습니다. 어깨가 너무 많이 아프군요. 괜찮다면 스페어타이어를 이리 옮겨줄래요?"

"숲속 오두막집은 어떻게 된 건지나 말해봐요."

가브리엘은 스웨터와 셔츠를 조금 끌어내려 붕대로 동여맨 상처를 잠시 살핀다. 피가 흐르고 있었지만 그는 이를 악물고 스페어타이어를 들어 올린다.

"그 오두막집은 진짜 칼렙 던이 사는 집이었습니다. 아가사에게 부탁해 당신 지갑 속에 든 사진 세 장을 현관문에 붙여달라고 부탁했죠."

"그러면 쉘비도 당신 차겠군요?"

"시카고에 살 때 포커 게임을 해서 쉘비를 땄죠. 그때부터 줄곧 나의 애마였어요."

나는 졸지에 멍청이가 된 것 같아 창피해 죽을 지경이다. 내가 유능한 형사였다는 건 나에게 마지막으로 남은 긍지와 자부심이다. 가브리엘은 나를 꼼짝없이 속인 이야기로 내 긍지와 자부심을 보기 좋게 꺾어버린다.

"두 번이나 내 정체가 탄로 날 뻔했지만 운 좋게 넘어간 적이 있어요. 혈흔 분석을 하는 법의학연구소에 가서 혈액 샘플을 제공하겠다고 했을 때 까딱 잘못했다가는 큰 낭패를 볼 뻔했죠."

난 무슨 말인지 감이 잡히지 않는다. 나는 그가 설명을 계속하도록 내버려둔다.

"물론 나는 엘리안을 이전부터 잘 알고 있었습니다. 이 병원은 엘리안의 법의학연구소와 오래전부터 긴밀하게 협력하는 관계였으니까요. 난 엘리안에게 사전에 연락을 취하지 못해 전전긍긍했었죠. 천만다행으로 눈치 빠른 엘리안이 당신 앞에서 나를 한 번도 가브리엘 박사로 부르지 않더군요."

나는 가브리엘의 요행에 대해 박수를 쳐주고 싶은 마음이 전혀 없다.

"두 번째 행운은 뭐였는데요?"

"그때는 정말 간발의 차이로 재앙을 면했죠. 경찰청 교통 분과 담당인 프랑크 마레샬이 당신의 병가 소식을 모르고 있어서 정말 다행이었습니다. 그가 당신이 요청한 대로 CCTV 영상자료를 보내주었을 때 그 사진들이 일주일 전에 찍혔다는 걸 명시했더라면 나에게는 끔찍한 재앙이 되었겠죠."

걷잡을 수 없는 분노가 치밀어 오른다. 나는 별안간 가브리엘의 복부를 강타한다.

27. 하얀 그림자

진실을 말하는 것을 두려워 말라.

_오비디우스

나는 연속으로 가브리엘의 복부를 가격한다.

"당신은 사기꾼이에요!"

가브리엘이 고통스럽게 인상을 찡그리며 두 손을 복부로 가져간다. 나는 그에게 남아 있는 분노를 마저 쏟아낸다.

"당신이 아들과 부인에 대해 늘어놓은 말들도 죄다 거짓이었죠? 나를 속이기 위해 가족사까지 꾸며내다니, 정말이지 비열해요."

"내가 형사였다는 것만 빼고 나머지는 다 진실입니다. 시카고에 있을 때 매춘 여성들을 돕는 시민단체에서 일한 것도 틀림없는 사실이죠. 아내가 테오를 데리고 런던으로 떠난 것도 사실이고요. 내가 런던으로 가기 위해 이 병원의 지분을 토마스에게 모두 넘긴 것도 분명한 사실입니다."

가브리엘의 고백을 듣고도 내 분한 마음은 좀처럼 가시지 않는다.

"당신은 나를 잘도 속여먹었으니 무척이나 재미있었겠지만 나는 뭐죠? 당신이 시나리오를 쓴 역할극이 나에게 무엇을 가져다주었죠?"

나는 다시 화가 나 주먹으로 그의 가슴팍을 펑펑 때린다.

가브리엘이 커다란 두 손으로 내 주먹을 움켜쥔다.

"제발 진정해요. 나는 그저 당신을 돕기 위해 가능한 수단과 방법을 다 동원했을 뿐입니다."

나는 몸을 떨며 생각한다. 곰곰이 생각해보니 그의 말은 결코 틀리지 않다. 나는 강력계로 복귀해야 한다는 생각에 사로잡혀 내가 알츠하이머병이라는 걸 인정하려 들지 않았으니까.

$\oint$

내가 알츠하이머병 환자라는 사실이 도무지 믿어지지 않는다. 오늘 아침, 나의 머릿속은 구름 한 점 없는 가을 하늘처럼 쾌청하다. 차창에 비친 내 모습은 여전히 생기가 넘치고, 눈빛은 도전적이다. 내 몸은 군살 하나 없이 날씬하고, 바람에 나부끼는 풍성한 금발은 반짝이는 윤기를 담고 있다. 그렇지만 나는 이제 외모의 기만적인 특성을 너무나 잘 안다. 나에게 남은 시간이 제한적일 뿐이라는 사실도 잘 안다.

"당신은 어서 2차 수술을 받아야만 합니다."

"수술을 받는다고 뭐가 달라지죠? 당신들이 개발했다는 뇌신경 자극 장치가 치매의 진행을 막아줄 수 있을까요? 아직은 알츠하이머병을 치료할 수 있는 방법이 없다는 건 세상 사람 모두가 알고 있잖아요."

가브리엘이 부드러운 목소리로 말한다.

"당신의 말을 전적으로 부정할 수는 없습니다. 다만 뇌신경 자극 장치를 몸 안에 삽입할 경우 치매의 진행 정도가 눈에 띄게 둔화된다는 사실은 이미 많은 사례를 통해 확인되었죠. 세바고 코티지 병원이 개발한 뇌신경 자극 장치가 알츠하이머병 치료에 획기적인 발전을 가져왔다는 사실은 어느 누구도 부인할 수 없습니다."

가브리엘이 잠시 의료적 설명을 덧붙인다.

"뇌신경 자극 장치를 몸 안에 삽입하고, 전도체를 통해 뇌궁, 전비강 피질 같은 뇌의 전략적인 부위에 계속 전기자극을 가하는 방식이죠. 전기자극은 미세한 충격을 일으켜 해마의 활동에 영향을 미치게 됩니다. 아직 알츠하이머병의 진행을 완벽하게 차단하는 방법은 찾아내지 못했지만 뉴런의 활동을 활성화시켜 괄목할 만한 성과를 거둔 것 역시 부인할 수 없습니다."

"나처럼 조발성 알츠하이머병인 경우 만발성 알츠하이머병보다 치매의 진행이 빨리 진행된다고 하던데요? 결국 아무리 뇌신경 자극 장치를 삽입해도 치매의 급속한 진행을 막을 수는 없지 않나요?"

"뇌신경 자극 장치를 몸 안에 삽입한 몇몇 조발성 환자들에게서 간헐적인 기억과 공간 기억에 있어서 상당히 의미 있는 향상이 관찰되었습니다. 조발성 환자들의 경우 병의 진행 속도도 빠르지만 치료 성과 또한 높죠."

"내가 그 몇몇에 포함되지 않을 시 어떻게 되죠?"

"어떤 수술이든 백 퍼센트 성공을 보장하고 시작하지는 않습니다. 인간의 질병은 기계의 고장과는 다릅니다. 그런 점에서 의학과 정밀과학은 다르죠. 이 병원에서 뇌신경 자극 장치를 몸 안에 투입한 환자들 가운데 완치에 가까울 만큼 기억력이 회복된 사람도 있고, 증세가 둔화되는 현상을 보이는 사람도 있습니다. 그런가 하면 아무런 변화도 없는 사람들도 있고, 불행한 일이지만 일부는 오히려 병이 깊어진 경우도 있습니다."

"그러니까 난 수술을 받지 않겠다는 거예요. 어차피 사람에게는 주어진 운명이 있잖아요. 수술로 운명을 바꿀 수 있을까요?"

"확정적인 건 아무것도 없지만 확률이 높은 쪽을 택해야죠. 최선을 다해보고 결과를 하늘에 맡겨야 한다는 뜻입니다. 병을 조기에 발견했다면 병의 진행을 억제할 확률 또한 높은 편입니다. 당신도 조기에 병을 발견했으니 좋은 결과를 기대해봐야죠."

나는 나 자신에게 말하듯 그의 말을 따라 한다.

"병의 진행을 억제한다?"

"병의 진행을 억제한다는 건 다른 뜻으로는 시간을 번다는 의미이기도 합니다. 병에 대한 연구는 나날이 발전해가고 있습니다. 그러니까 병의 진행을 억제하는 수술을 받아야만 합니다. 조만간 완치가 가능한 의술이 개발될 수도 있으니까요."

"30년 후쯤 완치할 수 있는 의술이 개발될 수도 있겠네요."

"당신 말대로 30년이 걸릴 수도 있고, 내일 당장 개발될 수도 있습니다. 에이즈를 생각해보세요. 1980년대 초반만 해도 에이즈 보균자들 대부분이 사망했죠. 아지도티미딘과 트리테라피가 선을 보이고 나서부터 에이즈 보균자들도 30년 이상은 거뜬히 살아가고 있습니다."

나는 고개를 떨어뜨리고 나지막한 소리로 말한다.

"나는 그럴 필요성을 느끼지 못해요. 1차 수술을 받고 나서 공포에

사로잡힌 것도 바로 그 때문이죠. 난 생의 불길을 되살리고 싶은 목표가 아무것도 남아 있지 않아요. 프랑스로 돌아가 마지막으로 아버지 얼굴이나 한번 보고 싶어요."

가브리엘이 내게로 다가오더니 눈을 똑바로 쳐다본다.

"아버지의 얼굴을 본 다음에는 어떻게 하게요? 머리에 총이라도 쏘게요?"

"못할 것도 없죠."

"당신은 생각보다 용기가 없군요."

"그래요, 난 살아갈 용기를 잃었어요."

가브리엘이 내 곁으로 바짝 다가선다. 1라운드를 시작하기 직전의 복서들처럼 우리의 이마가 맞닿으려 한다.

"당신이 얼마나 큰 행운아인지 깨닫지 못하는군요. 이 병원에서 치료를 받기 위해 얼마나 많은 사람들이 줄을 서서 기다리고 있는지 아세요?"

"그런 사람들을 위해 내 자리를 기꺼이 비워줄게요."

내가 전혀 예상하지 않았던 순간에 가브리엘의 눈이 번득인다. 나는 그 눈에서 분노와 슬픔, 반발심 따위를 읽는다.

"당신은 아직 젊어요. 어제 하루 난 당신과 함께 시간을 보냈어요. 내가 지금껏 만나본 사람들 중에서 당신은 가장 결단력 있고 용감한 사람이었어요. 알츠하이머병을 보란 듯이 이겨낼 사람이 있다면 바로 당신입니다."

"나는 병을 극복하겠다는 의지도 힘도 없어요. 제발 그런 선심성 말은 그만 해요."

가브리엘이 발끈한다.

"이제 그만 항복을 선언하고 생을 끝내고 싶다는 겁니까? 정말 그럴 생각이라면 굳이 말리지 않겠어요. 당신 가방은 차에 있어요. 가방 안에 당신의 총도 그대로 들어 있죠!"

말을 마친 가브리엘은 단호한 걸음으로 병원 쪽을 향해 걸어간다.

나는 피곤하다. 그는 내가 오래전부터 피곤한 삶을 이어왔다는 걸 알지 못한다. 나는 차 문을 열고 천 가방을 꺼낸다. 그의 말대로 글록 권총이 그 안에 얌전하게 들어 있다. 배터리가 거의 제로에 가까운 휴대폰도 들어 있다. 나는 휴대폰을 주머니에 넣고, 권총의 탄창을 점검한 다음 벨트 안쪽에 찔러 넣는다.

해가 벌써 높이 솟아오르는 중이다.

나는 해를 바라보며 두 눈을 찡그린다. 호수 표면에서 너울너울 춤을 추는 은빛 반사광 때문에 눈이 부시다. 나는 돌아서 걸어가는 가브리엘을 쳐다보지도 않고 자동차로부터 멀어져 선착장으로 향한다. 호수 가까이서 보는 물빛은 거의 터키석 빛깔이다.

나는 결국 몸을 돌려 가브리엘을 돌아본다. 그의 모습이 겨우 눈에 들어올 만큼 작게 보인다. 나는 글록 권총을 손에 쥐고 심호흡한다.

나는 기진맥진하다. 비로소 여러 해 전부터 시작된 끝없는 추락의 종착점에 서 있는 느낌이다. 두 눈을 감는다. 내 삶이 이런 식으로 끝나리라는 건 이미 오래전에 정해졌다.

이제 피곤한 삶을 벗어던지고 자유롭고 싶다.

살아 있는 동안에도 늘 자유롭기 위해 애썼던 것처럼…….

28. 한 마음으로

선택할 만한 가치가 있는 유일한 길은 내면으로 인도하는 길이다.

_샤를 쥘리에

나는 차가운 총구를 내 입 안으로 밀어 넣는다.

기억력을 상실해버린 여자로 살지 않기.

병실에 갇혀 있는 환자로 살지 않기.

마지막까지 내 삶을 스스로 결정하기.

어느 누구도 내게서 자유를 빼앗아 갈 수는 없어.

두 눈을 감자 폴과 함께했던 날들이 포토 릴레이를 하듯 머리를 스쳐 지나간다. 수천 장의 사진들이 바람에 날려 공중으로 빨려 들어가며 하늘로 가는 길을 열어준다.

갑자기 나는 아빠의 손을 잡고 있는 그 아이를 본다. 아직 이름을 지어주지 못했고, 앞으로도 그럴 수 없는 아이, 수백 번도 넘게 얼굴을 상상해보았지만 결국 보지 못한 그 아이가 아빠의 손을 잡고 있다. 그들은 어둠 속에 서 있다. 내 인생에서 가장 소중했던 두 사람……

눈물이 뺨을 타고 흘러내린다. 두 눈을 감고, 손가락을 방아쇠에 올려놓은 나는 이제 그들에게 갈 준비가 되었다. 그때 아이가 아빠의 손을 놓더니 내가 있는 곳으로 몇 발짝 다가온다. 더 이상 갓난아기가 아니다. 어느새 의젓하게 자라 있다. 체크무늬 셔츠에 둘둘 말아 걷어 올린 바지를 입은 예쁜 아이다.

몇 살이나 되었을까? 세 살? 네 살?

나는 아이의 순진한 눈동자와 표정을 넋 놓고 바라본다. 수많은 약속과 도전이 아이의 눈 속에 들어 있다.

"엄마, 무서워요. 나랑 같이 가요."

아이의 목소리가 나를 부른다. 아이가 내게 손을 내민다.

아가야, 나도 무섭단다.

울음이 터져 나오며 곧 숨이 멎을 것 같다. 나는 아이가 실재하지 않는다는 걸 잘 안다. 아이는 그저 내 머릿속에서 만들어낸 환영일 뿐이다.

"이리 와요, 엄마."

그래, 곧 갈게.

방아쇠 위에 얹어놓은 내 손가락이 부르르 떨린다. 눈앞에서 깊이를 알 수 없는 심연이 열리며 나의 몸이 잔뜩 긴장한다. 어린 시절부터 생겼던 균열이 점점 더 커져 거대해진다.

늘 혼자였던 아이, 어디에서도 자기 자리를 찾지 못했던 아이, 금방이라도 폭발할 것처럼 가슴이 뜨거웠던 아이, 회한과 분노를 끌어안고 부글부글 끓어올랐던 아이…….

어서 방아쇠를 당겨. 고통과 두려움은 한순간에 불과해. 지금이 바로 방아쇠를 당겨야 할 순간이야.

그때 나의 허벅지에서 진동이 느껴진다. 주머니에 넣어둔 휴대폰이 진동하고 있다.

　나는 폴과 아이의 손을 붙잡으려고 애쓰지만 그들은 어디론가 증발해버린다. 나는 총구를 입에서 빼내고 전화를 받는다. 전화기에서 가브리엘의 목소리가 들린다.

　"제발 그러지 말아요, 알리스."

　나는 몸을 돌린다. 50미터쯤 떨어진 곳에서 그가 내게로 다가오고 있다.

　"가브리엘, 우리에게는 이제 할 얘기가 남아 있지 않아요."

　"난 아직 할 얘기가 남아 있어요."

　"나를 그냥 내버려둬요. 하긴 담당 의사가 지켜보는 가운데 환자가 머리에 총알을 박고 죽을 경우 극성스런 매스컴에서 카메라를 앞세우고 몰려들 테니 많이 피곤해지긴 하겠네요."

　"당신은 내 환자가 아닙니다."

　나는 정신을 가다듬는다.

　"당신의 환자가 아니라니요?"

　"의사에게는 환자를 사랑할 권리가 없다는 말을 들어본 적 있어요?"

　"당신은 정말 끈질기군요."

　"어제 하루, 내가 왜 그 모든 위험을 감수해가며 당신을 이 병원으로 데려왔을까요?"

　가브리엘이 한 발짝 다가서며 덧붙인다.

　"어제 이른 새벽에 당신이 벤치에 누워 잠든 모습을 보는 순간 내 운명이 방금 전에 달라졌다고 느꼈습니다."

"당신, 혹시 지금 내 앞에서 어설픈 운명론을 펼쳐 보이려는 건 아니죠?"

"지금은 역할극을 하는 게 아닙니다."

"어제 아침까지만 해도 우린 서로 알지도 못하는 사이였어요."

"당신을 보는 순간 왠지 이미 오래전부터 알고 있던 사람이라는 생각이 들었습니다. 아니, 내가 당신을 너무 늦게 알아보았다고 하는 편이 더 정확할지도 모르겠군요."

"천하의 바람둥이인 당신이 나를 보는 순간 사랑하게 되었다고 고백하려고요? 가는 곳마다 새로운 여자를 만나는 게 슬로건이라고 했던 말을 벌써 잊은 건 아니죠?"

"그 말은 재즈 피아니스트 역할에 충실하려고 지어낸 말일 뿐입니다."

"당신은 예쁜 여자만 보면 곁눈질을 하던데, 그것도 역할극에 충실하기 위해 그랬던 건가요?"

"남자들은 누구나 예쁜 여자를 보면 곁눈질을 하죠. 다만 그 이상도 이하도 아닙니다. 그냥 스쳐 지나가게 내버려둡니다. 그렇지만 당신은 달랐습니다. 당신의 까칠한 성격이며 톡톡 쏘아붙이는 말투조차도 내 마음을 설레게 했죠. 여자와 함께 있으면서 그렇게 마음 편했던 적은 없었습니다."

나는 가브리엘을 뚫어지게 응시한다. 그의 표정과 말속에 담긴 진심이 나를 당혹스럽게 한다. 그가 나를 위해 목숨을 잃을 뻔했다는 건 거짓이 아니다. 어제저녁 나는 하마터면 그를 총으로 쏠 뻔했다.

가브리엘이 끈질기게 말한다.

"나는 당신과 함께하고 싶은 일이 너무 많아요. 내가 자란 동네도 구경시켜주고 싶고, 송로버섯을 넣은 맥 치즈도 만들어주고 싶고, 재즈도 듣고 싶고, 감명 깊게 읽은 책에 대해서도 이야기하고 싶습니다."

눈물 때문에 시야가 뿌옇게 흐려진다. 나는 센트럴파크 벤치에서 처음 가브리엘의 얼굴을 본 순간을 기억한다. 우리는 일 초 만에 공범이 된다. 장난감 상점에서 어린아이들을 즐겁게 해주려고 망토로 몸을 휘감고 마술을 하던 그의 모습이 떠오른다.

"가브리엘, 지금 당신의 눈앞에 있는 여자는 불과 몇 달 뒤에 사라져버릴 수도 있다는 걸 잘 알잖아요. 당신을 알아보지도 못하는 여자를 사랑할 수 있어요? 그 여자는 당신을 '저기요'라고 부르며 허구한 날 병실에만 갇혀 지낼 거라고요."

"물론 그럴 수도 있지만 아직 확실하게 결론 내려진 이야기는 아니죠. 설령 그런 결론이 난다고 하더라도 난 기꺼이 당신을 사랑하는 위험을 감수할 준비가 되어 있습니다."

나는 배터리가 완전히 소진되는 순간 전화기를 손에서 놓는다.

가브리엘은 이제 10미터도 안 되는 거리에 있다.

"만일 알츠하이머병을 보란 듯이 물리칠 수 있는 사람이 있다면 바로 당신입니다. 당신은 이 세상 어느 누구보다도 용감하고 결단력이 있으니까요."

가브리엘은 이제 불과 몇 센티미터 앞에 와 있다.

"내가 아무리 발버둥 쳐도 정해진 운명을 비켜 갈 수는 없어요."

"난 당신과 함께 싸울 준비가 되었습니다. 우린 환상적인 드림팀이 될 수 있어요. 어제 하루, 우린 이미 그 사실을 충분히 증명해 보였다고 생각하는데요."

돌풍이 불어와 먼지구름을 일으킨다. 낙엽송의 황금빛 잎사귀들이 부르르 몸을 떤다. 추위 때문에 꽁꽁 언 손가락이 얼얼하다.

"얼마나 힘든 싸움이 될지는 알지만 아마도……."

아마도…….

아마도 맑은 아침도 있을 테고, 구름이 잔뜩 낀 아침을 맞는 날도 있겠지요.

아마도 의혹에 사로잡힌 날, 두려움에 갇힌 날, 소독약 냄새 나는 병원 대기실에서 초조하게 하루를 맞이하는 날도 있겠지요.

아마도 화사한 봄날, 몸이 깃털처럼 가벼운 날, 병의 고통을 잊게 되는 날도 있겠지요.

병 따위는 아예 존재하지도 않았던 것처럼 말입니다.

그러고 나면 다시 삶이 계속되겠지요.

§

아마도 엘라 피츠제럴드의 목소리와 짐 홀의 기타, 과거에서 건져 올린 듯한 닉 드레이크의 멜로디를 듣는 여유로운 시간도 있겠지요.

아마도 바닷가 산책을 하며 갓 돋아난 풀 냄새, 하늘에 길게 꼬리를 남기며 떠가는 새털구름을 감상하는 날도 있겠지요.

아마도 바닷가에서 뉘엿뉘엿 지는 해를 바라보며 낚시를 하는 날도 있겠지요.

칼바람과 맞서기 위해 목도리를 둘둘 말고 거리를 활보하는 날도 있겠지요.

노스 엔드 길거리에서 손가락으로 레몬 카놀리를 집어먹으며 환하게 웃는 날도 있겠지요.

§

아마도 숲의 그늘이 드리운 간선도로변에 우리가 사는 집도 있겠지요.

주물로 제작한 칼라 불빛 가로등도 있을 것이고, 펄쩍펄쩍 공중으로 뛰어오르는 갈색 털 고양이와 늘 꼬리를 치는 순하고 큰 개도 있겠지요.

아마도 내가 너무 늦게 일어나 지각 출근하는 겨울날의 아침도 있겠지요. 그런 날 나는 계단을 서너 개씩 한꺼번에 뛰어 내려갈 테죠. 당신에게 급하게 키스하고, 열쇠고리를 손에 쥐고 말이죠.

문을 나선 나는 자갈 깔린 길을 지나 자동차 시동을 켜겠지요. 처음 만난 빨간 신호등 앞에서 멈춰 서게 되면, 나는 문득 자그마한 공갈 젖꼭지가 열쇠고리를 대신하고 있다는 걸 새삼 깨닫겠지요.

§

아마도…….

처음 세상에 나오는 갓난아기의 울음소리도 들을 수 있겠지요.

애정을 담뿍 담은 눈길로 서로를 바라보며 영원을 약속하는 날도 있겠지요.

일정한 시간마다 물리는 젖병, 잔뜩 쌓아놓은 기저귀, 유리창을 때리는 비, 당신 마음에서 빛나는 아침 해를 보는 날도 있겠지요.

∮

아마도······.

기저귀를 갈아주는 탁자, 조개껍질 모양의 아기 욕조, 늘 달고 사는 중이염, 봉제 인형들로 꾸며진 동물원, 입가에서 떠나지 않는 자장가, 아기의 환한 미소, 공원 나들이, 첫걸음마, 안뜰에 세워놓은 세발자전거와 함께하는 날도 있겠지요.

잠들기 전, 아이에게 무서운 용을 때려잡는 용감한 왕자님 이야기를 들려주는 날도 있겠지요.

∮

그리고 시간이 흐르겠지요.

아마도 또다시 병원에 입원하는 날도, 지겨운 검사를 받아야 하는 날도, 덜컥 겁이 나는 위기의 순간도 있겠지요.

하루 온종일 힘겨운 치료를 견뎌야 하는 날도 있겠지요.

그럴 때마다 당신은 언제나 당당하고 용감하게 싸움터로 나갈 수 있을 겁니다. 뼛속까지 두렵고 가슴이 조여오더라도 살아야겠다는 집념을 무기 삼아 용기 있게 맞서야 하겠지요.

그럴 때마다 당신은 스스로에게 이렇게 말할 겁니다. 앞으로 무슨 일이 생기더라도 운명과 싸워 얻어낸 이 모든 순간들이야 말로 진정으로 가치 있는 것들이었다고 말입니다. 아무도 그 소중한 순간들을 당신에게서 빼앗아 갈 수는 없다고 말입니다.

〈끝〉

감사의 말

잉그리드에게,

에디트 르블롱, 베르나르 픽소, 카트린 드 라루지에르에게,

실비 앙젤, 알렉상드르 라브로스, 자크 바르톨레티, 피에르 콜랑쥬에게,

발레리 타유페르, 장폴 캉보, 브뤼노 바르베트, 비르지니 플랑타르, 카롤린 세르, 스테파니 르 폴, 이자벨 드 샤롱에게.

옮긴이의 말

　대부분의 사람들은 겉으로 드러나든 드러나지 않든 크고 작은 상처들을 떠안고 산다. 그렇기 때문에 우리는 다른 사람에 대해 '잘 알지도 못하면서' 이러쿵저러쿵 쉽게 말해선 안 된다. 무심코 던진 말 한마디가 상대의 아물지 않은, 아니 아물었다고 믿고 있던 상처마저도 덧나게 할 수 있으니까.

　기욤 뮈소의 소설 《센트럴파크》에 등장하는 인물들도 예외는 아니다. 실연이나 이혼, 자식을 보고 싶어도 만나지 못하는 아픔 등 저마다 인생이라는 가시밭길을 헤쳐 나가는 과정에서 맞닥뜨려야 했던 상처와 아픔을 간직하고 살아간다. 그중에서도 여주인공 알리스는 가장 비극적인 인물이라 할 수 있다. 부모는 이혼했고, 가치관 또는 인생관이 다른 엄마와 형제들로부터 늘 왕따를 당한다. 그녀를 유난히 예뻐해주던 아버지는 비리 경찰로 전락해 철창신세를 지고 있는데, 설상가상 강력계 형사 업무의 일환으로 연쇄살인마 검거에 나섰다가 사랑하는 남편과 뱃속에 든 아기까지 잃게 된다. 그것만으로도 충분히 비극적이라고 할 수 있지만 운명은 그녀에게 불치병이라는 극한의 시련까지 안겨준다.

자, 여주인공 알리스가 그처럼 비극적인 인물로 그려졌으니 독자들의 눈물샘을 자극하는 감상적인 신파를 연상하게 될지도 모른다. 그렇지만 우리가 예상하는 길을 따라간다면 기욤 뮈소가 아닐 것이다! 우리가 잘 아는 이야기꾼 기욤 뮈소가 들려주는 '알리스의 생'은 우리가 예상한 행로와 아주 많이 다르게 전개된다.

　오로지 일에서만 위안을 찾는 다혈질 형사 알리스는 대학 동창 친구들과 술을 거나하게 마시고 난 다음 날, 낯선 곳에서 잠을 깬다. 손에 수갑이 채워져 있고, 수갑의 다른 한쪽은 처음 보는 낯선 남자의 손목에 채워져 있다. 과도한 알코올 섭취로 '필름이 끊어졌다'고 생각한 그녀는 형사답게 의문을 풀기 위한 수사를 시작한다. 이상한 점은 한두 가지가 아니다. 셔츠에 묻은 핏자국, 분명 자신의 것이 아닌 총, 그 총에 장착된 총알 가운데 한 개가 비는 점 등도 등줄기가 오싹해지게 만드는 수수께끼들이다.

　영문을 모르는 채 잠에서 깨어난 건 자신을 미국 출신 재즈 피아니스트라고 소개한 남자 가브리엘도 마찬가지다. 그가 전날 더블린의 한 클럽에서 피아노를 연주했다고 우기는 것만 보아도 그렇다. 두 사람 모두에게 낯선 그곳이 뉴욕의 센트럴파크 한가운데라는 게 밝혀지지만 의문은 점점 더 커져만 간다.

　《내일》을 통해 스릴러 작가로서의 재능을 증명해 보인 기욤 뮈소는 《센트럴파크》에서 아예 혼자 사는 여성들만을 표적으로 삼아 공격하며 이전 희생자의 스타킹으로 살인을 저지르는 연쇄살인마를 상대로 사투를 벌이는 여자 형사를 주인공으로 내세워 본격적인 수사물에 도전하고 있다.

연쇄살인마를 추적해가는 표면적인 얼개 이면에 감춰진 또 하나의 맥락, 곧 살인을 자행하면서까지 딸을 보호하려는 절절한 부성애나 위기에 처한 동료 형사를 위해서라면 거짓말이나 연기도 마다하지 않는 끈적끈적한 동료애, 환자를 구하기 위해서라면 목숨을 건 도박을 마다하지 않는 의사의 투철한 인류애 등을 간과해서는 안 된다. 이 소설에 등장하는 다양한 인물들이 만들어나가는 감동의 순간들과 함께할 때마다 우리는 아랫배 언저리로부터 무언가 뜨거운 느낌이 치밀어 올라오며 울컥해진다.

일반적으로 스릴러 애호가들은 범인과 형사 또는 사립 탐정들 사이에서 벌어지는 치밀한 두뇌 게임, 혹은 치열한 추격전을 통해 짜릿한 지적 쾌감을 맛보고자 한다. 스릴러소설이 본래 감정이 개입할 여지가 없는 냉정하고 차가운 이성의 영역인지는 모르겠으나 기욤 뮈소가 그려 보이는 《센트럴파크》에서 우리는 냉정과 열정 사이를 넘나드는 색다른 경험을 하게 된다. 기욤 뮈소가 여전히 가족, 직장 동료, 이웃 간의 따뜻한 온기를 믿는, 조금은 구시대적이고 아날로그적인 작가라 마음을 놓는 독자들도 많지 않을까?

어느 한적한 고궁의 찻집에라도 앉아 이따금 고개를 들어 푸르른 나뭇잎들의 모습에 눈길을 주어가며 뉴욕 센트럴파크에 펼쳐진 파란 하늘과 살랑 불어오는 바람, 차이나타운, 리틀 아테네의 정취 등을 상상하며 이 책을 읽는다면 아마도 금상첨화가 아닐까 싶다.

양영란